PALAVRAS PARA DEPOIS

Fabián Restivo

PALAVRAS PARA DEPOIS

Conversas com
PEPE MUJICA

Tradução de Rogério Tomaz Jr.

coragem

Porto Alegre, RS
2024

© Fabián Restivo, 2024.
© Editora Coragem, 2024.

A reprodução e propagação sem fins comerciais do conteúdo desta publicação, parcial ou total, não somente é permitida como também é encorajada por nossos editores, desde que citadas as fontes.

www.editoracoragem.com.br
contato@editoracoragem.com.br
(51) 98014.2709

Produção editorial e projeto gráfico: Thomás Daniel Vieira.
Preparação e revisão de texto: Camila Costa Silva.
Revisão geral: Nathália Boni Cadore.
Tradução: Rogério Tomaz Jr.
Capa: Cintia Belloc.
Fotografias da capa: Fabián Restivo e Gonzalo "oso" Pardo.

Porto Alegre, Rio Grande do Sul.
Outono de 2024.

Dados Internacionais de Catalogação na Publicação (CIP)

R436p Restivo, Fabián
Palavras para depois: conversas com Pepe Mujica / Fabián
Restivo, Pepe Mujica; tradução de Rogério Tomaz Jr. – Porto Alegre:
Coragem, 2024.
278 p.

ISBN: 978-65-85243-17-9

1.Mujica, Pepe. 2. Entrevista. 3. Política – Uruguai. 4. Política
– América Latina. 5. Situação social – América Latina. 6. Prosa. I.
Mujica Cordano, José Alberto. II. Tomaz Jr., Rogério. III. Título.

CDU: 304(047.53)

Bibliotecária responsável: Jacira Gil Bernardes – CRB 10/463

Nesta edição ao português, optamos por manter a oralidade da conversa, preservando algumas expressões originais e fazendo intervenções estritamente necessárias para contextualizar algumas siglas e pessoas citadas no texto.

Nossa intenção, aqui, foi de aproximar o leitor da fala rioplatense de Pepe Mujica em momentos de sangue quente com as injustiças e contradições desse mundo, algo, talvez, tão humano como nos pareceu a prosa de Fabian com esse *viejo* cheio de vida lá no Rincón del Cerro.

Os editores.

Umas palavras antes do livro

Dez dias de conversas cotidianas. De temas que iam e voltavam, que revisitamos, que Pepe reformulou. Finalmente, não foi uma entrevista, nem um pingue-pongue de perguntas e respostas: estávamos apenas conversando. No galpão, na sala da frente, na cozinha ou andando pela chácara.

Essa aparente desordem (no final, foi uma conversa entre dois *rioplatenses*) me levou a decidir como transformá-la em "livro": compilar os temas, por tema, para que a leitura fosse mais organizada? Ou simplesmente colocar a conversa, dia a dia?

A primeira opção era certamente mais ordenada. Mas a segunda é a realidade.

Conversar com Pepe Mujica implica certos ritmos, certos silêncios, certos desvios e certos preâmbulos para qualquer pergunta. Sentar-se com Pepe para tomar um bom rum jamaicano e comer azeitonas, enquanto você o escuta retomar um assunto já discutido há três dias, é a possibilidade de ouvir um homem que ficou mastigando algo que disse e quer voltar a discuti-lo. E aí a coisa toma outros rumos e desvia para assuntos que não têm nada a ver com o tema do início, mas era o ritmo do tempo das conversas sem mais interesse do que isso: ouvir e falar. Muito mais ouvir do que falar, é claro.

Então decidi deixar a conversa como ela veio. Com sua ordem, sua desordem, seus silêncios e as reflexões de um homem de 86 anos que viveu o suficiente para entender coisas desse caos que é a raça humana, que ele chama de "sapiens", e contar o que está pensando.

Por fim, aqui estão os dias e as horas de pensamentos e palavras de um Pepe Mujica que, em certo momento, se refere a si mesmo como "muito reclamão e meio caótico", e que alguns de nós chamamos carinhosamente de "o velho".

Passarão por estas páginas A história do mundo, os resultados de algumas guerras mundiais e de outras domésticas, a "travessia das sementes" e "a façanha do sapiens". Lucía também aparecerá, em sua (tomara) justa dimensão de militante e dirigente fundamental da esquerda uruguaia, junto com o problema da ração para as galinhas, o ruim e o bom dos novos tratores para trabalhar a terra, a juventude atual e a própria velhice, que inclui pensamentos, amanheceres, próstata, política, a importância de um bom vinho e, claro, a umidade do rio da Prata e suas consequências sobre os joelhos.

Há algumas partes em que a conversa se torna cotidiana, interna e até, pode-se dizer, pueril. Peço atenção especial a esses fragmentos. Talvez aí esteja escondida toda a riqueza, a magia e a inteligência de Pepe Mujica nesse encontro, para o qual (com o livro na mão) lhes convido a participar.

É uma conversa de hoje, para agora.

E também para depois.

Tudo é imparável

Claro que eu gostaria de começar contando um primeiro dia luminoso de uma manhã primaveril, com aquela luz oblíqua da areia finíssima como um filme promissor onde se podem ver os raios de sol se filtrando entre as árvores da já mítica chácara, e contar como aparece a imagem de Pepe Mujica quase alado, flutuando pela trilha que leva ao portão e acenando sorridente com a mão levantada.

Teria sido o começo ideal, com aquela estética romântica, terna e quase, quase mística. Mas não. É a tarde de um dia de calamidade, úmido, pegajosamente morno em alguns momentos e gelado em outros. Chove, para, chove, com uma intermitência insuportável e redemoinhos de folhas encharcadas que impossibilitam prever o que vai acontecer nos minutos seguintes. Então Pepe desce a trilha de terra, agasalhado em dois casacos, com os olhos pequenos, as botas enlameadas e o gorro de lã a bordo de um equipamento elétrico que dá a entender que tentou ser um carrinho. Aqui vêm os abraços e saudações. E ali mesmo e de pé, as queixas contra o clima e as dores nos ossos e a situação no Uruguai e a pandemia do coronavírus e o tratamento dos países ricos que acumulam vacinas deixando o resto do mundo ferrado. A preocupação resignada com a escassez de vacinados na África e o reflexo possivelmente devastador que isso terá para a Europa e o resto do planeta. Ou seja, a vida.

Manuela não está mais aqui. Nem os outros dois cachorros. Todos morreram de velhice e Pepe (a quem carinhosamente chamamos de "velho") ensaia uma frase que repetirá várias vezes sem drama: "parece que o próximo sou eu, que estou saindo". No meio da conversa geral nos acomodamos no galpão do pequeno trator, abrigados das rajadas de vento que teimam em arrebentar os portões de metal. Pergunto a ele sobre o artefato:

— Esse carrinho é uruguaio?

— Não. É chinês. Ultimamente tudo é chinês.

Tudo menos as duas cadeiras vietnamitas que desdobramos para sentar. São duas cadeiras de campo que, oportunamente, Lucía dirá que foram um presente, trazidas do Vietnã há muito tempo. Até agora parecem novas.

Vietnã, Estados Unidos, Europa, África, mostrando as piores e mais miseráveis contradições do ser humano (a quem Pepe chama de "sapiens"), nos enrolam em um labirinto complexo que exige silêncios para acomodar ideias e palavras. Enquanto o observo a vasculhar a cabeça, arrisco-me a recordar-lhe (como se fosse necessário!) que ele tem oitenta e seis anos, que o ritmo e a intensidade de sua vida lhe permitem saber o andar da carruagem e que, portanto, ele sabe quais contradições o preocupam, já sem remédio.

— Sim, há várias. Existe uma primeira e é por isso que comecei falando sobre a vida. E da vida em geral, porque seguramente a vida humana também não é sustentável se não estivermos acompanhados por uma série de outras formas de vida que nos rodeiam, que estão aí. E fizemos essa civilização de mercado que tem como porta-estandarte a acumulação. É paradoxal. Criou a ganância, o desejo de ganhar. Impôs o desenvolvimento do conhecimento científico para aumentar a produtividade e, assim, incrementar o lucro como nunca antes, em qualquer etapa da história. E criou essa base do que é o conjunto do conhecimento contemporâneo. Por essa ótica é formidável e há algumas coisas que são admiráveis. Vivemos em média quarenta anos a mais do que um século atrás, não é pouca coisa. O que você acha? Mas o perigo é justamente nos tornarmos vítimas de nosso próprio sucesso. Como tantas coisas humanas, tem um lado positivo e um lado negativo. De alguma forma relaxamos com a natureza e pode ser tarde; parece que é infinita, e quem vem depois que se vire. E agora estamos numa bagunça que não sabemos o que temos. Sabemos o que precisa ser feito e sabemos o que está acontecendo como nunca antes, mas temos fraqueza política porque teríamos que tomar medidas que são globais e não podemos.

— Não acho que seja possível. Vejo o último relatório da ONU que diz: "Senhores, fim da história".

— Sim, sim. Mas várias coisas podem acontecer. Um mundo atrás do muro, numa estufa que se protege e empurra o outro para fora, é uma possibilidade. A outra é que haja uma cota de desastres que no final leva a decisões obrigatórias. E que, depois de pagar um preço muito alto, se corrija para os que ficam. Quando perguntaram a Einstein: "e como será a futura Guerra Mundial?" Ele disse: "Ah, não sei, o que eu sei é que a quarta vai ser a pedradas". Algo assim. Isto é, o futuro da humanidade está comprometido. E não parece que os países centrais tenham um desespero político para consertá-lo. E eles, que são os principais responsáveis pelo que está acontecendo, não se movem, você pode perceber. O que vai acontecer eu não sei, e essa é uma angústia que eu tenho. A outra, a hipótese mais positiva, é que haja vontade. Mas haverá tempo? Não sei. Chegando a um certo nível, o fenômeno se alimenta de si mesmo, não precisa mais que você corrija ou não corrija. Tudo é imparável.

E no meio, este planeta

— Você tem esperança na humanidade?

— Tenho esperança biológica porque os tempos são solidários. Intelectualmente tenho dúvidas, mas no final quem manda são as tripas. Seria bom incorporar esse conceito. É ideológico porque você não consegue dizer não à vida e tem a fantasia de ter que pensar nela. Por quê? Porque o único milagre que existe acima da terra para cada um de nós é o milagre de nascer, de estar vivo. Viemos do nada... e vamos para o nada! E há uma pequena licença dentro desse nada chamado vida. O que é a vida? Eu sei lá, uma aventura bioquímica. Não sei o que é.

— Existem muitas teorias.

— Existem muitas teorias, mas está aí, existe. E tem uma magnitude tão milagrosa! Mas claro, é uma ocorrência cotidiana, todos os dias acordamos. Mas o homem é um bicho complicado, o único que se suicida em certas condições.

— E é o único animal que prepara sua comida.

— Sim. E enterra os mortos.

— Prazer, morte, suicídio, enterrar os mortos. Entre uma morte e outra, o prazer de preparar a comida, o prazer de comer.

— Sim, e complicou bastante. O homem transformou isso em uma arte, pelo menos alguns. Mas sabe qual é o melhor tempero para a comida? Ter fome.

— Claro, quando estás com fome tudo é gostoso. O milagre do pão acaba sendo isso: quando estás com fome e não comes de verdade, um pedaço de pão é glorioso.

— É a aventura do trigo. O homem começou coletando sementes silvestres por aí, na Ásia Menor. Alguns teóricos dizem que o trigo é das montanhas, das encostas mais baixas das montanhas do Afeganistão. É uma ervinha que é espontânea. Eu não vi, mas naquela região as pessoas começaram a colher trigo. E aí ferrou, porque, como é um bicho complicado, disseram: "Ah, mas vamos plantar". Isso foi há uns trinta mil anos. E aí, aos poucos, começou "o meu" e "o seu".

— Claro. Se você quer trigo, vá procurá-lo onde o encontrei. Este arado é meu. Nós regredimos, não?

— Hoje os antropólogos contemporâneos dizem que naqueles cento e cinquenta mil anos em que o homem andava como um caçador-coletor, um pouco mais, um pouco menos, comia muito melhor e adoecia menos. Porque comia com variedade. Bom, ele entrou no sedentarismo e na agricultura e começou com a monocultura, entendeu? Mas, claro, permitiu-lhe alimentar muito mais a população. Bom, você chega aqui, há trinta mil anos, e isso nos parece um ultraje. Mas na vida do planeta isso foi ontem.

— É um momento. A industrialização da comida, para alimentar tantos, acaba matando gente.

— Claro. E jogamos fora cerca de trinta por cento da comida que fazemos. E na outra ponta está essa utopia: se os africanos pudessem comer como os cachorros da Europa, melhorariam seus níveis de proteína.

— Se os africanos pudessem ser vacinados como a Europa está sendo vacinada...

— Vão vacinar de qualquer jeito, é questão de tempo.

— Sim, mas nessa época de Covid e com tudo que está acontecendo, tem toda uma questão, né? Porque a Europa se vacina, acumulam; mas se eles não vacinarem o resto do mundo, vai chegar neles do mesmo jeito.

— Sim, sim. Mas eles estão com pressa por causa dos números, por causa da economia. Então eles querem sair primeiro e depois vão distribuir. Mas primeiro eles.

— Sim, mas isso dura pouco. Porque no momento em que três africanos entram na Europa por qualquer motivo, eles se ferram de novo.

— Provavelmente eles vão viver com essa espada de Dâmocles. Mas as coisas são assim. Quem tem dinheiro e desenvolvimento ficou com o grosso das vacinas e os outros que esperem. Vão dar as vacinas que estão sobrando.

— Bem, foi o que os Estados Unidos fizeram com as vacinas que venceram agora. Dez dias antes do vencimento disseram que iam doar um milhão de vacinas.

— Também fizemos um gesto com o Paraguai, mandamos cinquenta mil.

— A vida acaba sendo gestos.

— Os gestos podem ser sempre para um lado e para o outro.

— O tema é a comunicação do gesto. Os médicos cubanos estão no Haiti há vinte e cinco anos, todos os dias.

— Sim, mas ninguém diz nada.

— E disso não se fala. Quando houve o desastre do Haiti, não o de agora, o de antes, os gringos chegaram com milhões de câmeras e quatro caixas de bandeides e foi como: "putz, os Estados Unidos salvaram o Haiti!". Como eles manipulam a estética, né? Em segredo, colocam uma bomba e o fazem explodir um hospital. E em público te dão um pequeno frasco de mertiolate para curar.

— Sim, está cheio de contradições. Às vezes devido a interesses econômicos, às vezes devido a diferentes visões de classe. E às vezes por razões geopolíticas. E no meio, este planeta.

O conto da carochinha

— No meio disso tudo, te coloco numa armadilha. O que você está plantando? Oliveiras ou acácias?

— Não, carvalho e noz, noz-pecã. Pois bem, porque se pode dizer que vou morrer, estendo o manto e me deito para dormir, como Tirso de Molina, ou pode-se bancar o bobo, o que não vê, e continuar.

— É o seu caso.

— Claro, não vou me propor a isso com a idade que tenho. Um carvalho bem cuidado será madeirável dentro de vinte e cinco anos. Eu não me importo quando.

— Você está colocando mudas, não é?

— Não, fiz tipo muda de vaso. Olha, tem que nascer. Durante toda esta primavera, este verão e quando chegar o próximo outono, eu podo. Eu os planto ao ar livre em algumas faixas e no ano seguinte eu os arranco direto pelas raízes no inverno. Só então eu os planto no lugar definitivo. Eles têm que ser assim, pelo menos. Ah, é um trabalhinho para um velho idiota *pelotudo*.

Ele se diverte tirando sarro de si mesmo. E é fácil prever: para e olha fixo com um sorriso de olhos pequenos e inquisitivos. E esse gesto é sempre um segundo antes da gargalhada relâmpago.

— Você acha que eu não sei que sou um velho *pelotudo*? Todos me parabenizam, mas depois não dão a menor bola para o que eu falo! Então continuo fazendo minhas coisas.

— Você sempre aposta em tudo, né?

— Claro. Por que os pássaros, que não sabem de tudo isso, a cada amanhecer ficam no galho da árvore e cantam? Depois saem desesperados por comida, mas primeiro cantam.

A vida é isso, tem outros velhos *pelotudos* antes de mim. Alguns se dedicaram a fazer pirâmides, com trezentos e poucos mil escravos por vinte anos, para ter uma tumba memorável. Idiotices como essas fizeram muito, não? Parece-me mais digno, mais útil, plantar alguns carvalhos para os que virão.

— Bem, mas olha que estão fazendo uma estátua sua no Rio de Janeiro.

— Sim, mas isso não resolve o problema. O carvalho não é besteira. Como matéria-prima, há mais de cinquenta anos aumenta um ou dois por cento ao ano cumulativamente...

— Vou deixar o mundo um pouco e vou sobre você. Assim estou me aproximando de uma provocação e tudo bem, vou encurtar. Mas como você vive quando alguém lhe diz que vai fazer uma estátua sua, em bronze, em tamanho natural? Um rapaz me disse ontem que tinha ido ao Egito ou à China, e quando dizia que era uruguaio o chamavam de Pepe Mujica. Como você vive isso?

— O bicho humano é um tanto utópico, mas é por causa do disco rígido, por construção. Precisa acreditar em alguma coisa, então sai procurando símbolos por aí. Mas não sou eu, são as pessoas que precisam de alguma coisa. De repente, sei lá, eles se abraçam com o Barcelona ou com o PSG mesmo tendo por trás um catari que quer ganhar dinheiro e tudo, mas se abraçam, percebe? E bom, os outros me pegam, que sou um velho *pelotudo*, esquisito, e dizem: "ah, mas um cara que foi presidente, que sensível! Que coisa rara! Que fenômeno!"... São os lugares comuns que as pessoas têm. Por quê? Porque a nossa cultura é muito atravessada pelo rosário nobre, pelo tapete vermelho, pelos caras que tocavam corneta quando o senhor feudal saía pela ponte para caçar. E assim criamos a república moderna, onde ninguém é mais que ninguém e todos somos iguais perante a lei. Veremos.

— Mas levantar a cabeça acima da média, que é o que muitos tentam, servia aos romanos, aos gregos.

— Ah, sim. O bicho humano precisa disso. Tudo à toa, me entende? Eu acredito na criatura humana! Mas vejo tudo isso como o desespero da vida consciente diante da morte inevitável. Então inventam religiões, templos e outros que se destacam, como aqueles velhos que enlouquecem por acumular dinheiro. É tudo a mesma fantasia. A fama é outra. O tango está certo, a fama é pura história, viu? Porque passa e o mundo continua girando. Quem disse que a vida de uma pessoa é mais importante que a vida de um girino? O que acontece é que somos antropocêntricos e sempre queremos colocar o homem no centro do universo.

— Por dentro, no fundo, ainda seguimos estando antes de Galileu.

— Claro, e o homem está no centro de tudo. Ou seja, na magnitude do universo, não somos nem escombros. Mas bem, é uma visão filosófica que eu tenho. Por quê? Porque é uma armadilha que carregamos dentro de nós, que nos empurra. E lutamos, acumulamos e progredimos. Esse é o lado positivo. O negativo é que acabamos acreditando nesse verso e assim vivemos. No final das contas, as únicas coisas reais são as pequenas grandes coisas da vida ou as coisas mais elementares. Somos mais felizes? Tenho minhas dúvidas.

— Depende de onde você pensa sobre isso. Se você pensar a partir de cada um... O homem transcende, mas também depende de onde tenha nascido, de que cor ele é, de quais são os expoentes.

— Isso é um milagre. Porque você não é responsável pelo lugar onde nasceu, mas isso vai influenciar no que é a sua vida. Quer dizer, é uma loteria.

— Definitivamente, estou muito preocupado com a questão da migração. É um fenômeno tão duro, tão azedo, tão áspero. Eu sei disso, vivi migrando em condições favoráveis. Mas migrar é difícil. E quando você migra em massa...

— Isso é mais que uma migração: é uma fuga.

— E acaba em jaulas. E os maravilhosos bem-aventurados que fazem caridade nem se importam. É complexo porque o mundo cresceu e enriqueceu com a migração.

— Nem sei o que dizer. Nós aqui no Rio da Prata existimos, por favor! Atrás de todos nós há um ou dois imigrantes. É assim. Ao meu pequeno país, este paisinho, ali por 1909, chegaram mais ou menos quarenta mil, percebe? Tinha meio milhão de pessoas e chegavam quarenta mil, e às vezes as esperavam no porto para ir trabalhar. O Padre Huidobro era um galego vindo de Castela que esperaram no porto e levaram para fazer uns galpões.

— Quarenta mil migrantes chegaram em 1900?

— Sim. Na Argentina eram duzentos, trezentos mil por ano. Aterrorizante o que houve na Argentina. Tinha uma orientação maluca que dizia que era preciso mandar gringos para La Pampa e foi assim, fizeram disso o celeiro. Na memória de Trótski, ele conta que seu pai, que era fazendeiro, um dia foi ao mercado, veio com a cara no chão e disse: "Apareceu um país chamado Argentina e nos derrubou todo o preço". O pai de Trótski, percebe?

— Bem, primeiro dominamos o grão. Depois, o comércio. Então, se você não pode pagar, está ferrado.

— E depois vem o financeiro. Você não ganha mais com grãos, carne e tudo mais, mas com dinheiro. É o elixir da questão. Isso soa interessante para você? Que merda!

— Talvez seja sutileza demais, mas ter feito o primeiro arado na terra dá origem ao sistema financeiro?

— E sim, primeiro tem que haver mercadoria. Curiosamente, o comércio não começou com as necessidades básicas, o comércio começou com o luxo. Os fenícios iam ao mar Negro em busca de perfume. No Império Romano, uma das coisas que abalou a economia foi o comércio de luxo com a Índia. Por quê? Porque as classes abastadas começaram a consumir joias, marfim, seda.

— O primeiro comércio dos astecas foram as penas usadas para fazer mantos e, eventualmente, os grãos de cacau, que eram dinheiro. Foi o que eles negociaram. Que foda, estamos na mesma hoje!

— Quem pode comprar é quem já podia, não são os camponeses pobres. São pessoas que tinham um certo nível econômico.

— E hoje estamos na mesma.

— Claro, mas é mais complicado. Nada mais. Hoje não te vendem penas, eles arrancam suas penas com técnicas de marketing. Antigamente eles colocavam religião e tudo mais. Mas ei, é a evolução. No fundo, de uma forma diferente, é o conto da carochinha.

Eu o tive na mira, me olhou e não consegui atirar

Que Pepe ensaie uma resposta ou raciocínio com calma, balbuciando, e vá alimentando o próprio fogo até falar, agitando os braços, é uma coisa cotidiana. Em tempos de palavras complicadas, ele insiste na facilidade. E isso também funciona ao contrário, procurando palavras simples como se as que usamos não fossem rudimentares o suficiente. Ele vai até o mais impossivelmente simples, primário, certificando-se de seja entendido e aí, sem pensar, deixa escapar a opinião: "São uns *pelotudos*" e pronto. Então a conversa vai para onde os cavalos querem. Um pouco de história, previsões meteorológicas, alguma história dos seus dias de prisão, apesar de termos nos proposto a não falar nisso "porque já é chato" e silêncios que não há por que preencher além de "enfim... as coisas são assim", enquanto uma rajada de vento sopra com folhas e pardais e o cachorro preto que sempre passa latindo para mim.

— Pepe, faz uns vinte dias chamei o Daniel por telefone e perguntei de você, sempre pergunto de você. Digo: "Como está o velho?", "Olha", me disse, "está preocupado e está reclamando". E imaginei alguma coisa grave, sei lá, aí pergunto pra ele: "O que aconteceu?"... E me diz: "Parece que tem uma raposa que come as galinhas, sei lá, um animal que entra e come as galinhas. Então caminhamos a manhã inteira procurando por ele". Como você combina sua preocupação com a humanidade, seu desejo de resolver a questão da universidade e as questões de Estado que você ainda tem com esse hábito de sair para o galinheiro às três da tarde para correr atrás da raposa que come suas galinhas ou pegar o trator? Convenhamos que não é comum.

— Não, não é comum. Primeiro, sou um camponês de alma. Se eu tivesse que me definir, sou algo como um terrão com pernas. Um problema ocasional. Em segundo lugar, tenho um respeito bárbaro pela vida e não gosto que os animais sofram e menos ainda os animais que estamos explorando. Porque os animais sentem. Como nós, eles têm sentimentos, dor, angústia, eles têm tudo mais. O fato dos animais não terem consciência e não terem desenvolvimento não significa que não tenham sensibilidade. E eu sou um filho da puta se não me preocupo, se os exploro e também os faço sofrer por nada, entende? Porque eles estão presos aí. Dependem da comida que levo. É um momento de satisfação e alegria, além de serem essenciais. Porque a vida não é só para mim. É para toda a natureza. É um problema filosófico, não um problema econômico. Mas as pessoas que não cuidam dos animais me irritam, porque o sangue italiano esquenta. Comeram todos os meus rabanetes, me causaram um dano bárbaro. Mas não é culpa dos animais, é culpa da estupidez humana. Mas estou cercado por pessoas que não têm isso. Então eles têm uma galinha que não sei para quê... alguns patos que não sei para quê... alguns coelhos que também não sei para quê. Eles os criam porque são lindos, mas depois não podem matá-los para comer porque dizem: "como vou matá-lo?", "coitadinho", e isso e aquilo. Não é maldade ou bondade, mas uma maneira de ver as coisas. Eles não dão bola para eles. Mas também tive muitos presos. Estes estão presos. Os animais domésticos são muito dependentes do que fazemos ou deixamos de fazer. E quando não fazemos o que eles precisam, estamos fazendo com que sofram por nada. Se os trata bem, eles vão compensá-lo. Se os trata mal, também não o compensarão.

— Afinal, não era uma raposa?

— Não, era um coelho! Vários coelhos escaparam de um vizinho e entraram na minha estufa. Passei dias procurando e procurando, e eles destruíram tudo! Até que me esquentei e fui procurá-los com a espingarda. E encontrei um, comendo. Fiquei quieto e mirei nele, e assim que o tive na mira, ele se virou e olhou para mim. E não consegui atirar. Agora tenho muitos coelhos que dou de presente, mas é isso... aí estão eles.

Estamos cercados de mistérios

— Você sabe, talvez melhor do que ninguém, que o mundo lá fora está cada vez mais complexo, secretamente rude, intrincado. Como você vê os jovens nisso?

— Ser jovem é um ato preparatório para ser velho. Eles dizem: "o mundo é dos jovens". E é certo, porque eles vão ficar velhos, é só uma questão de tempo. Falando um pouco sério, parece-me que o desafio que têm pela frente é cruel. Eles não têm muito em que acreditar e, portanto, não têm nada além dos holofotes do mercado. Eles vão ter que viver um momento de aguda diferenciação no campo do trabalho. O que chamávamos de proletariado, que eram uns caras de macacão e boné, vai ser substituído pelas pessoas que estão entrando nas universidades. Esses são os trabalhadores que vão deixar mais-valia no futuro porque a evolução tecnológica precisa apenas de um punhado de gente qualificada. E à margem vai ficar uma humanidade, que vamos ver o que ela faz. Os jovens têm esse desafio, porque para entrar nessa economia precisam de um grau de formação que não está dobrando a esquina para todos. É perverso. E, além disso, nós, os emergentes ou como queiram nos chamar, que estamos na zona subdesenvolvida do mundo, temos a consciência de ter que lutar desesperadamente para que não nos saqueiem porque precisamos de uma carrada de dinheiro para educar essas pessoas. O mundo vai estudar vinte anos para trabalhar dez. Ou melhor, estudar e trabalhar. Por quê? Porque é uma avalanche, esse campo de trabalho vai ter um impacto social terrível no comportamento, em tudo. Então há uma humanidade que tenderá a viver da pena, mas não porque quer e sim por impotência. E haverá correntes, dentro dessas pessoas que detêm o poder, que provavelmente vão querer dar-lhes recursos porque precisam deles como consumidores. Se não, o fio da acumulação para e essas massas não podem ficar inertes sem consumir. Terão que inventar trabalhos à toa, como os japoneses estão fazendo com os velhos aposentados, que inventam trabalhinhos para que eles passem o tempo cortando um galho. Os mais espertos vão ver isso como uma terceira fortuna, viu? Bill Gates, esses caras, eles veem isso claramente. São uns caras que dizem: "pagamos pouco imposto" e tudo mais. O sistema é feito de um bando de miseráveis também, e não vou colocá-los todos no mesmo saco, mas o que eles vão dizer? "Não, o meu é meu?" Haverá conflito aí porque o sistema precisa distribuir, mas não por pena, por empatia humana. Sempre vai ter alguém que diz que tem que inventar alguma coisa, dar para consumir. A gente já sabe, uns defendem que deveria ser cobrado imposto por máquinas inteligentes que substituem mão de obra, outros dizem que não. A luta já está armada.

— O grande problema é o alto consumo.

— O alto consumo é o que está nos levando para onde está nos levando.

— Mas se você para com o consumo, como você alimenta as pessoas que trabalham nele?

— É que você tem trabalho, teoricamente você tem trabalho pra caramba. Porque se você se promove, diga: "Vamos levantar esse mínimo dos que estão na sarjeta do mundo para incorporá-los à coisa". Mas o que acontece é que a humanidade não tem poder de compra, então temos que inventar cada besteira! Existe uma empresa alemã que se dedica a fazer chaves de carro. Pode valer trinta ou quarenta mil dólares por chave. Você acredita?

— Por quê?

— Porque eles encontram um velho *pelotudo* que vai colocar diamantes nele, sei lá o que eles fazem! Percebe? E te fazem a Lamborghini ou a Ferrari tal personalizada para que um velho *pelotudo*... Fazemos um monte de coisas à toa. Mas então, acho que esses senhores são excêntricos, têm poder aquisitivo e compram besteiras. Você não viu? Esse velho foi para o espaço, colocou um monte de dinheiro para olhar por quatro minutos para baixo, para a Terra. E já estão fazendo fila para dar uma voltinha dessa. Bem, isso também é uma armadilha porque, por um lado, avança o progresso tecnológico, mas o progresso não é necessariamente a favor da humanidade. Há avanços que sim e há avanços que são uma cagada. Não que tudo que é mais moderno seja melhor. Não, algumas coisas são brutais. As pessoas melhoram de vida. Tenho a vantagem de ter oitenta e seis anos, vou morrer em breve. Mas cuidado com quem tem trinta quando chega aos oitenta, não sei se não se encontra com velhos *pelotudos* que vivem cento e cinquenta ou duzentos anos porque mudam isso ou aquilo. Mas não será para todos, será para quem tem muito dinheiro.

— A ciência nunca foi neutra.

— A ciência é movida pelo interesse! Isso é exatamente o que o capitalismo trouxe. O capitalismo viu claramente que precisava promover a ciência para explorar a produtividade e a criatividade da tecnologia e isso foi desencadeado. Porque a ciência havia avançado: a máquina a vapor já era conhecida em Alexandria, mas eles não tiravam o máximo proveito dela. Inventaram para levantar algumas coisas e funcionou, mas não entrou no sistema. O genial do capitalismo é que ele fez uma revolução. Tudo a partir daqueles mercados podres com os preços que os artesãos cobravam e que começaram a se acumular dentro de um galpão e dividir o trabalho artesanal em pequenas etapas. Assim começou a produção em massa, esse foi o primeiro passo. Foi genial. É a divisão do trabalho que nos permitiu dar o salto porque um artesão da Idade Média começava com o minério e terminava com o caldeirão, era um craque. Mas você lidava quarenta anos com um daqueles caras. Agora, quando eles começam a se decompor em série, em um monte de pequenas operações que qualquer um pode pegar e fazer, isso multiplica a produtividade terrivelmente. Quando você desce para a aventura da molécula, encontra um universo e isso me parece glorioso em termos de ciência. O problema não é da ciência, a culpa é de quem usa a ciência como uma ferramenta distorcida, que acaba perdendo todo o senso de empatia com a humanidade. Mas devemos reconhecer o salto fantástico que a humanidade deu em trezentos anos, o que é uma coisa assustadora. Agora os saltos ganharam uma velocidade que dá para andar a passos largos, em dez anos há algumas mudanças que te apavoram. Tudo indica que isso é exponencial. Daí o problema que os jovens têm. Como você se encaixa nessa sociedade? Estamos indo para um mundo em que as pessoas têm que estudar muito, mas muito, e trabalhar pouco.

— E do que ele se alimenta? De heroísmo? Quem é mais heroico? O cara que vai para a guerra por um ideal, sabendo que pode ser morto, ou o cara que pode ficar sentado diante de um microscópio por quarenta anos? Porque existe uma pessoa apaixonada pela ciência, entusiasmada, sentada anos e anos na frente de um microscópio, e o resultado acaba sendo apreendido por um laboratório ou uma multinacional e você diz: "Bem, é a história de Einstein e o átomo, afinal".

— Aquele capitalismo que floresceu ali em volta da mancha foi uma revolução dentro do próprio campo da política. Não cuidaram dos homens de ciência, exploraram-nos miseravelmente. Um soldado e a turma que o cercava. Antes de formar a unidade, a Alemanha foi a primeira a perceber a importância que tinha o ensino público, a educação e a formação do povo. E com o método prussiano começou a aplicá-lo. E veio a Prússia, a unidade alemã e a Alemanha que depois conhecemos. Aquilo não foi um canto dos deuses: houve uma decisão política de quem viu e passou a cuidar dos homens da ciência, a pagá-los bem, a multiplicar, algo que hoje está incorporado em todos os países desenvolvidos. E roubá-los é o maior desgaste para nós na América Latina. Como não lhes damos espaço, eles os levam embora.

— Sim, e tem gente que finalmente estudou muito e quer viver bem. Eles não me parecem culpados.

— Não. Do que eles vão ser culpados?

— Mas às vezes tem essa coisa de "você se formou aqui e acabou servindo na Itália, nos Estados Unidos, na Alemanha"...

— São os valores da sociedade em que vivemos.

— Muitas vezes, eu sei porque conheço pessoas, não vão nem por dinheiro. Eles saem para falar "quero continuar estudando aqui", é isso.

— Sim, isso é comum. Acontece com todos nós e não conseguimos, a política não entrava nisso. Não temos acordo sobre universidades públicas e pesquisa pública na América Latina. É um tipo estúpido de soberania, porque tenho que revalidar esse cara. Um cara que se formou em uma universidade argentina deveria ser o mesmo aqui e no Brasil e em qualquer lugar. É um senhor engenheiro, tchau.

— Por que não pode ser feito no momento em que havia uma unidade política no continente, com [Néstor] Kirchner, Lula, [Rafael] Correa, você?

— Não pudemos fazer porque eles estavam e nós estávamos em outra, sei lá. Digo isso também com o jornal de ontem, pelo que vivi, mas cheguei à conclusão de que a unidade federativa da América Latina primeiro se une na inteligência, nem sequer no comércio. Primeiro, a massa cinzenta dos futuros setores que vão liderar as sociedades. É por isso que não há batalha mais importante a travar nas universidades públicas desta América de hoje. Temos que nos unir, ser protecionistas, nacionalistas e defender esse capital. Porque quando perdemos esses caras, perdemos o melhor, a nata. Exportamos os qualificados e ficamos com os medíocres! Quer dizer, ficam também alguns brilhantes, diria quase patriotas, mas com uma enorme quota de sacrifício e isso não é justo.

— Isso te irrita, não é?

— Claro que irrita porque é a pior submissão que existe. Se todo mundo te diz que o fator mais importante é a inteligência. Por um lado, o capital, sim, mas, por outro, a inovação, a inteligência e a criatividade. Então você tem que se apropriar disso porque, além do mais, não está empalhado, não está fechado. A natureza te ensina lições, ainda está cheia de segredos, e nós estamos cercados de mistérios, por todos os lados.

O racismo é anticientífico

A tarde se acalmou. Os ventos cruzados pararam. E agora um calor úmido sobe da terra. Pepe tira o gorro de lã e coça a cabeça com um prazer infantil que o deixa feliz no momento. Às vezes olha esse nada, tão povoado, que lhe permite urdir ideias complexas que depois reduzirá a palavras fáceis, onde a memória de qualquer acontecimento é apenas um ponto de partida para reflexões e novas invenções, ideias, entusiasmo. Como aquela que acaba de sussurrar para si mesmo, que a terra é linda de semear e que as sementes que plantou devem estar felizes.

— Pepe, e as sementes? Felizes?

— Mas claro! Começam a brotar agora na primavera, começam a sair daqui a um mês, por aí. Não é um milagre? Você não vê a semente de eucalipto, ela é pequena e um monstro é construído a partir dela. E é o quê? É um código, uma tarefa, um programa bioquímico de uma tarefa. Como poderia o homem primitivo não acreditar em Deus, nisso? É o lógico. Se tinha tempo para observar, rodeado por aquelas coisas, que outra explicação poderia dar? Cai no sobrenatural na hora, sacou?

— Sei que você é ateu, mas como se dá com as religiões?

— Ah, respeito muito. Sobretudo algumas formas do cristianismo e essa coisa que ajuda a morrer bem. O cara que acredita morre bem mais tranquilo, entende? O que você acha de um serviço que te ajuda a morrer bem e que você não precisa pagar em parcelas mensais facilitadas?

— Bem, não sei...

— Sim, sim, elas te vacinam. De alguma forma, elas te vacinam.

— Também te ajudam a viver mal.

— Sim, claro. Todo disparate foi feito e continua sendo feito em nome das religiões. Como esses senhores talibãs. Não sei o que farão com a população do Afeganistão, porque no final é uma escolha entre a merda e a latrina.

— Ontem li uma frase que dizia que os Estados Unidos se ocuparam de criar corvos, mas não vão ficar para o festival dos olhos. Ficaram fazendo guerras longe de casa, mas isso provocou uma migração feroz que, insisto, é uma questão que me preocupa. A migração da África me preocupa, ninguém os quer, ninguém quer assumir a responsabilidade.

— Sim, sim. Mas vão ter que discutir como alargar o Mediterrâneo porque as africanas podem fazer mais, têm um monte de filhos e calculam que até 2050, que é depois de amanhã, serão metade do mundo. Se metade da população do planeta são africanos, quem vai detê-los? E é contraditório, porque a Europa está envelhecendo e o europeu, assim que ele melhora um pouco, tem certos trabalhos que ele não quer mais fazer. Aí você precisa de uma empregada, de alguém para fazer as suas tarefas, como acontece na agricultura. Por que a Califórnia é tão aberta aos mexicanos? Eles precisam de um monte de mexicanos para fazer esses trabalhos, né? A Califórnia deve ser a sexta ou sétima potência mundial, trinta ou quarenta por cento dos vegetais e frutas do mundo são produzidos lá. Bem, essas são as contradições; porque os negros não vão só para jogar em clubes de futebol. A última vez que estive em Paris, sentei num bar no centro e olhei todas as etnias de negros que passavam por lá: a Europa termina em café com leite. Vai ter barreiras de imigração e tudo mais, mas acabam com uma confusão da qual não se escapa. É uma questão de tempo, porque, além do mais, também necessita deles. Se fores à zona de Almería, à zona hortícola de Espanha, são marroquinos. São pessoas de lá? Espanhóis? Muito poucos.

É a mesma coisa que aconteceu com os escravos nos Estados Unidos. O mundo vai acabar misturado, mas na Europa vai ser muito forte porque a taxa de natalidade está acabada. A Alemanha tende a se despovoar. Vão acabar com uma miscigenação como a da América do Sul.

— O que vão fazer com o racismo quando isso acontecer?

— Vão ter que enfiar no rabo. Não será um convencimento intelectual, será uma imposição da sociedade.

— Porque eles não poderão evitar. Quero dizer, você é racista, seu filho...

— Não, não. É que também sabemos exatamente o contrário: as raças puras acabam sendo uma merda, a hibridização é boa porque a natureza sempre hibridizou. O racismo é anticientífico e a mistura é explosiva. Escuta, nós latinos, quando crescemos mais? Quando tivemos a avalanche que veio de fora. O que vou dizer a um argentino, cara? A Argentina em 1930 era metade do PIB da América Latina, mas era um derrame de gente! Aqueles navios que vinham e desciam, desciam, desciam. Eles tiveram um problema bárbaro! Eles desmancharam a Argentina. Claro que podemos dizer que foi uma imigração mais qualificada, porque em termos gerais tinha mais conhecimento do que nós. Dali vinham os ofícios, os trabalhadores. Todo 1o de maio, os discursos tinham que ser feitos em quatro ou cinco línguas na Argentina, porque tinha um montão de gente que não entendia porra nenhuma. O primeiro censo que fizeram na cidade de Montevidéu é de 1885, 1886 e, que surpresa! Falávamos mais italiano do que espanhol. Mas nós somos uma bagunça. Veja o bandoneon, um instrumento alemão que se tornou a alma do tango. Isso é o quê? É uma simbiose, entende? Porque você não vai me dizer que isso não é uma hibridização gigantesca. Por isso digo que o racismo é anticientífico.

Tens que privilegiar a saúde das crianças

— Você trocou o trator?

— Sim, porque eu tinha dois maiores que esse. Um de setenta e cinco cavalos, tração nas quatro rodas, que é o que eu guardei e é bom para alguns trabalhos fundamentais. Mas eu tinha um médio de sessenta cavalos que vendi para comprar esse novo.

— E agora você ficou com esse pequeno?

— Comprei esse novo.

— Quanto pagou?

— À vista, treze mil e duzentos dólares. À vista, pois financiado são quatorze mil e quinhentos.

— Bonito. E você vai colocar um teto nesse ou não?

— Eu tirei. Está ali.

— E por que tirou?

— Porque para entrar na estufa ele me arrebenta.

— Está lindo.

— Sim, esse é muito lindo. Mas não têm a força dos antigos, é todo de plástico. O motorzinho é bem pequeno, mas é o que vem agora. O bom dele é que não tem muita coisa eletrônica, viu? Eles começam a colocar os sensores e então um sensor estraga e te causa uma confusão! Estou acostumado a andar com motor Perkins, viu? Eles são puro barulho, mas são fenomenais. Um abraço.

— Quero voltar à etapa da migração de que falávamos ontem. Antes era uma migração forçada por necessidade e agora é uma migração forçada por desastres.

— Sempre. Quando o homem migra, é como o quero-quero: se pode, continua a fazer ninho onde nasceu; mas quando tem que partir, parte.

— Claro, porque está em perigo. Mas o que estou dizendo é que antes, fora as guerras, era por necessidade que você migrava. Agora há migrações em massa muito violentas e com absoluto descontrole, produto do medo, assim como da fome.

— Por que é uma migração violenta? Porque eles colocam cercas em todos os lugares, porque não há a menor liberdade para migrar. É forçada e têm que entrar na marra, na manha ou na trapaça. Aqui antes vinham barcos cheios, desembarcavam no porto e pronto. Na Argentina tinham um hotel para imigrantes e aqui também. O antigo prédio das humanidades, que fica ao lado do porto, era para receber o cardume de imigrantes porque vinham todos de barco. Na Argentina tinham cama, havia todo um serviço.

— A hospedaria dos imigrantes era linda.

— Sim, claro. Foi organizado para isso e aqui tiveram até a rua Ilha das Flores, organizada para as quarentenas, percebe?

— O mundo era mais gentil, não era?

— Sim, porque na realidade havia necessidade de gente. Eles chegavam e não tiravam o trabalho de ninguém. Estavam dando e gerando trabalho porque estávamos crescendo. E, bem, muitas vezes traziam ofícios.

— Uma das coisas que Lula propôs foi: "Para eles, os pobres sempre foram um problema; para mim, o pobre é a solução do problema". Ele aplicou e funcionou mais ou menos.

— Claro. Nós procuramos mercado pelo mundo para vender e temos o maior mercado aqui, na América Latina. Se desenvolvermos os pobres que hoje não podem comprar nada, temos um *puta* mercado interno. Simples assim. Porque, além do mais, os pobres, enquanto são pobres, têm muitos filhos, mas assim que você atinge o status de classe média, já tem menos. Não sei se somos governados pela natureza ou por que diabos. No meu país, onde você vê muitas crianças é nos bairros mais pobres. Em áreas nobres você vê poucas.

— Quando cheguei à Bolívia, em 1996, fiquei muito impressionado ao ver famílias com dez, doze, quinze filhos. Então eu perguntei: "Cara, tantos assim?" Ou seja, eu sei que os pobres têm muitos filhos... e eles me disseram que sim, o que acontece é que eles sabem que muitos morrem. Isso me chocou. E uma vez, indo a uma comunidade onde tínhamos ido antes, onde a senhora tinha cinco filhos, vi apenas três. E digo: "E os outros dois?". Ela me disse "se perderam". Não perguntei mais nada e ela supôs que entendi. E então perguntei às pessoas com quem tinha ido o que ela havia me dito. "Eles morreram", disseram. As pessoas têm muitos filhos porque alguns deles morrem. Desde quando vem isso? Até onde chega a crueldade naturalizada de que você tem um filho e ele morre porque faltou o básico?

— Há lugares na África onde não dão nome até os quatro ou cinco anos, é comum. Hoje sabemos, desgraçadamente, que estas são armadilhas da biologia. Uma mãe que gesta em más condições, que se alimenta mal, tem repercussões, e os três primeiros anos de vida são decisivos para o futuro. O que foi perdido lá não se recupera mais. Daí que uma forma de capitalizar uma sociedade é ter uma política bem focada para as gestantes pobres, porque é uma forma de economizar dinheiro para o futuro. Não é só empatia: é conveniência. Claro que é pensado a médio prazo e é um luxo que nós, subdesenvolvidos, não costumamos pensar muito. A política de cuidar da primeira infância com tudo, de privilegiá-la com a transferência de renda, de se preocupar com a alimentação, de controlar a saúde desde a gravidez, vai se refletir. A ciência diz que a formação do cérebro e os três primeiros anos de vida se decidem do parto para frente. Não necessariamente sabíamos dessas coisas, mas agora sabemos, e a política não pode se dar ao luxo de não respeitar as contribuições que a ciência dá, porque os recursos não dão para tudo e você tem que privilegiar a saúde das crianças.

Melhor sairmos para caminhar

— Quando você vai dar palestras, quem mais vai te ouvir é a garotada bem jovem, né? Você tem algum retorno sobre isso, fora a garota que parou e disse: "Pepe, case comigo"?

— Os retornos que tenho são convites das universidades, disso e daquilo. Sempre, em todos os lugares.

— A responsabilidade de falar para os jovens e, portanto, de tentar colocar coisas na cabeça deles, pesa em você ou você apenas curte?

— Não, eu gosto. Sim, estou na idade de ser avô. A gente sabe que dá conselhos e que não vão dar bola, mas temos que dar, é quase uma lei biológica. Tendo vivido um pouco mais, você vê um pouco mais e se inclina para aqueles que ficarão. E é a coisa mais linda que há, porque é uma homenagem consciente à vida. E eu sempre os aconselho: "façam". Errar, eles vão errar, "mas não façam as cagadas do nosso tempo". Precisam ser originais, que façam outras cagadas, não as nossas, porque senão teremos vivido à toa. Cada geração tem que ter as suas cagadas, mas não recair nas mesmas que as anteriores fizeram.

— Que erros você vê que as novas gerações podem repetir?

— Tem um que o próprio sistema impõe, que é continuar confundindo ser com ter. A chave do consumismo, da política de acumulação, de tudo isso. É discutível que assim você possa mudar o mundo, mesmo que queira, mas o que não se discute é que neste mundo, tal como ele é, tem que te sobrar margem para você ser dono do rumo da sua vida.

— Isso implica um alto nível de decisão.

— Sim, isso... isso está aqui, na cabeça. Isso é ganhar a liberdade pela cabeça, não "me levam pelo nariz". Agora, se com uma campanha de marketing vão dominar minha vida, estou frito. Quer dizer, acredito que a vontade humana não pode conseguir tudo, mas pode alcançar uma margem importante. Digamos que os ônibus passem em uma rua da Grande Buenos Aires. Como não dá para evitar que circulem os ônibus, você tem que aprender a atravessar a rua e não ser atropelado. Isso é possível. Bem, a vida nas sociedades modernas é isso, porque se eu for esperar o mundo mudar e tudo isso, já era. Mas há uma coisa: se discordo dos valores deste mundo, tenho que enquadrar minha vida de maneira diferente.

— A juventude está em conflito porque todos querem, quiseram e vão querer pertencer a alguma coisa, certo? Como dissemos da última vez, o ser humano é uma criatura gregária e os rapazes estão, por um lado, honestamente preocupados com o meio ambiente, o aquecimento global e tudo o que está acontecendo. Mas, por outro lado, é difícil para eles deixar de consumir o que os faz pertencer.

— Claro, esta é a contradição! É exatamente por isso que eu te disse que no sucesso desta civilização está a desgraça, o outro lado. Porque todo esse progresso fantástico nos levou ao mundo do desperdício de energia, matéria-prima e tudo mais. E temos que trabalhar como cachorros para sustentá-lo, e queremos mais e mais e mais. Queremos continuar cagando em copo de ouro, consumindo tudo que pudermos, mas depois nos tornamos ecologistas, queremos cuidar do meio ambiente. É uma coisa extravagante gastar tudo, então?

— É preciso uma postura filosófica para resolver isso.

— Sim, é que a resposta é filosófica. Me perguntam e eu me defino como um neo-estóico, algo assim. Pobre é aquele que precisa muito. E esse, sim, é que está frito porque não acaba nunca: o carro é pequeno, precisa de um maior; esta casa também não serve, precisa de outra; depois a casa de praia; depois Miami e as pessoas que você tem que ter para cuidar e não te roubarem, e outros que cuidam de quem tem que cuidar de você, contador e isso e aquilo. É uma parafernália dos infernos, entende? Não faço apologia da pobreza, faço apologia da sobriedade: não é preciso muito. Porque o mundo ideal seria mudar todos os parâmetros industriais, jogar no lixo esse conceito de obsolescência programada. Isso é bom para a acumulação, mas você pode fazer coisas que durem infinitamente mais porque existem meios para isso.

— Bem, vendem celulares de dois mil dólares para as pessoas, com obsolescência programada, e em dois anos você tem que jogar fora.

— Tem que jogar fora, e os computadores também, quatro ou cinco anos e que se dane, não servem mais para nada. Jogue fora e compre outro, e vai e vai. Olha, ali no fundo tem uma geladeira. Fui comprar quando tinha doze anos, ia pagar todo mês no Cerro, e está aí. Então, que diabos, as coisas podem ser feitas e foram feitas. No discurso da ONU ou no Rio, eu disse isso porque homenagearam uma lâmpada elétrica que está acesa no Corpo de Bombeiros da Califórnia há cento e poucos anos. Em minha casa houve uma lâmpada que durou dezessete anos e outra vinte e dois, japonesas, de antes da guerra, tinham um filamento em W, nunca vou esquecer disso. Então essa é a conclusão: é possível fazer coisas que durem, mas, é claro, isso não é negócio. A obsolescência programada é um conceito industrial em que tudo é calculado para que não dure. Olhe para essa bomba d'água, está aí. Essas bombas têm uma embalagem. Antes vinha com um fio de amianto que você colocava pó de grafite, e de vez em quando perdia, mas você ajustava um pouco e pronto. E quando estavam muito gastas, você trocava o fio e pronto. Não, mas agora essas bombas têm como uma arandela de louça com uma mola. Gastou? Vai pra puta que pariu, vai procurar uma para colocar e tchau. A solução antiga era infinitamente melhor que a moderna. Te ferraram, viu? É uma merda. Por exemplo, as rodas traseiras das motocicletas. Escute, eu tive motos. A roda traseira era colocada com o freio, a corrente e tudo, e tinha um eixo fixo que ia de um lado para o outro. O eixo era como um cano e por ele passava um longo parafuso que o ajustava. Você desparafusava, inclinava a motocicleta e a roda caía. Agora, não, esse trabalho de tornearia é muito caro. Colocam um pedaço de borracha ali que desgasta e quando fura tem que tirar a corrente, tirar o freio e o caralho! Retrocederam em relação ao que era, estou falando de sessenta anos para trás. Eu andava com essas motos nos anos 50 e quando saí da prisão comprei uma Yamaha. Um dia furei o pneu e disse: "puta que pariu!" Retrocederam nisso, mas é claro que é uma solução mais barata. E por que eles colocam um remendo que também se gasta? Antes colocavam uma mola bruta no pinhão de saída que amortecia os golpes dos solavancos do motor e havia soluções. Mas não, agora tudo é feito para te ferrar. É bem planejado para reduzir custos e durar menos.

— Como a rapaziada vive com isso? Porque o menino tem quinze, dezessete anos, ele não tem essa informação prévia. Para ele o bom é o que estão lhe dando.

— Lógico. Ele acorda para o mundo e o mundo é assim. Mas, escute, eu herdei uma navalha do meu pai. Quando comecei a me barbear como guri, fazia com a navalha com a qual meu pai deve ter se barbeado por trinta anos. E devo ter me barbeado mais uns dez ou quinze anos. Um dia vim com pressa para guardá-la, apertei demais e quebrei. Tenho aí, guardei como lembrança. Você percebe que é uma navalha? E se você quer fazer a barba bem feita, você vai ao barbeiro, e lá ele te barbeia com navalha, né? Por que será? Porque não há barbear melhor do que com a navalha. Você tem que pegar o jeito certo de usá-la, mas depois é um espetáculo e dura de uma geração para outra. Mas isso não é negócio, é um prego rebitado. Antes da guerra, havia uma Gilette alemã que de um lado, em cima, tinha um anel cromado, um dispositivo com duas bolinhas. Você o movia e a afiava, era um fio de navalha. Desapareceram. Depois vieram aquelas com lâminas dos dois lados que eram trocadas, lembra? Não, agora acabamos com a maquininha com uma coisa que você raspa uma vez e joga fora. E você compra outro e tá e tá e tá. É uma montanha de lixo. Agora, pode-se dizer que esse é melhor que o de antes? Não, isso é melhor negócio. Melhor negócio para quem produz.

— Também baseado na facilitação. Para fazer a barba com uma navalha, você precisa aprender...

— Sim, claro. Mas depois de levar alguns cortes, garanto que você aprenderá.

— Ao mesmo tempo existiam os patinetes, onde o menino aprendia, entre outras coisas, a se equilibrar. Você viu os patinetes hoje?

— São uma porcaria.

— Têm duas rodas dianteiras e uma roda traseira e o menino nem precisa se esforçar para se equilibrar. Não quero ser fatalista, nem parecer um velho de merda, embora aos sessenta eu já tenha direito, mas vamos facilitar tanto as coisas que os meninos acabam não sabendo resolver o básico. Para onde vão os meninos com o mundo que deixaram?

— O mundo inútil, o *homo inservibulus*, aquele que precisa de um especialista para lhe consertar tudo; um cara tão especializado em alguma coisa e que não sabe nada sobre o resto. Então, trocar o couro de uma torneira, trocar uma lâmpada é impossível, entende? Mil coisas aconteceram aqui. Você tem que delegar a outro tudo isso porque ele não sabe mais. Há uma falta de habilidade manual e uma perda de ofícios terrível. Porque o cara pode ser um gênio em alguma coisa...

— Como você recupera isso no nível do Estado?

— Eu que sei. Não tenho nem ideia.

— Porque a empresa privada não vai te ensinar ofícios...

— Não, claro. O uso de certas ferramentas básicas deveria ser como aprender a fazer um bastão, aprender a usar uma lima, uma chave de fenda, sabe? Porque você tem que fazer um curso elementar de homem primeiro. E de mulher. Que não é ser gênio disso ou daquilo, mas que seja útil para o básico. É horrível, porque já vi gente que fura o pneu do carro e nem sabe como trocar. Tem que chamar o socorro, que *pelotudo*. Outro que não sabe fazer um churrasco. Ele precisa de um peão para fazer o churrasco para ele.

— Isso atenta contra a nacionalidade.

— Ele não sabe fazer uma sopa, não sabe fazer polenta. Não estou dizendo para você ser cozinheiro, nada disso. Tem uma mulher que tem uma barraca que faz comida lá em Pajas Blancas, um bairro popular. Você acredita que ela vende ovo frito? Tem que comprar ovo frito, ah! E não estou falando de bairros chiques, estou falando de bairros pobres. E você fica na porta de um supermercado e as pessoas trazem pacotinhos disso e daquilo, hambúrgueres e isso e aquilo, e estão perdendo o ofício de cozinhar assim. E a televisão é puro concurso de culinária e tudo mais. Para quê? É como vender utensílios de cozinha. Depois não sabem fazer porcaria nenhuma. E *ojo!*, que a cultura começou na cozinha.

— No início começamos com isso, não? Não há nada mais cultural do que a comida.

— Mas por favor! O conhecimento familiar, a partilha, os sabores!

— A identidade. É mais, Pepe. Não é só a identidade nacional, mas até a identidade do bairro.

— A cultura começou ali, com o cheiro das comidas. Está associado. Porque não há nada mais importante para uma família do que a comida, em muitos aspectos. Do ponto de vista material, obviamente. Além disso é a assembleia diária da família, a troca. Mas é claro que estamos acabando tudo, entendeu? Primeiro apareceu o rádio, tá. Mas aí veio a televisão, e tá, agora a civilização digital. Então a comunicação familiar é cada vez menor.

— Como você lida com a ideia de uma civilização digital que vai avançar mais?

— Ah, é o que vem, o mundo vai por aí. Eu não estou nisso, estou fora. Não dou bola, mas é inevitável: está. E ela tem um lado negativo e outro positivo. É uma ferramenta maravilhosa. Um menino anda com uma universidade no bolso, se souber consultá-la. Tem informações a pontapés. Mas claro, a internet deu voz a todos os *pelotudos* por aí também. Qualquer absurdo é dito, mas não é culpa da ferramenta. Para mim, essa civilização digital maximiza uma característica do nosso tempo: avançamos um absurdo em tecnologia, mas não em valores. Nisso estamos *para el culo.*. Então, o grosso da humanidade parece um macaco com uma metralhadora. Porque temos uma ferramenta maravilhosa, mas a usamos para merda. A culpa não é da tecnologia, é das limitações que o sapiens tem. O sapiens não está à altura disso, não desenvolveu valores à altura da ferramenta que possui.

— É assim. Da última vez disse brincando que uma das coisas boas das redes é que elas deixaram claro o quanto a inteligência humana era supervalorizada. Porque o nível de estupidez é...

— Cada besteira. Você sabe por que não carrego o telefone há um ano? Porque te ligam por cada coisa e você está o dia todo com isso enchendo. Não, meu filho. Mas é inevitável que a civilização gire em torno disso. Faço isso porque sou louco, tenho um jeito de ser, mas não me encaixo na maioria nesse ponto de vista.

— Excesso de conectividade, vejo na rua.

— É uma doença.

— Deixa as pessoas desconectadas das pessoas.

— Em primeiro lugar, desconectado de si mesmo. Porque ele não pensa. Recebe sempre. Mas ele não consulta o que tem dentro. Porque você tem que falar com o cara que temos dentro.

— Há alguns anos [Joan Manuel] Serrat disse: "Eu sou de uma época em que uma pessoa cantava enquanto fazia as coisas. Hoje as pessoas não cantam, estão ouvindo música. E às vezes nem sabe o que está ouvindo. Antes um cantava, assobiava, enquanto fazia as coisas. E tudo isso faz com que as pessoas passem o tempo todo consumindo em uma posição passiva".

— Mas olhe para os moleques. Estão todos plugados. Quando eu era guri, fiquei quinze dias fazendo um pião com um pedaço de laranjeira e um prego, entende? Saiu uma merda e tudo, mas eu estava lá. O pião, o rolamento, a bolinha de gude, você não vê mais nada nisso. Os moleques não brincam mais com isso, estão todos plugados. Então estão como marionetes, mas não colocam nada deles, só recebem.

— E ainda assim são gerações de cientistas.

— Sim, claro. Claro que sim.

— Como isso lhe toca?

— Para mim é o gozo da vida. Para que viemos? Para nos enchermos de obrigações e sofrer? Ou vamos tratar de ser felizes na vida? Esse é o problema, a pergunta que me faço. Qual o sentido da vida? Porque na Idade Média a vida era um vale de lágrimas, mas é preciso se comportar bem para ir para o Paraíso. Bem, tá. Essa história funcionou. Mas quando você não tem mais o paraíso nem nada, o que é a vida? É multiplicar obrigações, fardos, trabalho? Ou vale a pena viver pela beleza das coisas? A relação com a família, com os filhos, com os amigos, o tempo de conversa à toa com os amigos. Todo mundo está com estresse, todo mundo está estressado. Eu sei lá. E quando você é moleque, tem que ser moleque, fazer travessuras, pequenas aventuras, ir descobrindo a vida e brincar. Todos os mamíferos brincam com os filhotes e tendem a brincar com o que vão fazer quando crescerem. A brincadeira não é algo à toa, é um treinamento. Olhe, observe-os. Eles te dizem: "não, mas não há senso de igualdade". Ah, não tem senso de igualdade? E se você tem dois filhos mais ou menos da mesma idade, leva presente para um e não leva para o outro, aí você me conta o que acontece. Cara, está na capa do livro que a gente vem também com sentimento de igualdade. Se ele tem, por que não eu? E, de qualquer forma, amadurecer é aprender a suportar isso.

— O que eu te dizia antes é que a sociedade está formando crianças que não estão preparadas para se frustrar, porque tudo está a um clique de distância. Quantos dias você esteve lá para fazer um pião? O menino clica hoje e se a resposta não for em milissegundos, isso não presta.

— Sim, claro. Não há tempo a perder. E a alegria de viver é o tempo que se perde. Não é um tempo utilitário. Claro, você não ganha dinheiro com isso, não é funcional para a acumulação. Precisamos de gente bem instruída, que se levante na hora, cumpra a disciplina de trabalho. Que passe pelo supermercado, compre e pague com o cartão, e tá e tá. E que esteja sonhando que vai trocar de carro e que acabe essa história e comece outra. Isso é funcional para quê? Para acumular dinheiro.

— Como se inicia um processo cultural? Pense nisso em escala pequena. Suponha que tudo morra e o Uruguai fique. Como você inicia um processo cultural para reverter isso?

— Não. É muito difícil que você possa reverter isso. O que estou propondo é que todos possam se organizar numa forma de viver que não tenha esse grau de dependência e desespero, simplesmente. E não preciso de nenhum governo ou ninguém para resolver isso para mim. Eu acho que o indivíduo pode, mas isso deve ser muito discutido. É uma doutrina de modo de vida, uma disciplina que não exige grandes coisas. Também não estou dizendo que você tem que viver como um eremita dentro de uma caverna. Não é isso. Mas ouça, se eu fosse jovem e tivesse que ir para a Europa, não trabalharia de jeito nenhum. Eu vivo com o que eles jogam fora. É algo que te assusta. E por que jogam tanta coisa fora? Bem, o que quero dizer é que a educação e o uso da vontade têm muito a ver neste mundo. Mas essas coisas não são ditas em lugar nenhum.

— Pare, a educação e o uso da vontade? Como assim?

— Porque não temos um sistema de educação, temos um sistema de adestramento. Adestramos pessoas para que sejam trabalhadores disciplinados, cumpridores de suas obrigações, mas não educamos para aproveitar a vida, entende? Eu acho que a chave de toda educação é tentar infundir conhecimento no cara para que ele seja um trabalhador e um consumidor. O verdadeiro domínio de uma classe é a formação de uma cultura, e essa cultura tem várias pernas. Isso é funcional para o capitalismo, porque se houvesse muitas pessoas que pensassem como eu, o capitalismo estaria frito: ninguém acumula. Sempre falamos isso, eu e Lucía, que conosco estão fritos porque não nos vendem nenhum desses contos. E não é que renunciamos. Eu fui e comprei um trator novo, mas para eu comprar um par de sapatos novo...

— Tem que chover muito...

— Os sapatos mais novos que tenho têm dez anos. Eles estão ali jogados. Ou seja, para certos bens de capital, para produzir dou muito valor, mas eles não vão tirar meu dinheiro para bobagens. Então os pobres têm que trabalhar. A maneira como as pessoas trabalham me deixa desesperada. E eles têm um emprego e estão procurando outro e nada é suficiente para eles. Olha os profissionais de saúde, eles conseguiram a jornada de seis horas. O que os *pelotudos* fizeram? Dois empregos, e não precisavam deles! Eles estão piores do que antes, quando trabalhavam oito. Agora eles trabalham doze. E se você coloca uma hora pra ir, outra hora pra voltar, já se vão quinze ou dezesseis horas por dia tranquilamente, viu?

— Isso tem a ver com o fato de os salários serem ruins ou com a acumulação?

— Os salários nunca são suficientes. Porque você está inserido em uma cultura que você tem que renovar e comprar. Vão à merda! Todo mundo tem que ter carro, e carro novo, e você vai fazer o quê? E depois paga o seguro e o emplacamento, a multa que te deram e a puta que pariu!

Pepe se cansa. Toma ar. Olha para o chão. Passa a mão pela barba de apenas um par de dias. Como ele mesmo diz: "O *tano*[1] esquenta e não para" e se irrita no desespero de quem sabe que as pessoas não entendem ou não querem entender o precipício para o qual inevitavelmente vamos. Sussurra na sua mão. Na realidade, xinga dentro de sua mão. Volta a respirar, ri de si mesmo e, balançando a cabeça, se levanta olhando o céu pela janela e, levantando os ombros, me agarra pelo braço.

— Enfim... vamos caminhar um pouco, quer?

---

1. Em espanhol rioplatense, *tano* é um modo coloquial de se referir a nascidos na Itália e seus descendentes.

Cada um sabe onde o calo aperta

A manhã prometia calor. Não se cumpriu. Então estamos trancados na sala da frente esperando o Pepe sair. Há pouco eram três da tarde. Sei disso porque a essa hora o velho passa com Lucía a caminho do galinheiro para dar ração de reforço às galinhas. Qualquer um poderia acertar o relógio olhando do portão para o caminho da casa. Lá vão eles com a pontualidade de uma batida do coração. Sento-me de costas para a porta, onde ele me pega de surpresa.

— Tu também com o telefonezinho? Isso te deixa louco. É incrível como enchem o saco com isso.

— Dizem que vem uma corrente. Estava vendo umas fotos do rio Paraná.

— Baixíssimo.

— Baixou tanto a água que fez uma ilha no meio.

— Isso é a Amazônia, o Pantanal…

— Para a Argentina é grave.

— É uma tragédia. E para o Paraguai.

— Por lá entram os navios de alto mar que descarregam em San Lorenzo, depois de Rosário.

— É que a Argentina não quis entender, pelo nacionalismo que tem. Eu queria fazer um porto de águas profundas em Rocha, mas em sociedade: propriedade do governo argentino e nossa, e com o Paraguai. Por ali tem setenta metros de calado que te deu a natureza, o canal profundo corre pela costa uruguaia. O Uruguai não tem envergadura econômica para um porto profundo, mas a Argentina, com os cereais que exporta e tudo que tem, e a Mesopotâmia, e o Paraguai, tudo, por favor! Fazer uma obra de integração! Assim como é propriedade dos dois governos a represa de Salto Grande, por que não pode ser um porto? Dá no mesmo. Cristina [Kirchner] me disse "pode ser", mas depois o porto de Buenos Aires a convenceu que não. Mas os navios que vão vir para dar a volta no rio da Prata vão baixar 5 dólares por tonelada levada. Quer dizer, assim como acabaram as caminhonetes porque há caminhões grandes, existem questões que são complementares. Para o grande transporte oceânico são esses navios, que com vinte caras movimentam uma cidade. Viu o que são? Precisam de cinquenta quilômetros para dar a volta, são uns monstros.

— Então o calado natural de água profunda vem para cá.

— Corre ao lado da costa uruguaia na entrada porque, sei lá, são coisas que fez a natureza. Tem como setenta metros e está aí. Tente fazer um buraco assim e depois me conta.

— Nada, fazer e manter. É impossível dragar isso…

— Impossível. Para dragar doze, catorze metros, você vai à loucura, gasta uma fortuna. Se enche de barro e você tem que escavar de novo. Eu disse que isso não vai eliminar o transporte dos portos pequenos, nem nada, mas sim que vai gerar um fluxo para o porto grande. E aí temos que incluir a China, que vai ser a grande compradora de grãos.

— Claro, colocam o dinheiro e vamos descontando. Uma redução tarifária com um percentual…

— Com certeza. E tratamos de incluir o Brasil pelo Paraná em Porto Cáceres, e a Bolívia.

— Claro, a hidrovia Paraguai – o rio Paraná era super importante, dali só podem sair balsas, não saem navios. Tem mais, o projeto de Mutún, a grande reserva, era levar o ferro por balsas ou fazer uma ferrovia, e então saía com a hidrovia Paraguai-Paraná. Convenceram o Evo [Morales] que o primeiro a ser feito era um rio, costa acima, não é assim. Depois que era preciso fazer um trem. Depois, não, que não era possível. No final das contas, nada foi feito, ficou dez anos dando volta. Quando a única solução possivelmente fácil teria sido uma rodovia reforçada, essa via só para caminhões, e pronto. Mas aí cada um chegou com sua ideia. Não se fez nada e nisso terminou a história. É preciso retomar a questão do Mutún, mas ninguém sabe como vão levar o ferro dali. Mais difícil é quando você tem um presidente que está disposto, quando há dinheiro, e diz: "quero fazer, digam-me como". Aí começaram a brigar, cada um com seu negócio. Mas, claro, esse porto que você propunha era ali perto de Punta del Diablo.

— Por Rocha, sim. Mas, bem, falei com Putin e nada. Ficou no ar e nós tínhamos uma coisa para justificar, que era tirar o ferro das minas que havia, mas afinal não havia tanto ferro e deu problema. Quando começamos a conversar, o ferro valia 150 dólares a tonelada bruta, um ano depois valia quarenta e se foi à merda, entende? Essas coisas te matam. Mas eu queria aproveitar o ferro para fazer o porto, que era mais importante do que o ferro. O porto, com o canal de setenta metros, é colocar capital, questão de tempo; mas não para nós, para a economia do Uruguai, se nós com umas lanchas tiramos tudo que precisamos. Para a bacia é outra coisa, porque aqui no rio da Prata, quando você vê que chega fevereiro ou março, quando começa a exportação de grãos da Argentina, os navios estão parados esperando a vez para entrar. E o Paraguai também vem crescendo. E o Mato Grosso do Sul produz mais do que o Paraguai.

— E não dava para fazer lobby com as empresas de navegação? Porque para elas se economiza um montão de dinheiro.

— Não, as empresas de navegação não são dos estados. Que lhes demos a concessão é outra história, mas a propriedade tem que ser dos governos...

— Sim, mas me ocorre, talvez eu esteja falando besteira, que as empresas de navegação podem pressionar para que esse porto seja feito porque, para elas, ter um navio fazendo fila três ou quatro dias é muito dinheiro.

— Esse porto, sabe quem vai fazer? Os chineses. Vão dar uma volta, vão vir e nos convencer a todos. Onde os chineses xeretarem, vão fazer. Seria melhor que nós fizéssemos, porque podemos tudo, mas já era.

— Quando os chineses chegam com tudo, tchau.

— Tchau, como na África. O problema é que nós faríamos e depois poderíamos trabalhar com os chineses e com qualquer um, com quem se interesse. Mas não me venha com monopólio porque ficamos atados e, se é dos governos, vamos negociar com quem seja conveniente.

— *Ojo*, que Lacalle Pou não esteja pensando nisso agora, porque teve confusão com o porto, e os chineses digam a ele, a sério: "Te dou tanto, mas nós fazemos", né?

— Não, nem discuta. Nós temos dois ou três lugares, teríamos que expropriar 500 hectares ao redor, e o mais importante do porto, que eram os espigões, custaria 400 milhões de dólares, mais ou menos. Você tem que fazer dois espigões e depois é preciso fazer várias coisas, mas isso vão fazer as empresas que trabalham.

— Sim, depois tem que montar uma cidade aí.

— Vai se criando sozinha.

— Como começaram todas essas cidades na época da ferrovia.

— Eu dizia que a integração precisa ter uma visão de criar uma infraestrutura complementar que nos integre, como fizemos na represa de Salto Grande. E incluir o Brasil porque tem um problema na saída de Mato Grosso do Sul, vai terminar fazendo uma ferrovia para o lado de São Paulo, e não vai mais sair por baixo. Desde que o mundo é mundo, para transportar carga, o mais barato que existe é vir rio abaixo carregado e subir rio acima vazio. Não descobri nenhuma lei, certo? É a lei da gravidade. Eu te falo do porto profundo porque Artigas já pensava nisso. Não eram bobos os velhos, sabiam da profundidade e de tudo isso, e sempre foi ficando. Estamos na boca do rio, que é um estuário e tem que servir para toda a região. Agora, o porto de Montevidéu é inimigo disso porque compete com ele.

— E se ele for transladado? Dizer a eles: "Não vão competir com vocês, vocês vão ser integrados".

— É audácia demais, porque é preciso fazer tudo novo. A questão é começar e depois que vá se desenvolvendo. Mas, grave o que lhe digo, porque talvez eu não esteja mais vivo, mas no longo prazo vão vir de fora e vão fazer. Porque o que não se pode inventar é um canal de setenta metros, que existe, feito pela natureza. Escute, nós temos problemas para fazer uma boa draga porque as empresas internacionais estavam nos matando. Tinha uma draga de 50 anos que não prestava. Dissemos: "Vamos comprar uma". Começamos a procurar, bem, tem que fazer na Holanda, porque um barco de dragagem é complicado. Tivemos até problemas com os sindicatos porque os do porto disseram que não, que no Uruguai não podia ser feito. Então veio a Dilma [Rousseff] e me disse: "Se vocês puderem construir algo naval que se justifique, eu tenho justificativa para incluí-los", porque eles iam desenvolver a questão marinha para tirar o petróleo que tem no mar, que é imponente. E não é preciso grandes navios, é preciso pequenos navios em sequência para trabalhar nisso. Os argentinos, não. Nós temos a indústria naval aí, mas vamos ver. E as grandes empresas precisam trabalhar também. Em princípio não era possível, começamos a colocar condições. Não. Tem que montar aqui no Uruguai e aceitamos uma das maiores fábricas, e vieram trabalhar. E se montou aí um estaleiro caindo aos pedaços que os militares tinham. Custou 60 milhões de dólares a draga. E foi feita aqui, é claro. Tivemos que importar um monte de equipamentos, mas todo o trabalho metalúrgico se fez aqui. No sindicato do porto diziam: "Não, vai ser uma bagunça, não vai servir para nada", e os do sindicato metalúrgico: "Vamos fazer". Você não tem ideia.

— Difícil governar.

— Tivemos esses problemas aqui e no final fizemos. Foi feito e está operando. Porque cada um sabe onde o calo aperta.

É a sorte da minha vida

Por alguma razão que desconheço, sinto que hoje Pepe está com a guarda baixa. Anda suspirador e parcimonioso. Vejo que antes de mergulhar em alguma resposta deixa passar várias ondas. Então, sem olhar para ele, levanto e, enquanto procuro o isqueiro no bolso, olho para a rua pela janela e tento uma pergunta curta.

— E a Lucía?

— O que tem a Lucía?

— Como você a vê, como ela te vê, como é a vida pela história, pelo amor e pela relação política? Isso...

Quando ele vai falar sobre ela, caminha por um campo minado. Escolhe cada palavra, pensa, mastiga, olha o chão procurando mais. Dá um leve sorriso por um segundo. Está prestes a dizer algo e sua boca o ajuda a não deixar escapar o que vem do peito e é a primeira (e a única) vez que seus olhos ficam chorosos. Eu não esperava por isso. Olha pelo canto do olho para a casa, onde ela sempre parece realizar o ritual amoroso de fingir que está vigiando se ele não está fumando. Pepe se apoia na mesa. Coça a cabeça. Descansa. Respira. Enquanto o espero, lembro que, quando estamos os três juntos, se Lucía fala, ele nunca a interrompe. Ele olha para ela, presta atenção nela. E se eles discutem, as balas assobiam. Mas na hora das refeições sempre havia apenas dois copos na mesa: um para mim e outro para eles. Os pactos e rituais permanecem intactos: há trinta anos bebem do mesmo copo. Quando digo a Lucía que me parece um detalhe, ela desmistifica com muita rapidez e com uma risada: "menos coisas para lavar".

Suas intimidades amorosas são privadas e se você viu alguma, fique quieto. Lição aprendida.

O velho toma ar e solta:

— É a sorte da minha vida.

E ele fica lá, assentindo com a cabeça a própria frase. Olho para ele e aceno com a cabeça também. Um galo que não sabe os horários começa com grande escândalo a anunciar o dia às cinco da tarde. O velho cai na gargalhada e seus olhos brilham:

— Esse galo de merda está louco!

Vejo que as nuvens passaram. Pepe se repõe. Bate forte as mãos nos joelhos, levanta os ombros e começa:

— Vejamos, Lucía é uma política enorme, valiosa, é uma mulher excepcional, e também me lembra onde deixo meus óculos e o meu gorro de lã. O que mais se pode pedir? Nesta idade o amor é um doce costume…

— E na política?

— Lucía é uma formiguinha. Sistemática, paciente…

— Você era mais agitado.

— Sim, mais caótico, menos previsível. Mais contraditório, sei lá. Lucía era mais metodológica, mais organizada… Não sei direito se essas coisas têm a ver com formação ou com as tripas, o disco rígido, tem de tudo. E certamente existem tipos de inteligência, algumas são mais disciplinadas, outras são mais caóticas. Dizem que o velho Churchill, por exemplo, era um cara que todos os dias te dizia nove besteiras e uma genialidade. Era o preço que tinha que pagar com Churchill, entende? Afinal, lhe vinham as ideias, como a dos porta-documentos.

Na época mais dura da clandestinidade, Lucía estava a cargo dos documentos falsos. Mas não ficou só nisso. Havia idealizado todo um sistema com a sua irmã. Na época se vendiam uns porta-documentos que tinham vários envelopes transparentes que se desdobravam quando eram abertos, então ali colocavam cédula de identidade, carta de motorista, a carteira de sócio do Peñarol e outras coisas, de modo que, quando a polícia pedia documentos, o clandestino o abria desajeitado, permitindo que se visse tudo, e o policial já não desconfiava.

— O que você achava da Lucía antes de serem um casal?

— Não, quase não tive contato com ela. Estava em outra coluna, nem a conhecia.

— Vocês se conheceram depois da prisão?

— Não, antes.

— Antes.

— Antes, mas nos conhecemos em momentos de grande desastre, caíam companheiros como erva daninha. Por isso nós tínhamos uma organização dividida em colunas, porque era o que nos dava mais segurança. Cada coluna tentava reproduzir a organização como um todo, quando uma era derrubada, as outras seguiam operando. Pegamos o esquema de resistência da guerra da Argélia, mais ou menos, e tal. Eu a conheci naqueles dias e andamos juntos um par de meses até que fomos presos. Depois nos juntamos quando saímos, anos depois.

— Havia um acordo de se juntarem quando saíssem ou aconteceu?

— Sim, eu mandei uma carta que lhe chegou e pronto. Na mesma noite que saímos, nos juntamos. E aqui estamos.

— Alimentando as galinhas às três da tarde.

— Claro, simples assim.

— Você mandou uma carta.

— Sim, mandei uma carta. Mas, imagina, ela estava na cadeia de Punta de Rieles e eu estava nos quartéis que me levavam de um lado para outro e às vezes três ou quatro meses sem visita. Nenhuma relação, nenhuma. Mas, bem, quando saímos existia uma efervescência muito grande. Nos juntamos e aqui estamos. E nos casamos faz pouco tempo. Nos casamos pela lei de herança, porque estamos ficando velhos e depois dá uma confusão com os papéis para quem fica. Você não tem ideia. Nada mais além disso, simples facilidade burocrática.

O suspiro dá um ar de nostalgia onde não há espaço nem tempo para a clarividência. Apenas todas as lembranças como um furacão organizado onde a seriedade termina naquele sorriso de quem sabe que tem final feliz. Acompanho silenciosamente seus gestos e não vou quebrar aquele vidro finíssimo, até que ele solta uma travessura quase inocente...

— Claro que nos demos alguns luxos: o juiz veio, nos casou no meio da cozinha e tchau.

— Essa pergunta é mais difícil, como a Lucía te vê ou como você acha que a Lucía te vê?

— Eu sei lá...

— Eu sei que é mais fácil perguntar a ela, mas como você acha que ela te vê?

— Como um louco que precisa ser cuidado um pouco, porque nunca sabe onde deixou os óculos, o boné, um monte de coisas.

— Uma coisa é o casal e outra coisa é o trabalho político, há espaços que não se misturam. Existe uma mão dupla? Vocês têm essa relação dupla?

— Não, politicamente ela tem o seu lugar, a sua militância. Ela está na direção do MPP [Movimento de

Participação Popular] e vai, e debate. Ela é praticamente a primeira senadora, seus companheiros lhe dão muita atenção.

Lucía é uma figura histórica de verdade, sem firula.

— Mas entre vocês?

— Funcionamos bem entre nós. Falamos de política, convivemos, às vezes temos algumas nuances e tal, mas se não estivéssemos em sintonia o casal não teria durado. Durou justamente por isso, porque éramos iguais. E sempre dizemos aos nossos companheiros que quem não consegue conquistar a companheira e acompanhá-la, está perdido. Porque o casal vira uma coisa só, e a vida de militante é incompreensível.

— Se vocês não estão dentro, se vocês não estão juntos dentro... Porque isso é vinte e quatro por sete.

— Claro, você é militante sempre. A essa altura da vida estamos redimidos, somos uma espécie de símbolo. E sei lá, é isso que significa para mim. É a perna que me mantém no chão e tive uma sorte bárbara.

—Você repete muito isso.

— É porque é isso mesmo: é a sorte da minha vida.

O caralho que vão ter o poder!

— Pepe, um assunto de ontem me chamou a atenção. Estive lendo um pouco, pensando nisso. Houve um tempo em que as pessoas da sua geração pensavam que era preciso mudar o sistema. Se envolveram nesse processo e entraram em contato com diversos países, como um momento de pensamento comum. Alguns conseguiram mais ou menos mudar o sistema, outros não, mas conseguiram colocar o assunto em discussão. Gostei muito da definição da Lucía quando na última vez falou: "Não éramos guerrilheiros, éramos políticos com armas". O mundo deu uma guinada e aquilo aconteceu. Ontem falamos sobre o que vamos deixar aos jovens daqui a trinta anos: um mundo que vai ser uma merda, o que eu te falava há pouco sobre o rio Paraná, toda essa questão das mudanças climáticas que está efetivamente causando desastres. Historicamente, foram os jovens, muito jovens, que pressionaram por essa mudança. Martí tinha dezesseis anos na primeira vez que foi preso por conspirar contra a coroa espanhola; Sucre fez o primeiro contrabando de armas, do Haiti para a Colômbia, com dezoito anos. Com outras armas e com os fabulosos sistemas de comunicação que existem hoje, que hipóteses têm os jovens para se tornarem políticos para tentar mudar o sistema?

— O problema é que o nosso tempo coincide com o desmoronamento definitivo do sistema colonial que existia no mundo, o bruto, o grosseiro, cujos restos foram liquidados no final da Segunda Guerra Mundial. Havia aparecido um conjunto de realidades em países que questionavam o capitalismo. Existia a União Soviética, o que você acha? Um lugar com o qual tivemos divergências, tudo que você quiser, mas havia uma realidade diferente no mundo. Se você olhar o mapa, hoje é aquele manchão de Rússia e China, que foi incorporada à revolução e tudo mais; a guerra do Vietnã; surgiram manchas na África, com Cabo Verde e, mais profundamente, o velho dilema colocado pela Revolução Francesa: queremos igualdade sob o teto que vivemos. O grito jacobino, porque vem da democracia liberal, diz que somos todos iguais perante a lei. E aí aparece, na forma de teoria, em *O Estado e a Revolução*, de Lênin, uma explicação da estrutura de classes. Parece bastante racional que, de fato, exista uma espécie de ditadura dos mais poderosos na economia: apesar das liberdades liberais e todo o resto, e da condescendência, no fundo ela tem o domínio e continua exercendo o verdadeiro poder. A ideia de que mudando as relações de produção e distribuição podemos gerar uma sociedade mais justa estava na vanguarda do nosso tempo. Os meninos de hoje têm na cabeça que tudo isso deu merda; que na Rússia, com todos os defeitos que tinha, floresceu o pior capitalismo que poderia existir, que é um capitalismo mafioso. Então eu entendo perfeitamente a confusão que eles podem ter, porque qual é o caminho para uma mudança que as pessoas têm? O tempo atual carrega nas costas o fracasso de caminhos que foram tentados e que custaram muito, que contribuíram indiretamente, porque o Estado de bem estar que a Europa praticou durante trinta ou quarenta anos não deixou de existir, mas foi viabilizado pelo medo do avanço vermelho. O próprio capitalismo começou a relaxar e a considerar, é por isso que o neoliberalismo vem agora, se não tiver nada para o desafiar. Por que vamos distribuir tanto? O que estou lhe dizendo é esquemático. A Europa encontrou este desafio: o perigo vermelho que estava de um lado e o desafio americano do outro, e essa pressão foi tão grande que os conservadores europeus disseram: "Vamos nos juntar porque vão nos foder". E monitoraram a aproximação que deu origem à União Europeia, que foi um gesto defensivo.

— Nunca tinha pensado nisso desse jeito, gerar um Estado de bem estar como um gesto defensivo.

— Claro, o avanço do socialismo parecia imparável e você poderia criticar o quanto quisesse. Você conhece a crise de pensamento de quando o Partido Comunista Chinês chegou ao poder, um choque, de Deus me livre! Esse choque produziu uma reação do outro lado, o Plano Marshall e tudo mais. Nunca vi os Estados Unidos tão generosos, porque, como diz Martín Fierro, "para reanimar um bêbado, nada como um grande susto". Os Estados Unidos têm a bomba atômica, mas, logo depois, a Rússia também explode a bomba atômica. Por esse caminho as coisas não funcionavam, não havia soluções militares para resolver esse problema que era tão perigoso. Existe uma lógica no que aconteceu na história, mas como os acontecimentos estão emaranhados, é difícil ver o importante fio condutor desses fenômenos. Mas o Estado de bem estar existiu, a Europa nunca teve tanta prosperidade e distribuição horizontal. Se analisarmos a economia com os índices corretos, é o momento de menor desigualdade na Europa. No capitalismo alemão, nas grandes empresas, existiam conselhos de trabalhadores, os trabalhadores que se alternavam com a gestão e votavam, e tinham tanto peso como os acionistas. Eles tiveram que ser integrados nas decisões e na gestão das empresas, isso foi incluído na constituição alemã de 1949. É muito diferente o capitalismo alemão, o escandinavo, o norueguês, coisa que os americanos nunca fizeram, embora sejam os inventores da tributação progressiva, isso do "que pague mais o que tem mais". Sim, senhor, e impostos sobre capital do trabalho também. Após a Segunda Guerra Mundial, eles eram imponentes. A revolução neoliberal conservadora surgiu como uma resposta àquilo que lhe estavam tirando, o que começa a ser testado na década de 80 com Thatcher e com Reagan no mundo rico, e com a crescente derrocada da União Soviética. Ao mesmo tempo, a China começa a dar aquela guinada no socialismo que eles inventaram e a está transformando numa potência. Sim, "vamos arrancar os molares de todo mundo". Note que o Estado chinês, no ano 2000, era dono de mais ou menos trinta e cinco por cento dos ativos produtivos da China; hoje mantém essa presença, mas quanto cresceu a economia? Não tem nada a ver com o que era, crescendo seis, oito ou dez por cento durante anos. Monstruoso. Então você tem um Estado que propõe cada coisa que te impressiona. Xangai tinha problemas com o porto, ótimo. Então inventaram uma ilha, construíram uma ponte e a puta que pariu. Um estado com recursos, que toma uma decisão e pronto.

— Isso até aqui, o que fazem os rapazes com isso?

— O problema é que volta em dobro. Se a história mostrou que aquele caminho significava um enorme sacrifício, mas desembocava no pior capitalismo, temos dois caminhos: ou nos rendemos, e é impossível criar uma sociedade com relações melhores, ou temos que fazer algo por outro caminho.

— Para onde você olha? O que vê?

— Eu, o que vejo é que é preciso trabalhar por outros caminhos, mas também temos que nos situar nos desafios da época em que vivemos, que são outros. Primeiro, os fatos demonstraram que é impossível saltar, sem etapas, de um país pobre a um país socialista. Talvez os que chegaram mais perto foram os suecos, esse povo pelo menos fez um tipo de sociedade mais justa, se você preferir, menos desigual. Mas estamos numa época onde, para além do capital, o grande motor do progresso material é o desenvolvimento, que significa grande produtividade na população que temos.

É preciso trabalhar isso. Para que você precisa de um país desenvolvido? Sendo desenvolvido, vai ser substancialmente melhor? Não, pode ser os Estados Unidos, por exemplo. O desenvolvimento não vai te garantir nada, mas sem ele, você não tem os meios para ter uma população capacitada. Tudo isso que estou fazendo em teoria, não existe. Por esse caminho, por essa porta, nos arrebentamos. Não apenas nós, mas a humanidade inteira. Olhe o que aconteceu quando a União Soviética caiu, que se dissolveu como madeira podre. Porque mesmo que tivesse havido alguns tiros, pelo menos ficaríamos um pouco para fazer poesia e cantar. Mas nem isso, se desintegrou como uma madeira cheia de traça, quer dizer, a derrota foi dupla. E aqui aparece algo que te expliquei: a minha geração engoliu a mentira que, mudando as relações de produção e distribuição, teríamos a solução. Isto é, tínhamos uma visão estritamente pragmática, racional, e não deu lugar à construção de uma cultura diferente. Porque, no final das contas, se não muda a questão cultural, não muda nada, e esse enfoque te leva para onde tens que apontar os canhões. A inteligência é um dos fatores chave para o desenvolvimento, tem que lutar pelo conhecimento. Antes eram as fábricas, agora a batalha central para mim está no campo universitário, na formação, porque esses são os donos do futuro, esses são os trabalhadores que vão cortar o bolo, que vão ser decisivos, porque o trabalho está evoluindo, e para onde está evoluindo? Para a alta tecnologia. Isso quer dizer que vai ficar à margem uma humanidade que vai viver meio de lamento, e vão deixá-la viver porque precisam dela para acumular consumo. Mas essa não é a que vai ficar com o filé, é a outra. Ou nos rendemos ou encontramos outro caminho. Mas não podemos nos render por uma razão. A razão é a bagunça do que fizeram com o mundo! Este capitalismo feroz, desatado, competindo em todo o mercado, está tornando a vida uma merda. Temos que lutar para mudar isso!

O velho fica agitado. Percebe que o que diz assume outras dimensões, até mesmo desconhecidas por ele. É o olhar de quem viveu uma época em que a humanidade permanecia em silêncio enquanto os ecos de cães militares ecoavam pelas ruas mais escuras do Uruguai, e sabe que hoje a guerra é outra. E sabe que deve se livrar do tornado de pensamentos que levam aos sentimentos de luto. As ansiedades das certezas desastrosas serão derrotadas no próximo minuto. Esse espírito não aceita atrasos e os gritos contidos nos anos de prisão não domaram seu brio, mas sei que a esperança na humanidade tem um preço muito alto e às vezes é preciso esquivar-se dela, no devido tempo. Então decido sair dali.

— Velho, ontem falávamos com o Oso e ele me dizia: "Aos garotos lhes dizem para não usar plástico, para não usar isso, cuide do meio ambiente", enquanto as empresas contaminam em uma hora tudo que os garotos do mundo contaminam em 10 anos. A pergunta segue sendo a mesma: o que fazem os garotos hoje? De formação estão bem, mas o que eles querem são causas. A causa pode ser interessante ou uma besteira, mas a causa está aí.

— Você tem o que eu disse ontem, uma resposta de caráter imediato, que é cultural. Não caia nessa armadilha, com isso você não muda o sistema, mas reorienta sua vida de forma diferente, o que é outra coisa. O outro pressupõe construção política, de entes coletivos, e ter a paciência de ir lutando com essa economia enquanto vai se desenvolvendo outra. Mas não venha com uma escavadeira para passar por cima dessa economia, porque o único que vai conseguir é fome e problemas que não pode resolver; aí coloco as pessoas contra mim e me dão um pé na bunda. Se não, tenho que cair de pau, porque o povo não te apoia.

— Cuba está quase no período especial de novo.

— Claro que está, mas não é culpa de Cuba, é culpa do modelo que escolhemos. Eu não quero lutar contra o capitalismo de frente porque não posso substituí-lo. Como gerencio a economia? Pego todas as contradições e não me sobra uma única possibilidade de capacidade eficiente. Para andar devagar tenho que usar a inteligência, e existe uma coisa curiosa: os povos mais primitivos, como Bolívia, Peru e outros, os indígenas estão mais perto de entender uma conduta socialista do que os brancos. Sobretudo os indígenas pobres porque viveram toda a vida em comunidade.

— É porque, se não forem comunitários, morrem de fome.

— São comunitários por necessidade, assim é a história do homem. Por isso digo que o homem é um animal socialista na sua origem; se move como uma família grande que te ampara e você tem que ser tributário dela, não para você mesmo. O caçador pega um veado e não come sozinho, tem que repartir porque sabe que a sua vida depende da existência dos demais. Ele cumpre a sua função, ser caçador. Aí, o que é meu e o que é seu existe para o pessoal, o cinto que eu tenho, a arma que terei; mas os bens materiais da região pertencem a todos. É essa característica do sapiens que lhe permitiu superar o neandertal e os outros que não tinham isso, porque o Neandertal é um animal muito mais forte que o homem e o filho da puta do sapiens lhe detonou porque estava em bando. E olha que o Neandertal conhecia o fogo, mas não tinha aquele senso gregário que os sapiens têm. Sou louco, mas não quero fazer com que as novas gerações se arrebentem. O que eu vou dizer a elas? Saiam com uma lança para lutar? Sim, sim, eles podem conseguir o poder, mas que merda. A fome que vão passar depois. Porque eu já vi esse filme, cara! Quantas vezes vou ver? Não preciso renegar porque isso me ajudou a aprender.

— Além disso, era o senso comum que mandava naquele momento.

— Claro, e tentamos e demos a alma, a fé. Tínhamos essa convicção. Deixamos família, trabalho, fomos para a clandestinidade. Um espírito de entrega que Deus me livre. Isso é grandioso quando você está convencido. Mas quem está convencido do quê nessa humanidade? Tudo é dúvida. O monstro está aí, vivo, se chama capitalismo, nas suas piores formas. Porque olha que a economia mundial cresceu, puta que pariu. E, entretanto, temos alguns problemas que são apavorantes.

— Você dizia isso ontem, e é um fato que existe, nunca tomaram tantos ansiolíticos e comprimidos para os nervos. Mas, indo para o cotidiano, de todos os dias, a falta de amor é galopante.

— Sim, claro, uma falta de empatia!

— Gente que se ama, que se junta porque se ama, e que acaba indo à merda porque não aguenta a pressão. Como diziam os velhos, "quando os problemas econômicos entram pela porta, o amor sai pela janela". Isto levou a guerras internas, ao fracasso da parte mais íntima do ser humano.

— Exatamente o que os seres humanos perseguem? Desenvolvimento ou felicidade?

— É uma pergunta difícil hoje.

— Terrivelmente difícil. Uma cláusula da Revolução Norte-Americana, na fundação dos Estados Unidos, define claramente que o ser humano busca a felicidade. E não deve existir maior número de pessoas infelizes do que há nos Estados Unidos.

— Sim, porque se nestes tempos você busca a felicidade através do desenvolvimento e do sucesso, você está ferrado. Isso é uma cenoura na frente do burro.

— Certamente, porque ela é mentirosa, cientificamente mentirosa. O planeta em que vivemos não suporta a quimera de que todos nós que vivemos acima da Terra o façamos como os americanos. Precisamos de pelo menos três planetas para isso. Cagamos tudo. Temos que nos propor outra maneira de viver.

— Os jovens têm a oportunidade de dar o pontapé inicial?

— Não sei se eles têm, mas o problema é que tenham consciência do problema. Se têm consciência, tudo pode acontecer. No momento, a maioria é como um rebanho de ovelhas vagando por aí. Existe uma nova religião chamada Deus Mercado, e lá as multidões fazem fila no shopping. Temos que lutar por modelos diferentes, temos que trabalhar no campo da cultura, porque, se no futuro for acontecer com eles o que aconteceu comigo, quando fui para a Rússia, quando quis comprar uma camisa de náilon, estamos fritos. Porque os russos não mudaram porra nenhuma. Lutaram como loucos, uma guerra heróica contra os nazistas, o que você quiser, mas os valores com os quais se moviam eram os mesmos. Eles contrabandeavam armas, então foi tudo pra casa do caralho. Eu serei muito mais feliz se meus vizinhos também forem mais felizes. Agora, se meus vizinhos estão fodidos, a minha felicidade está em questão, porque um dia vou entrar no carro e vou encontrar um ladrão, que é um burguês desesperado e chato. Um criminoso tem os mesmos valores do burguês, que quer dinheiro, dinheiro e dinheiro rápido, não espera até amanhã. O burguês é mais paciente, rouba muito mais no longo prazo. Rouba mais-valia.

— E aí a Justiça se cala, não?

— Não, pelo contrário! Um dos pilares do direito é a sagrada propriedade. Você acabou de ver isso com a pandemia. As patentes e o conhecimento deveriam ter sido coletivizados para que as vacinas pudessem ser produzidas em todo lado. Mas não, a propriedade do conhecimento. A partir daqui você vai compartilhar! Até o presidente dos Estados Unidos, o país mais forte, teve o luxo de fazer um discurso com o qual concordei. Depois ele não disse mais nada, engoliu a língua. [Angela] Merkel, muito mais inteligente e visionária, disse que temos que estudar. Ele não arriscou qualquer opinião porque isso equivale a dizer que nós, os políticos, temos o poder. E, não, os políticos sentam-se no cantinho do sofá. O caralho que vão ter o poder!

Não

Estar abrigados no galpão nos salva de algumas gotas que antecipam a chuva. Ver chover faz parte da arte de não fazer nada na última deitada desta tarde.

Observar as bolhas que as gotas formam na terra já molhada e acompanhá-las até ver o arco-íris formado pelo óleo deixado pelo trator em seu rastro, faz parte do momento. O que ele definiu quando disse: "O que o ser humano precisa é de tempo à toa. Tempo de fazer nada, olhar, pensar bobagens e respirar".

Então é nessa que estamos. As explosões apaixonadas passaram e Pepe observa, sentado com os cotovelos apoiados nos joelhos, as mesmas gotas.

Pensei na pergunta e imaginei que iria estragar o momento, então esperei e a soltei lentamente, e com a certeza de uma resposta longa, aventurei-me a...

— Você sonha?

Pepe respondeu em voz baixa e sem parar de olhar as gotas na terra, mal soltou um...

— Não.

E lá ficou sem horizontes distantes, nem azares da vida, nem ventos cruzados: "não". E o quase silêncio dessa quase chuva levou embora o resto da tarde.

Nos despedimos com o "amanhã nos vemos" de sempre e foi embora caminhando devagar com as mãos nos bolsos pelo caminho da cancela. Essa chuva nunca chegou.

Foi a primeira vez que Oso e eu voltamos em silêncio. A contundência sussurrada da resposta nos deixou assim, repassando o diálogo monossilábico do final:

— Você sonha?

— Não.

Por favor, senhora, mais uma volta

Finalmente um dia ensolarado. As nuvens mais altas se movem numa velocidade que não coincide com a brisa que sopra aqui embaixo e mal move as folhas das árvores. Em frente à chácara fica a escola que Pepe e Lucía construíram, e, ao lado da escola, há um pequeno campo onde uma enorme leitoa corre gritando até seus filhotes. Pepe olha para eles e ri.

— Parece que hoje não foram alimentados, então a leitoa disputa a comida. Aí você tem a humanidade! Só falta um presidente!

— Quando você assumiu, achava que ia ter poder ou já sabia que não teria?

— Não, eu sabia que não. Não caí nessa, sabia que a única coisa que poderia fazer era tentar reparar, com todos os meios possíveis, para gerar um pouco mais de equidade. Não nego isso, porque é importante, você tem que ver como as pessoas sofrem. Mas não existe uma solução de fundo, exceto mudar o sistema. Mas percebo que esta mudança é uma batalha de um século, um século e meio. É uma mudança cultural da puta que pariu. A revolução não é o barulho quando se chega ao poder; está no que fica aqui, na cabeça do povo.

— Te dizia há pouco que a base da nossa justiça, que é o que em última análise não entra em lugar nenhum, continuam sendo as tábuas de Hamurabi, da Babilônia, que não por acaso estão escritas em pedra. A orientação principal era cuidar da propriedade privada, 1.200 anos antes de Cristo, na Babilônia. Com a diferença que agora os grandes poderes controlam tudo.

— O que acontece é que o conceito de propriedade privada foi sendo ampliado, adquiriu outras variáveis. Agora, a propriedade pode ser não apenas das terras, das casas; existe a propriedade do conhecimento, a propriedade financeira. No mundo cristão primitivo não se podia cobrar juros, ainda havia um gesto de solidariedade. A usura era um pecado. Veja o que são as empresas de crédito. Já não ganham dinheiro explorando diretamente o trabalhador, é claro; fazem dinheiro a partir de dinheiro. Isto é, do nada.

— Que é, por sua vez, o esforço de alguém que não se conhece.

— Que não se conhece. Então, não vejo como sair fácil daí. Para mim existe uma batalha épica no campo da cultura e no campo do conhecimento, mas, por sua vez, você tem que participar na vivência cotidiana das pessoas, porque senão você perde a confiança das tropas, e o que você faz sem a tropa?

— Você termina sozinho fazendo uma batalha que é para todos e com a tropa contra. Como você dizia ontem, a barriga manda.

— Claro, porque a cabeça do cara vai responder aos comandos da biologia, e o que eu falo para ele? Como disse o pobre Fidel, "vamos fazer em vinte e cinco anos". É claro que ele disse isso com honestidade intelectual, caso contrário não teria feito o esforço que fez. Mas agora temos a história, o que vivemos. Há cinquenta anos eu pensava assim, mas não posso ignorar o que aconteceu no mundo, porque então teria que dizer que o mal é bom, o capitalismo é bom. Mas quanto melhor é o capitalismo, mais o desprezo pelo que está fazendo com a vida.

— E de uma maneira super eficiente, aliás.

— Com a eficiência cruel do mercado, cruel. Perceba quanto sacrifício vai custar aos gregos todos estes incêndios. Agora estão apagando um incêndio na França com helicópteros.

— Na Grécia tiraram as pessoas em navios, as ilhas estavam pegando fogo.

— Portanto, quanto vale recuperar toda essa destruição? É uma taxa de sacrifício que as pessoas estão pagando. Sempre houve uma calamidade, o ruim é que essa calamidade nós próprios geramos. Calamidades autônomas da natureza são uma coisa. De repente veio um meteorito e mudou o eixo da Terra; ele fez bagunça, eliminou todos os répteis e tudo mais, tá. Bem, veio de cima. Você engole esse, se ferrou. Mas acontece que nós geramos esta cagada, sabemos que nós estamos armando e não podemos reagir. Para mim, esta pandemia foi um teste, porque foi uma doença global. Estava claro que a resposta eram as vacinas e que as vacinas tinham de ser produzidas em tudo quanto é canto. E de qualquer jeito: rápido e para todos. Mas isso não foi feito e a coisa se complicou. E qual era a medida? Compartilhar o conhecimento. A Argentina tem capacidade para fabricar vacinas, mas teve que negociar. Os russos lhe deram uma mão e mesmo assim foram seis meses. O México também pode fabricar vacinas, o Brasil, a Colômbia. Não são potências da bioquímica, mas se tivessem lhes dado o conhecimento, poderiam ter despejado à vontade. E compramos doze milhões de vacinas por ano para vacas da Colômbia. Nós fazíamos vacinas aqui, mas fechamos a empresa porque um dia tomaram a decisão de que ficaríamos livres da febre aftosa sem vacinação. Jogamos a indústria na merda na década de 1990.

— E quem teve essa ideia brilhante? Quem era o presidente?

— Lacalle pai. Os técnicos disseram que para tomar tal medida toda a região tinha que estar livre de vacinas, e não foi o caso. Olhe o Japão, que é uma ilha, um dia apareceu febre aftosa em umas vacas quaisquer que eles tinham lá, nunca souberam explicar o porquê. Mas lembro que o velho que veio fazer vacinas no Uruguai disse: "Vamos começar uma batalha com um inimigo que nunca é derrotado". O cara era um homem de ciência, sabia do que estava falando.

— Pepe, estava derrotado o sarampo. Macri acabou o sistema de vacinação e em dois anos tivemos sarampo de novo.

— É claro, essas coisas te alertam! Isso irrita muito porque custou vidas humanas que poderiam ter sido salvas se a vacinação tivesse sido realizada de forma mais rápida e massiva. Não sei o que isso vai custar à África, que tem dois ou três por cento da sua população vacinada. Imagina, é uma bomba-relógio, porque os africanos vão continuar a navegar para as Ilhas Canárias, onde quer que possam. E eles vão com seu pacotinho. Todos nós nos fodemos bem fodidos, simples.

— Assim como o capitalismo criou essa coisa de bem-estar na Europa para que o comunismo russo não avance, deveriam ter feito o mesmo com a vacinação: vamos vacinar todo mundo porque senão não vai acabar, vai avançar. A humanidade também não aprende com a sua própria história.

— É que a humanidade é representada por quem tem o controle político. Se você ler o livro que lhe dei, verá o que digo: a crise ecológica é, em última análise, a crise política. Temos crises devido à impotência da política para tomar as decisões que devem ser tomadas. O homem primitivo que destruiu os carvalhos da Península Ibérica não sabia, mas o homem de hoje sabe, tem informação científica sobre a merda que estamos fazendo. E não corrigimos, por isso somos duplamente responsáveis. Como posso não estar irritado com o capitalismo? Eles priorizam os negócios em detrimento da vida. Em síntese, essa conversa tem este sentido porque aceitamos a ideia ideológica com muitas razões devido à evidência que havia: mudando as relações de produção e distribuição teríamos um novo homem. Mas a história mostrou que o homem não mudou nem um pouco, que tem que haver uma construção cultural diferente. É possível construir uma cultura? Acho que sim, porque vejo sintomas, porque os japoneses não são iguais a nós. Vejo que eles produzem certas coisas a partir da educação, porque você não vai me dizer que o povo japonês não recolhe o lixo depois da partida. Eles foram educados para isso e porque, historicamente, os espartanos, que fizeram uma sociedade de guerreiros, educaram os jovens que tinham que comer em equipe e tudo mais. E se fossem descobertos, eram punidos por serem tolos, e funcionava. Isso é educação. E porque o Império Otomano agarrou meninos cristãos, levou-os embora, treinou-os e com isso formaram equipes de guerreiros que te matariam com espadas. A educação pode ser uma merda, porque o homem também é um animal de hábitos. Agora, se a gente tem uma educação que é adestramento para trabalhar, para gerar mais-valia e comprar coisas, tá, funcionamos assim. O capitalismo conseguiu isso, um sistema educacional que nos prepara para ele.

— E a educação privada?

— É pior do que a do Estado, porque é muito mais eficiente para essa coisa.

— E era o que dizíamos ontem. Qual é a base? A base é amor, paixão e boas intenções. Preparam um cientista apaixonado que acaba sendo o pilar sobre o qual os grandes grupos econômicos, donos dos laboratórios, fazem fortunas. E quando têm o remédio, esperam até que morram dez milhões de pessoas para que haja um grande desespero e o remédio custe mais caro. A base disso é um cara que quer fazer ciência.

— Um cara apaixonado pela ciência. Sempre há homens que se apaixonam pelas coisas e são alavancas de descobertas, de coisas novas e assim por diante. A paixão do homem é notável porque ele foca toda a sua vida nisso.

— E com que merda você quebra esse círculo?

— Eu sei lá. Não acredito que exista uma solução mágica. Eu vejo outro caminho. É preciso lutar para chegar ao governo porque tem que mitigar a fragilidade do sistema, mas, em paralelo, é preciso tratar de ir construindo outras coisas e alavancar a formação de uma cultura diferente. Por isso eu vejo como um processo muito longo. Para quebrar tudo você pode fazer uma revolução, tá. Pode ser feito e continuará podendo ser feito. Mas não resolve um caralho, porque se não mudar a cabeça nada muda. Afinal, minha mãe tinha uma parte de razão. Ela era meio derrotista, mas disse: "Não, meu filho, o socialismo não é possível porque o homem é egoísta, é mau". Uma visão pessimista e lógica de uma senhora de setenta anos. É como dizer para você não partir o coração porque não vale a pena, mas não deixa de ter uma parcela de razão. Continuo pensando o mesmo, temos que lutar para mudar isso, mas não posso dizer às novas gerações que façam o que fizemos porque vou mandá-las para a ruína. É imoral propor um caminho de sacrifício em vão. Como disse [Olof] Palme*, falando do comunismo naquela época, "não, esse é o caminho mais longo do capitalismo". Ele parecia um bruxo, por algo o assassinaram. Ele era um cara muito perigoso porque olhava longe, hein. Mas agora percebo o mecanismo. Primeiro é preciso explorar o capitalismo, porque é preciso desenvolvimento econômico e meios para entrar na cultura, na formação e na criação de uma economia ligeiramente diferente, mas sem destruir a que você tem. E como se faz isso? Você tem que fazer como os chineses: tem que aprender.

— Mas não é uma armadilha? A utopia por um lado e isso, que permite manter do mesmo modo como está?

— É uma armadilha perigosa, sim, claro.

— Porque você diz: "Ok, estou trabalhando, essa é a utopia". Mas enquanto isso tenho que manter o sistema porque é o que me dá de comer.

— O problema é que se eu não tiver o que comer, menos ainda terei o poder. Porque o poder vai me dar o povo, e se eu não tiver para distribuir, eu me viro contra o povo; e se eu não tiver força social, o que serei? Um filósofo de boteco. Tenho que enfrentar esse risco. Agora, isso gera uma responsabilidade brutal para as lideranças porque tenho que ter planejamento urbano, sentar com o mundo empresarial, negociar. Eles vão estender a mesa para mim. Como nos disse Hierro Gambardella quando saímos da prisão, "não, pessoal, esta é a mesa, tem para todos". E como te bajulam, mais tarde, quando você quiser entender, você não sabe em que time está jogando. É por isso que lhe digo que não é simples. Talvez haja outra solução. A bomba atômica, que tudo se exploda e comecemos de novo, mas teria um custo bem feio. Porque há também uma questão moral por trás disso: a quantidade de sacrifício que as pessoas fazem e até onde vão. Porque eu posso pedir ao cara alguns dias, algum tempo de sacrifício, mas não posso pedir para ele sacrificar a vida. Primeiro porque não vai me dar bola, é algo muito grande. Todos nós podemos ser heróis em algum momento, mas heróis por toda a vida, não me foda. Pelo menos nas massas de vez em quando aparece um Che, sim, mas não se muda a história com um Che Guevara. Como em tudo, existem figuras excepcionais, também existem capitalistas como Engels, que financiava o [Karl] Marx, entende? Sim, existe, mas isso não é o capitalismo, isso foi Engels. Felizmente, sempre existe a exceção humana que reconcilia você com a raça humana, mas não se pode generalizar. Marx morreria de fome se não tivesse Engels. Como Van Gogh: um pintor bárbaro que conseguiu viver porque tinha um irmão, que era um vendedor que o percebeu genial e o bancava. Hoje vejo o quadro *Os comedores de batata* e ele resume para mim toda uma etapa da história humana. É grandioso isso que têm os grandes artistas, os grandes poetas, que de repente fechem a história em uma frase. Isso também existe. O livro de Galeano, *As Veias Abertas da América Latina*, é o livro mais insurrecional que existe. É uma coisa impressionante. Eu não desprezo o trabalho intelectual.

— Não apenas não despreza, mas está dizendo que é a única saída, que é por esse caminho.

— É que precisamos de um mundo intelectual. Eu gostaria de poder gastar dez vezes o que estamos gastando com educação universitária, sacrificar outras coisas, porque a coisa é por aí. Agora, eu não apoio um cara que está fazendo engenharia, matemática ou física, que é fundamental, e não aprenda um pouco de filosofia, da questão das ideias e de tudo mais. Não. Existe uma primeira especialidade: a humanidade. Depois podemos ser biólogos, físicos, construtores, aeronáuticos, o que você quiser, mas é preciso se perguntar as grandes questões da vida. E isso é grosseria, porque em nome da formação alguns fundamentos são esquecidos.

— Porque você não precisa apenas saber o que faz, mas para quê e a partir de onde.

— Claro, e aí estão as grandes perguntas. Qual é o sentido da vida, para quê, para onde vamos, qual é o objetivo. É por isso que volto à primeira definição, a questão da vida. Perceba que você teve a oportunidade de nascer, e esta é uma licença entre o espaço e o nada: esse pedacinho que você tem. Esse é o filme da sua existência, que merda você vai fazer com isso? Você pensou nisso?

— Tem uma piada nisso, você tem oitenta e seis anos, eu acabei de fazer sessenta. Aos quinze, vinte, vinte e cinco tudo está distante, você não tem ideia de que isso é só um tempinho. Quando você chega na minha idade, muito mais na sua, você olha para trás e diz: acabou?

— Sempre digo que se a morte pudesse ser representada naquela partida de xadrez do cavaleiro dinamarquês que vai e vem, e que o estão esperando, em Hamlet, é para dizer: "Por favor, senhora, mais uma volta".

É um cara genial! São boa gente, são companheiros

Quando, em 21 de abril de 1999, às 11h30, a Cristaleria do Uruguai anunciou que fecharia a fábrica, os trabalhadores decidiram ocupar o prédio e iniciar negociações. A palavra de ordem era transformar a fábrica em uma cooperativa ou encontrar um comprador.

Essa luta durou, com os trabalhadores lá dentro, quatrocentos e sete dias. Ou seja, quatrocentos e sete dias comendo na mesma panela disponível, dormindo como pudessem, imaginando um futuro e suas possibilidades. Nada aconteceu. A Cristaleria do Uruguai permaneceu tão fechada como estava e os trabalhadores foram para a rua.

Daniel Placeres, que fazia parte desse grupo, não apenas era casado com Estela, mas também tinha dois filhos pequenos. Passaram a viver de bicos.

Durante esses quatrocentos e sete dias, Pepe e Lucía eram os visitantes permanentes dos trabalhadores, e o relacionamento, que era político, tornou-se pessoal, e, assim, Daniel e Estela começaram a ir à chácara para semear e plantar o que comer, até que Estela pensou que criar galinhas poderia ser uma fonte de renda. Conversaram com Pepe e Lucía, que concordaram, mas Pepe tinha uma premissa: "Você tem que cuidar dos animais, e não pode fazer isso indo e voltando. E este é um bom lugar para resistir".

Resultado: como não havia dinheiro para construir, Pepe levantou uma parede no meio da sua casa e a dividiu em duas. Pepe e Lucía vivem (divididos por um muro) de um lado, e no outro, Daniel, Estela e seus três filhos, já que Ana Clara, a terceira, nasceria algum tempo depois. Isso foi há vinte e dois anos.

Quando pergunto a Pepe sobre seu relacionamento com Daniel, Pepe sorri e diz:

— É um cara genial! São gente boa. São companheiros.

Tenta achar isso!

— Pepe, houve mulheres, em todo o mundo, ao longo dos tempos: Cleópatra, Simone de Beauvoir, Juana Azurduy, Bartolina Sisa, Lammar, que é uma mulher da ciência pouco conhecida e projetou um avião para Hughes, o famoso aviador, mulheres que travaram batalhas e foram fundamentais na hora de mudar a história. Mulheres que são como Lucía, que surgem como figuras, essa, aquela. Mas já há algum tempo que existe um movimento global, podemos dizer, que está se organizando e as mulheres cobram representatividade como massa. Na história, a maioria dessas mulheres é ofuscada por um homem. Conheço mais ou menos a história de Lucía, e que toda vez em que se fala nela se diz, injustamente, que "é a mulher do Pepe". Para onde você acha que vai esse grande movimento que diz: "Ok, as mulheres agora são uma massa"? Não eram, eram ilhas.

— Sim, estou de acordo. A cultura que formamos e tudo mais é bastante patriarcal, talvez em parte seja filha da história humana. O fenômeno da maternidade marcou a vida e o valor da mulher. E as complicações das mulheres porque, como criaturas, quando nascemos, os humanos somos fetos miseráveis, não servimos para nada. Um potro, poucas horas após o nascimento, já anda rápido, e quase todos os animais são assim. Mas bebês de primatas são uma merda, precisam de cuidados demorados, e isso caiu como uma cruz biológica na mulher. E a história da violência na história humana deu naturalmente à força um papel representativo. Isso eclipsou a importância da vida. Mas vejam o que está acontecendo, por que essa onda de feminismo está chegando. Eles nem sabem disso, mas é porque o trabalho e as tarefas estão cada vez mais intelectualizadas. Não existe qualquer superioridade do homem; a superioridade física e biológica começa a ser secundária e agora, com uma mulher digitando, você está em apuros. Aparece uma personalidade que a mulher tem, você valoriza cada vez mais. O que eu acho que a escravizou, em grande medida, é que foram muito dependentes do homem, e agora também começa a ter uma vantagem, porque elas têm uma visão de perspectiva biologicamente superior ao homem. Elas veem mais coisas juntas: o homem é mais unidirecional, a mulher é mais amplificada, a tal ponto que na análise militar estão incorporando as mulheres porque são capazes de ver e reagir a mais coisas juntas do que os homens. É incrível. À medida que as profissões se tornam cada vez mais intelectuais, exigindo paciência e coisas assim, as mulheres frequentemente estão se igualando e superando os homens. Acho que é uma questão de tempo. O feminismo surge com intensidade. Sempre existiram mulheres feministas, cacete! As discussões de Rosa de Luxemburgo com Lênin são atuais, cara. Aquela velha parecia uma bruxa, pois colocou as questões muito antes de elas acontecerem. Acho que, como em tudo, há alguns exageros, alguns desvios que são monstruosos. Porque às vezes parece que não existem as classes sociais.

— Lembro de uma vez que Lucía me disse: "O grande problema é que as domésticas vão às marchas, mas são as donas de casa que ficam com os mandatos". Você acha que isso se reverte?

— Enquanto existir a diferença de classes, haverá um grupo de mulheres subjugadas. As da esquerda, que têm funcionárias em casa e as chamam de companheiras, quando elas são empregadas; mas são cuidadosas na linguagem. Não quero discutir isso porque me matam.

— É a esquerda boutique, uma cagada. Na verdade, tem umas confusões internas, porque em tudo que se massifica existe luta de classes. Estão se matando, tudo bem, porque o feminismo é um fenômeno de massa e, portanto, não está livre de conflitos.

— E todos os conflitos da sociedade estão aí. Algumas estão pedindo igualdade política, temos que organizar as candidaturas, isso, aquilo. Sim, mas essas não são as domésticas.

— Bem, Heber dizia isso outro dia: "Aquelas que estão pedindo candidaturas, nunca as vi em um restaurante popular". Elas não vêm para discutir política, vêm na hora que "é a nossa vez". Como você vê esse movimento no médio ou longo prazo?

— Acho que não vai parar mais, que vai continuar, porque tem razões históricas. Mas acho que vai avançar pelo lado universitário. Elas são mais dedicadas que os homens e concluem os cursos e tudo mais. Elas são mais constantes. Em alguns sindicatos vamos ter que pedir a cota masculina. Temos que testar os novos procuradores que estão chegando, quase todos são mulheres. Em breve teremos uma justiça feminina julgando tudo.

—Você está animado com essa ideia.

— Estou muito animado porque vai dar certo. Agora ainda estão atrasadas, nós fazemos o plano "Juntos" visando as mulheres que criam filhos sozinhas, abandonadas nas favelas. Vamos tratar de lhes dar uma casinha, não só para elas, mas para as crianças, para que saibam o que é um banheiro, uma torneira. Nunca vi as dondocas darem uma mão para essa gente, por isso o feminismo não supera a luta de classes. A curto ou a longo prazo, vão ter que lidar a fundo com as contradições de classe.

— A grande luta que travam hoje é quem é mais feminista e o que significa ser feminista. Como a luta histórica sobre o que significa ser socialista.

— Numa sociedade melhor, acredito que a doméstica não pode existir. Em termos gerais, pode haver uma empresa que lhe presta serviços, mas não a dependência da patroa. E tem de haver uma margem de serviço para quem não pode naturalmente, o que aí se justifica.

— Mas quem não pode, precisa de uma enfermeira, e hoje para se formar em enfermagem são cinco anos de universidade, para estudar medicina são seis anos. Por fim, quem conhece um hospital sabe que não são os médicos que conduzem os hospitais, mas sim as enfermeiras, as que sabem como está o paciente.

— Claro, e com o passar dos anos aprende… e é bobagem. Lá atrás vivia uma enfermeira que depois brigou e tudo mais. Ela era companheira, mas segue sendo enfermeira, e quando fiquei doente me disse: "Você não tem vasculite?". Dito e feito.

— Volto ao tema do início: como você vive a história da Lucía? Quer dizer, ela foi sua companheira de sempre, foi para a guerrilha como todos que foram, ganhou seus cabelos grisalhos. Da última vez, li que ela fazia documentos falsos e que inventou o sistema desses porta-documentos que se abriam. Então tinha a identidade, a carteira de sócio do Peñarol, tudo, para que, quando abrissem, o policial visse e não tivesse dúvidas. Isso me pareceu genial. Como você recebe que, por ter sido sua companheira, ela acabou, de alguma forma, aos olhos do público, ofuscada?

— Não, ela não acabou ofuscada, sei lá. Ela foi a primeira mulher vice-presidente na história do país. Curiosamente, do meu grupo, o MPP, a primeira vez que uma mulher foi presidente da Câmara dos Deputados, foi a companheira; na primeira vez que isso aconteceu no Senado, foi também a companheira, foi a chefa do Legislativo quando foi vice-presidenta e a segunda mulher que presidiu a Câmara também foi do MPP. Mas não praticamos um feminismo raivoso, nós as colocamos porque eram baita militantes. Não lhes demos lugar por cavalheirismo, elas ganharam, cacete! Claro, Lucía estava ao meu lado e minha figura pode ser que a tenha ofuscado um pouco. Porque eu era presidente e ela, que era a presidente do Senado, me empossou, pela Constituição. É um caso único, que a sua parceira te emposse como presidente. Mas temos um relacionamento antigo. Para mim, tê-la encontrado foi ganhar na loteria, porque eu sou um desastre. Se eu não tivesse Lúcia... A natureza é ótima e ainda por cima as virtudes da Lucía. Nós, homens, estamos sempre caminhando acima da terra em busca de uma mãe, inconscientemente, que nos organize um pouco a vida e tudo mais. Para além do sexual e do instintivo, temos uma dependência do lado feminino da história, porque "não sei onde coloquei o gorro; desse lado", te respondem. Como eles fazem isso? Não sei. E assim uma infinidade de coisas. Pergunto a ela o que devo vestir, entende? É uma dependência brutal. São as pequenas coisas da vida, que no final de tudo são as únicas. Não é que isso aconteça comigo, a explicação que dou é que somos programados de tal forma que existe uma dependência. Você sabe que a benevolência na escala da natureza só aparece recentemente no fenômeno da maternidade dos animais superiores. Nos répteis também não existe muito, eles botam ovos e pronto, eles se viram. Lucía foi uma guerreira impecável, inteligente, é uma política de uma lucidez do caralho, difícil de superar. Organiza, opera, resolve, negocia sabendo até onde, nunca abre mão de um princípio. Tente achar isso!

Eram ideologicamente inimigos, mas estavam ali perto

— Guardando as enormes distâncias que existem entre uma coisa e outra, você acha que as jovens podem se inspirar em Rosa Luxemburgo, Juana Azurduy, as Mães da Praça de Maio, da Lucía, ou vão fazer sua própria experiência sem o que agora chamam de referencial teórico?

— Não sei, o que posso te dizer é outra coisa. Nos anos difíceis, enquanto estávamos presos, quem confrontava constantemente os milicos eram as mulheres, as mães, e mil vezes os soldados recuavam. Os homens se borravam, excepcionalmente havia algum, mas quem ia pra cima e estava na linha de frente eram sempre as mulheres. Não sei se são questões constitutivas do sentimento de maternidade ou coisas assim, é possível que seja. Sempre foram as mães, então a questão dos lenços brancos na cabeça é totalmente lógica. Há casos que são incríveis. Haviam encontrado um arsenal na casa de uma velha professora, em Trinta e Três Orientais, e o comandante disse: "Chola, tenho que prender você", e ela respondeu: "Ah, você engole qualquer história". Todos os soldados daquele lugar haviam sido seus alunos e isso causou uma confusão no quartel porque não queriam prender a velha. Você sabe o que o comandante fez? Ele a tirou de cima dele, mas não a prendeu. Ele a expulsou para o Chuí, no Brasil, a mandou para a fronteira. Ele a colocou do outro lado para se livrar do problema, viu? Os soldados diziam: "Não, a Chola, não".

— Em que ano foi isso, você lembra?

— Não, não me lembro, mas a Chola era muito conhecida. Ela era uma daquelas personagens fantásticas, ela conhecia todos e todos a adoravam. Ela era uma daquelas antigas professoras de campanha, sabe? Que não dá só aula. Resolvem problemas familiares, dão conselhos, o que quer que apareça. Isso dá poder.

— Essa sabe mais que o padre da cidade, porque também a chamam...

— Chamam e contam tudo para ela. E o comandante sentiu-se encurralado porque disse: "As pessoas vão me matar". Ele a pegou e exportou, tchau. A Chola Iriondo. Não a polícia, o exército.

— Bom, por falar em mães, quem te salvou indo para a cadeia, te dando força e te xingando foi a sua velhinha.

— Claro, teve cada confusão com os milicos. Ela dizia qualquer besteira e os soldados aceitavam. Porque no fundo a gente tem esse problema, a gente espanca um homem, dá uma surra, mas com uma mulher, e principalmente uma velha... Já fiz a minha análise: as mulheres jovens podem ser bruxas, o que quiserem, mas, à medida que envelhecem, se aproximam da santidade. As mulheres idosas são uma espécie de capital. Aí, no fundo, existe uma dependência matriarcal. A coisa do tango não é brincadeira. Por que a poesia do tango insiste tanto nas mães? Nem se lembram dos pais.

— Você precisou de tudo isso para finalmente estimular a lei do aborto ou houve outras pressões ou motivos?

— Para mim era uma evidência que tive quando jovem. Eu também tive minhas aventuras e mais de uma vez levei uma mulher na minha moto para fazer um aborto. Havia uma parteira no Cerro, a Fonseca. Ficava a duas quadras da delegacia e a uma quadra da igreja, e as mulheres faziam fila na calçada porque não cabiam. E todo mundo sabia porque não era nada clandestino ou encoberto. Quando as coisas ficavam muito complicadas, levavam a um médico que morava na frente da faculdade de arquitetura. Por casualidade aquele médico era meu primo, a mãe era irmã do meu pai. Funcionou como um serviço, vi isso quando criança, então a situação me parecia hipócrita: os milicos sabiam, o padre sabia. Num lugar onde moram cem mil pessoas, todo mundo sabia, você percebe? Uma hipocrisia. Mas o que acontece? As mulheres dos bairros pobres iam para lá; depois havia aqueles que eram como meu primo, para os bacanas. Então, é claro, quando me torno presidente, não poderia fazer diferente. Tabaré discordou disso. Ele era médico a vida toda e teve que aceitar, porque a lei do aborto foi aprovada e ele vetou no seu primeiro mandato, e, quando cheguei, a coloquei e declarei que nunca ia vetar nenhuma decisão do parlamento. Com todos os defeitos que possa ter, devemos compreender que o parlamento é a expressão mais democrática que se tem numa democracia representativa. Estejam certos ou errados, todos são representantes eleitos pelo povo. Como é que o poder executivo vai alterar o que o parlamento diz? E não ousaram mais tocar. Estes, os brancos, também disseram, são católicos. Mas é claro que eles também fizeram abortos e tudo mais. São de um cinismo... E que problema, acabam ferrando com mulheres pobres que, não tendo dinheiro, fazem qualquer coisa. Não me contaram, eu vivi, lembro perfeitamente.

— Durante a campanha você sabia que ia enviar essa lei?

— Nunca duvidei que iria enviar. E ainda casamento entre os rapazes e as mulheres. Deixe-os fazer o que quiserem com a bunda, que diabos vou perseguir pessoas por sua orientação sexual? Parece-me um atraso a essa altura. Aprendi isso com o velho [José] Batlle, que tomou a decisão de conceder o divórcio à esposa por vontade própria, por volta de 1912. Mais tarde ele reconheceu a necessidade de contribuições sociais, aposentadoria e tudo mais na prostituição. Não lhe ocorreu proibir nem o álcool, sabe o que ele fez? Nacionalizou a produção de bebida alcoólica. O único que produzia bebida, grapa, cana, uísque, era o Estado. Fazia bem feito, cobrava um pouco mais e daí conseguiu recursos para a saúde pública. Porque não se eliminam problemas feios banindo-os, porque continuam a existir. Então você tenta organizá-los da melhor forma possível para que prejudiquem menos: é um princípio. Aborto é a mesma coisa, por que diabos o aborto é clandestino? Digamos, se todo mundo sabe que as pessoas fazem aborto, se não fizerem aqui, farão no Brasil, na fronteira. Então por que vou complicar a vida delas? Se eu legalizar, eu cuido dos pobres também, dou um tratamento decente para as mulheres pobres. Dizem: "ah, a vida", sim, sim, a vida, mas isso existe. E além disso, se a mulher está desesperada, se ela quer abortar, isso deve ser feito de tal forma que a primeira medida tem de ser apoiá-la, ajudá-la.

— O velho Batlle fortaleceu a vontade da mulher com o divórcio. Ele começou com isso e você chegou com o aborto.

— Claro, dei um passo a mais depois. Não vamos ter aborto clandestino. E perseguir algo que acontece todos os dias é uma coisa de picaretas.

— Bem, de fato uma das coisas que o Uruguai diz hoje com orgulho é que aqui não há mulheres que morram fazendo aborto, frase que se usa no mundo todo quando alguém quer defender a lei.

— Não, quase não há, claro. Sei que demos o exemplo e com a maconha fizemos o mesmo: reconhecer a realidade. E organizar melhor para que prejudique menos. É a mesma filosofia, viu? E não fizemos mais porque não pudemos. É preciso superar os preconceitos da sociedade, hein. Olha, você sabe o que aconteceu com Batlle? Havia uma Pacheco, Matilde Pacheco, casada com um idiota com quem teve quatro filhos e que a abandonou; e por motivos familiares foi morar na casa dos Batlle. Curiosamente era uma mulher progressista, dos Pacheco e Obes, patrícios; e Batlle era jovem e ficou encantado com essa mulher. Ele passou a viver em concubinato, mas não podia formalizar porque o outro estava vivo, não sei onde. Até que ele morre. E eles se casam e têm três filhos. Imagine que Batlle viveu isso e quando se tornou presidente, com o divórcio por vontade própria, o maluco estava na boca de todos. A primeira presidência foi em 1904, em 1902 e 1903 estourou a guerra civil. A segunda foi em 1910, foi a das reformas, cujas consequências chegam até hoje porque, na realidade, modelou o Uruguai moderno. Ele também era um velho oligarca, mas tinha ideias progressistas. O Uruguai teve três governantes de esquerda, falando em sentido profundo, antes de nós. Para mim, Artigas foi o primeiro, porque onde você viu um estadista que lembrasse dos indígenas e lembrasse da distribuição de terras? Você tem que ler a lei fundiária de Artigas. Ele foi o fundador do federalismo e o primeiro a propor a independência total. Por alguma razão foi expulso da Argentina. O segundo é o [Bernardo Prudencio] Berro, que sofreu a guerra com o Paraguai e tudo mais, mas lembrou do trabalhador rural. Ele tinha uma visão do imperialismo que não tem erro. O cara era esclarecido.

— Ano?

— 1860, por aí. A guerra do Paraguai começou aqui, no Uruguai. Primeiro era preciso derrubar o presidente aqui e o Paraguai avançaria as tropas quando o atacassem, para fazer a tríplice aliança. E o terceiro governante da esquerda foi Batlle, a luta que ele travou não tem erro. O partido Colorado foi dividido em quatro partidos, é uma característica do Uruguai. É por isso que a Frente Ampla é uruguaia, porque na realidade os nossos partidos tradicionais, todos blancos e colorados, são tão antigos quanto o país. Olha, duraram muito, mas em outros lugares os partidos fundadores desapareceram, sabe por quê? Porque durante toda a vida foram frentes: tinham tendências mais progressistas, tinham centro e tinham direitas. Por dentro, tudo junto, cada confusão infernal!

— Como o peronismo.

— Exatamente como o peronismo. Todo o batllismo foi igual. Aqui eles ficaram exaltados quando eu dizia que Batlle era o maior contrabandista político, porque era um partido reacionário e conservador, e meteu até quase anarquistas. Ele inventou o colegiado quando já era velho. Em 1924 ele estava escrevendo, era jornalista, e, quando Lênin morreu, escreveu um editorial que dizia: "Todos de pé, Lênin está morto". Tem que ter colhões, hein! Ele escrevia "deus" com letra minúscula, varreu a igreja do Estado. Até hoje no Uruguai não se chama Semana Santa, chama-se Semana do Turismo, até a nomenclatura mudou. Ele colocou tudo. Em vez de Natal, é dia da família, vai cagar! É por isso que o Uruguai é o país mais secular da América Latina. O que aconteceu é que o cara pegou um paisinho com três milhões de habitantes, e naquela época ele tinha dois. Mas, na realidade, ele era um social-democrata avançado para a sua época. Expulsaram os líderes anarquistas da Argentina e ele os acolheu aqui, deu-lhes asilo. Você sabe o que defende o sindicato? Ele é o advogado do pobre. É preciso se situar em 1912, 1913, tratavam-no como jacobino, ele ganhou uma inimizade crônica, o partido se dividiu. Teve um Manini, que era brilhante, jovem, que foi trabalhar no *El Día* e ferrou com ele. Ele começou a se aproximar e, como a primeira presidência foi consumida pela guerra, teve a capacidade de eleger um segundo presidente que sabia que não o ofuscaria para ganhar força mais tarde. Isso não foi de graça e ele foi para a Europa, morou lá quatro anos, indo de um lugar para outro, pensando e se correspondendo. Aqui tinha dois subordinados, um era o Manini e o outro era o Domingo Arenas, que era um italiano que veio como guri e que era meio anarco. As cartas desses dias são um poema. Então, aí, ele briga com os liberais que o chamam de socialista e tudo isso por causa das reformas que ele tentou introduzir, as oito horas de trabalho, todas essas coisas. Ele também teve que lidar com os conservadores de seu próprio partido. Ele não podia ser descuidado, tinha que fazer alianças e coisas assim porque senão perderia para os blancos que estavam do outro lado. E mandou publicar uma coisa que chamaram de *As Notas*, onde ele estabeleceu o perigo do poder executivo unipessoal. Ele trouxe isso da Suíça e começou a encher o saco com uma reforma constitucional. Fizeram uma constituinte e os que eram contra tinham a maioria, mas imediatamente houve uma eleição de deputados e os grupos dele ganharam. Então alcançou a maioria parlamentar, mas na constituinte tinha minoria. Foi uma bagunça, mas, no final, ele conseguiu convencer uma parte da direita, os blancos, porque lhes jogou confete: participar do conselho, um executivo onde eles tinham participação. Fez eles entrarem e, com isso, reuniu forças para quebrar a espinha dos colorados que o tinham contra no seu próprio partido, e conseguiu se impor. Isso funcionou durante catorze ou quinze anos, até que houve um golpe de estado após a sua morte, em 1933. Ele morreu em 1929, durante a crise. Mas ele é um personagem e tanto, um pensamento médio como Yrigoyen, com mais sorte, porque Yrigoyen teve as pernas cortadas pelos milicos. Ele fez barba e bigode com os milicos também, bah, conseguiu que a maioria dos oficiais fossem colorados, mas não eram batllistas. Eram inimigos ideológicos, mas estavam ali perto.

Qualquer dissidente é um herege

O velho saiu de casa e acenou com a mão, como às vezes faz. Debaixo do outro braço traz alguns papéis. O vira-lata preto lhe acompanha, latindo. Ele chega ao portão e só então percebe que está com os papéis. Volta sem se arrepender. O clima hoje deixa tudo mais leve e estamos com melhor ânimo do que ontem e até anteontem, quando estava difícil viver.

— Velho, você vinha com documentos?

— Não, são planilhas das universidades.

— Você olha planilhas das universidades?

— Sim, olho, porque isso dá uma ideia de como anda a sociedade. As multinacionais também olham e analisam, e procuram os caras geniais. E os *pelotudos* que estamos no Estado não levamos isso em conta na hora de montar a nossa burocracia. Esse é um dos problemas que te digo, por um lado é preciso fazer um esforço para formar a burocracia, e por outro lado apresentar a carreira pública como uma escada com degraus que, por mérito e eficiência, se pode subir. E também pode descer, para que não se acomodem. Qual é o defeito da burocracia? A ideia do menor esforço: cheguei, daqui a quarenta anos me aposento; se não faço uma cagada, vou subindo por antiguidade. Não, que antiguidade, cara?! Você tem que mostrar serviço e isso tem que ser avaliado. Faça um esforço na média, porque demitir é muito brutal, é antipolítico, você coloca toda a burocracia contra você. Mas se você trabalhar duro, vai subir. Mas olha, se falhar, você cai e não vai ganhar igual, mas não te demito.

— E tem uma greve pelo plano de carreira.

— Você vai ter problemas, claro, e mudar isso vai custar muito. Mas por trás você tem que cultivar essa concessão.

Os funcionários públicos têm que ser os melhores porque lidam com o bem público. E não como são agora, quando o cara senta no meio de outros vinte, toma um café e não faz nada; mas a culpa é dele ou será que temos um sistema ruim? Porque sabemos que o homem precisa de chicote e recompensa. Não posso tratar o idiota da mesma forma que aquele que precisa ser reconhecido.

— Mas é difícil. Te dou um exemplo: o Evo, que esteve no governo durante quatorze anos, criticava a burocracia. Ele tentou de tudo e a burocracia piorou.

— Não, mas não é só o Evo. Todos nós reclamamos, eles te esquecem nas gavetas.

— Por isso digo, calculo que em quinze anos de Frente Ampla...

— Não, mas tivemos os nossos problemas, não temos políticas para construir o Estado. Você não pode consertar tudo o que estou dizendo em cinco anos, você precisa de pelo menos vinte, uma formação, pa, pa, pa! É cada confusão! É uma luta, mas você tem que melhorar a qualidade da ferramenta, porque não consigo trabalhar com uma chave inglesa comum, que quebra. Tenho que ter uma boa. O Estado é uma ferramenta, um instrumento para servir a sociedade, não é uma causa em si. E isso tem que se cultivar e insistir. Agora, o problema é que aqueles que estão no topo têm de dar o exemplo. Para que as pessoas não reclamem com você, ou então aguente a pressão: "Tá, esse é um velho de merda, mas trabalha duro. Trabalha mais do que qualquer um, não aceita". É duro lutar contra isso porque, no final, a força moral é fundamental. Tenho empilhados todos os recibos do que dei. Você não vai salvar o mundo com isso, mas dei mais de meio milhão de dólares para o plano "Juntos", dos salários que recebia por mês, mais outros cento e cinquenta mil dólares para a Frente Ampla, e, com o que ganhei, ainda sobrou para fazer a escola. Então, do ponto de vista financeiro, eu vivia com o que a Lucía ganhava. Eu nem sequer contribuí para o MPP, contribuí com 15% do que ganhava para a Frente. Mas tinha que dar um recibo para o "Juntos" também, tenho tudo aí. Tenho todas as planilhas, não uso e nem quero usar, mas estão aí. Com meio milhão de dólares teriam construído vinte casinhas, você imagina, mas eu botei um ovo. Não comprei carro, nem nada parecido. E grande parte da escola, sabe como eu fiz? Com a especulação, com o que os capitalistas fazem. Quando eu era pequeno, meu avô me deu o melhor conselho, me disse: "Quando você crescer, compre terra bruta, a única coisa que você pode comprar a prazo é terra bruta; nunca se perde, vai ganhar". Dito e feito, assim, matemático. Comprei aquela fazenda lá em cima por sessenta mil dólares na época da crise de 2002. Mas não à vista, por mês; tirava do salário de deputado, ia e pagava. Quando quitei o pagamento, registrei e deixei à toa por muitos anos. Mas quando comecei a construir a escola, coloquei à venda: custou sessenta, vendi por duzentos e quarenta. O que você acha? Sem ter feito porra nenhuma.

— Você não comprou nada para você. Vou contar qual foi meu primeiro comentário quando saí daqui pela primeira vez, há seis anos: "Caramba, ele não usou dinheiro nem para colocar piçarras na entrada que enche de lama toda vez que chove".

— Não, eu compro ferramentas e tudo mais, mas não dou a mínima para bobagens. Quando chegamos aqui, esse rancho era de taipa e chovia como lá fora porque tinha uns cinquenta anos. Tivemos que colocar um pedaço grande de náilon em cima da cama, com um balde que coletava a água, e esses dois cômodos, onde vamos fazer xixi e tal, tivemos que fazer às pressas quando decidimos consertar o teto. Tinha tanta coisa para fazer que tivemos que nos mudar, moramos lá e conseguimos trocar o telhado e tudo mais. E sempre dividi a casa com os vizinhos. Aqui ninguém paga aluguel, viu. Eu não cobro aluguel de ninguém, nem nada disso, nem de quem mora no fundo. Não, isso não. A fazenda era um refúgio, passou gente por aqui. Mas tudo por causa dessa dica que te disse que meu avô me deu e ficou na minha cabeça. Porque sabe quanto a chácara nos custou? Quinze mil e quinhentos dólares, quatorze hectares, mas não à vista. Colocamos nove à vista e pagamos o restante a cada três meses, mil dólares. Chegamos aqui com algumas porcarias e começamos como pudemos. Os galpões não tinham telhado e não tínhamos água encanada nem nada. Anos tirando água. Tínhamos um poço com uma corda que ainda está lá. Depois colocamos uma bomba na casa, no tanque, mas isso foi muito tempo depois, porque no começo foi assim. E veja o que é a magia da terra: depois de cinco ou seis anos tive que hipotecar a chácara para pagar as demissões de uma rádio que foi fechada pelo governo Lacalle, e o banco que nos emprestou o dinheiro, o Crédit Agricol, mandou um avaliador. Ele olhou as casas, percorreu a chácara, e avaliou em setenta e cinco mil dólares. Olhei para Lucía, tinha nos custado quinze mil e quinhentos, e não à vista. Nos emprestaram quarenta mil dólares, acertamos o que tínhamos que acertar e tchau, acabou.

— Há quanto tempo você tinha comprado?

— Quatro anos, por aí, entende?

— E isso foi há mais de dez anos.

— Então você vê a magia da terra.

— Sim, só de estar lá.

— Só de estar lá, a sociedade te dá isso. O velho Batlle gostava de Krause, um filósofo americano que teorizou muito sobre a evolução do valor da terra. Disse que uma parte do aumento do preço da terra tinha que ir para a sociedade porque isso foi dado pelo crescimento da sociedade. E é verdade, é assim mesmo, ela não é filha do trabalho. Se o Uruguai estivesse despovoado e fosse um deserto, isso não teria acontecido. Mas isso aconteceu porque a pressão social está valorizando a terra. Não existem fábricas de terra, é sempre igual; o que aumenta é a demanda. Isso em terreno urbano é assustador, leva ao absurdo das torres e tudo mais, porque o metro quadrado vale um rim. Sai tanto que temos que tirar até o suco, então vamos subindo. E isso nos leva à macrocefalia, ao absurdo da megalópole que a sociedade capitalista construiu. Por quê? Porque a cidade não tem limites, quem tem é o homem. Os gregos eram sábios porque, quando uma cidade crescia, eles tiravam uma família e fundavam outra cidade. Eles fundaram cidades em todo o Mediterrâneo. Os maias faziam uma cidade e, após oito dias de marcha, faziam outra. Eles precisavam desse intervalo para a cidade viver.

— Os astecas fizeram o mesmo. Tenochtitlán, o grande centro, mas começavam a despovoar. Acontece que eles fizeram diferente, os astecas colonizaram povoações próximas e as ocuparam, culturalizaram.

— Como todos os impérios, porque também não é preciso poetizar os incas e os outros. Não.

— Pepe, ouvi várias vezes, e com certeza você tem informação, que não há comprovação científica, não há corroboração paleontológica de que os charruas existiram.

— Os charruas eram uma etnia a mais das que existiam aqui. Mas existiram em Santa Fé e chegaram ao sul da Argentina, chegaram às Malvinas. É incrível, mas é isso. Eles não foram o maior grupo indígena que estava aqui no Uruguai, o maior grupo foi o dos guaranis.

— Na verdade, foram eles que deram o nome ao rio, certo?

— Sim, porque eles também viveram o processo jesuíta com a colonização que trouxeram, né? Muito mais avançada que o resto das colonizações.

— Na Bolívia eles se tornaram uma potência.

— Eles eram talentosos, a tal ponto que duas monarquias tiveram que se unir, a de Espanha e a de Portugal, para lhes fazer frente numa guerra impiedosa. Eles estavam construindo uma nação. Que pena que não conseguiram construir, teria sido muito melhor.

— Sim, mas como os caras estavam por toda parte, tinham um grande nível de diversificação geográfica.

— Eles estavam por toda parte e não entravam em conflito com o local, se apoiavam nisso. Eles se alfabetizaram na língua guarani. Não, os caras foram corajosos e alguns deles expulsos daqui foram para a Revolução Americana.

— Diz-se que pode sair qualquer coisa de quem estuda nos colégios jesuítas, mas sempre sabem o que querem.

— O Papa, ah, coincidência. Sim, a ordem dos jesuítas foi feita por um militar, Santo Inácio de Loyola. Eu te contei a definição disso quando, numa praça sitiada, Inácio de Loyola concebe um conceito político-militar com raiz religiosa: Qualquer dissidente é um herege.

Esse é um inimigo difícil

— Na boa política você é movido por emoções, paixão, pelas campanhas do dia a dia, vencer, assumir um cargo. Sempre me lembro da imagem do Evo chorando quando Álvaro [Garcia Linera] coloca nele a faixa presidencial. Toda a sua história foi resumida ali. Lucía recebeu o seu juramento de posse. É um momento e tanto.

— É incrível, deve ser o único caso histórico. Tenho certeza. Foi a única vez na história que a companheira recebeu o juramento de posse.

— Como você sentiu isso?

— Sei lá, sou anticerimônias.

— Sim, mas algo acontece com você num momento desses. Você diz: "Ok, a cerimônia é um faz de conta". Mas a cerimônia existe.

— E antes ela empossa todos os senadores. É uma cerimônia no Senado.

— Primeiro empossa todos os senadores e depois o presidente.

— Não, é uma cerimônia separada. Outro dia, um ou dois dias antes, os senadores tomam posse. E já aconteceu comigo duas vezes, eu tinha tomado na outra em que também fui o mais votado. Levei [Julio María] Sanguinetti, que havia entrado como senador, e vários outros. E levei um colega que já está morto, o ministro da Defesa, Eleuterio [Fernández Huidobro]. Aí eu quebrei todas as regras.

— Melhor, você estava esperando. Ultimamente, a questão da separação de poderes ficou complicada para mim. Você lembra que anteontem estávamos falando sobre o que é conhecido como o primeiro código de leis, o de Hamurabi, 1250 anos A. C. O cara cria as leis para os babilônios em pedra, com o famoso "olho por olho, dente por dente". Era uma monarquia e ele fala: "Essas são as leis, daqui em diante nós vamos nos organizar". Tem coisas incríveis. Se a sua irrigação invadir a terra do vizinho, você terá que pagar a ele na proporção da produção que você inundou. Foi uma coisa assim, até municipal, que passou do pequeno para o grande. Depois os gregos falam da separação dos poderes, dos juízes. Para mim, a função do juiz não é fazer justiça, é garantir o funcionamento do modelo que ele representa. E eles nos levam nesse sonho quando, em geral, na América Latina, quem detém o poder conduz também os outros poderes. Vemos isso na Argentina, vimos isso no Brasil.

— Há uma tendência dos executivos se esforçarem demais e irem além das suas responsabilidades. Pressionam a famosa liberdade de imprensa, sempre a restringem, são excepcionais. O pessoal da direita, porque a imprensa é toda de direita, de qualquer forma me convidou para dar uma conferência na SIP [Sociedade Interamericana de Imprensa]. Todo ano convidam, e os encontros são organizados por algum grande meio. Nesse caso era um jornal do México e sei que o dono disse: "Vamos ver se o Mujica pode vir". Ele colocou como condição. Os jornais daqui, os de direita, você não sabe como ficaram, amargos demais, mas tiveram que aceitar. E na história recente do Uruguai colocaram o velho Jorge Batlle e eu como os únicos presidentes que não mexeram com a imprensa, que nunca ligaram para ninguém, essas coisas...

— É disso que estou falando, insisto. Na Argentina e no Brasil, contra os Kirchner e contra Lula, voltamos àquele momento em que quem detém o poder, o Rei, o Príncipe, o Presidente, acaba conduzindo os demais poderes, a justiça. Como você pensa que isso evolui?

— Mas isso não acontece, em geral, com a esquerda, que geralmente está em oposição e entra em conflito com a justiça e a imprensa. A definição mais justa é que, pelo contrário, estes poderes estão ideologicamente mais inclinados à direita pela história institucional.

— Sim, porque foram eles que os criaram, afinal. Mas o sistema continua funcionando assim ou precisa ser mudado? Deveria haver alguma pergunta criativa que nos permita dizer: "O que vamos fazer com isso que parou de funcionar da maneira para que foi criado"?

— Acho que vai haver um cataclisma. A forma representativa que temos de democracia está muito questionada devido ao impacto da civilização cultural. Os partidos tendiam a representar as diferentes contradições que existem na sociedade e tal, mas hoje isso já não é assim. Aparece um monte de problemas sociais absolutamente independentes dos partidos. Aí está o feminismo, que tem suas coisas, os que defendem os animais; eu sei lá, uma série de coisas. As sociedades são cada vez mais complexas e o sistema representativo já não representa necessariamente isso.

— Você está aprofundando. O sistema, tal como está, não está necessariamente colapsando, mas, além disso, o subsistema, que são os partidos que o sustentam, deixam de ser úteis. Porque ontem dizíamos que não deveríamos falar com os jovens sobre ideologia, mas sobre causas. Nós temos uma causa. Originalmente os partidos, a esquerda, a direita, diziam: "Nossa causa é essa". E o povo vinha junto, militou por essas ideias, as apoiou. Ou seja, podemos ficar nas mãos de qualquer idiota que invente uma causa. Mas o que fazemos com o sistema?

— Não sei. Já fomos deixados nas mãos de algum idiota, porque não é que [Donald] Trump fosse de direita. Teria sido uma confusão se ele fosse de direita, a certa altura ele parecia louco. E esse [Jair] Bolsonaro... Você pode dizer que o [Fernando Henrique] Cardoso é de direita, sim, mas não pode colocar o Cardoso junto com o Bolsonaro. Como chegou lá? Porque na realidade não são eleitos pelos partidos, são eleitos por outras coisas.

— Onde estão os partidos nisso?

— Ah, não sei o que vai acontecer. Eu vi o próprio PT [Partido dos Trabalhadores] merda depois das eleições. Está destruído. O PT não é mais o que era; agora existe por causa do Lula, mas sem ele infelizmente não existe. O peronismo passou por essa provação: o peronismo existe sem Perón. Está como um mito aí e tchau. Acima de tudo, tem Evita, que é um mito mais simpático.

— Ninguém contesta.

— Não. Uma deusa, status de deusa. Um dia fui a um evento num anfiteatro lindo que o sindicato dos ferroviários tinha lá. Os companheiros conseguiram isso. Quando chegou o pessoal do sindicato, gente boa, me cumprimentaram. Então vamos tirar uma foto na frente de um retrato da Evita. O cara de um lado, eu aqui e a Evita no meio. Incrível!

— Na realidade, seu tempo no poder foi muito curto.

— Sim, mas foi deslumbrante.

— Aconteceu a mesma coisa com San Martín na Argentina. Quanto tempo ficou lá? Doze anos, o que naquela época não era nada. Hoje você pega um avião, se comunica, mas isso foi em lombo de burro. San Martín esteve apenas doze anos na Argentina e marcou para sempre a história do país. Com a Evita aconteceu a mesma coisa, esteve um lapso de tempo, não lembro se foram cinco ou seis anos, em que ela montou tudo que ficou e ninguém contesta. Discutem Perón, o criticam. Evita, não.

— Não, por isso ela tem status de santa.

— Deixe-me voltar ao mesmo assunto por um segundo: como você imagina um sistema diferente que não seja a famosa divisão de poderes? Você já pensou em como poderia ser?
— Quando a civilização digital começou a surgir, tive um momento de devaneio. Achei que tecnicamente havia sido criado um instrumento que permitiria a consulta permanente das pessoas, seria uma entrada. Agora estou percebendo os problemas que temos. Pelo que eu te disse, a humanidade parece um macaco com uma metralhadora. Temos uma tecnologia incrível, mas, em média, como sociedade, não estamos à altura do instrumento. Então usamos isso para fazer merda. Porque a tecnologia deu voz e presença a todo maluco que anda por aí.
— Sim, antes, num bar, o bêbado falava, você o calava, e o bêbado ia para casa. Agora ele está lá o tempo todo, é um bêbado onipresente que fala besteiras. Outro dia eu estava rindo porque falei que uma coisa é a presença das redes sociais, que destruiu a superestimação da inteligência humana... Porque antes você lia dois ou três jornais e dizia: "Caramba, o ser humano está muito bem". Agora que todo mundo está falando, você diz: "Cara, a lorota da evolução". Tem um assunto que venho falando há anos e que ontem à noite, e hoje de manhã, discuti com o Oso — com quem formo quase um casal porque estamos morando juntos há um mês, tomando café da manhã, almoçando juntos — que é o tema da comunicação. No Uruguai, o primeiro jornal que existiu foi o *La Estrella del Sur*, em 1807, porque era preciso puxar para o lado inglês para que a Espanha não levasse tudo. Foi a primeira operação política que tentou arrastar o Uruguai e a Argentina para a Inglaterra. O jornal era editado aqui e levado para lá, em inglês e espanhol. Depois, cada país teve os seus jornais, mas sempre foram operação política. Assim como a esquerda luta com o poder judicial,

o que a direita não faz porque é o poder judicial, a esquerda tem historicamente tido problemas com os meios de comunicação, sempre, em todo lado. Eu disse ao Evo: "Somos tão comunistas que somos como os russos: não sabemos como comunicar nem o que fazemos bem". O discurso da esquerda envelheceu de tal forma que as pessoas nem discutem mais, não dão mais bola. Como você vê essa passagem? Como você viveu isso ao longo da sua vida?

— É verdade, esse problema de comunicação é crônico. Por um lado, pela fragilidade empresarial, o que é lógico. Mas, por outro lado, acredito que a batalha de ter que fazer nos afasta do dizer permanentemente. E é um ponto fraco que não vejo como podemos superar.

— Por quê? Vício de comportamento?

— Por causa das nossas próprias contradições, porque na esquerda também há pensadores livres. Então um vai para um lado, o outro para outro, e a comunicação política deve ter um certo grau de insistência com certas coisas com que é preciso bater e bater. Há algo no que Goebbels disse, de que uma mentira contada mil vezes... O problema é que uma verdade, uma boa, da qual você está convencido, também tem que ser repetida e repetida. A esquerda não insiste.

— Você acredita demais no ser humano ou é essa coisa de "estamos fazendo algo novo", então paramos de nos comunicar e vamos para outra coisa?

— Sim, acho que, na esquerda, somos péssimos comunicadores. Eu não. Eu, pessoalmente, pelo contrário, me colocam separado. Mas sou eu, não a força política, o partido, eu sei. Além do mais, os caras da direita reconhecem o meu sucesso na arte de comunicar, mas sim como um dom natural, não como uma disciplina.

— Eu também não vejo solução, acho que as pessoas de esquerda estão muito envolvidas em ouvir os dois lados.

— Há um pouco de doença no excesso de intelectualismo, que quer dizer e diz muito blá, blá, blá, mas não atinge o essencial. Depois, quando você não tem os meios, a única maneira é contrabandear ideias. E para isso você tem que colocar coisas que são iscas, entende? Que o cara, mesmo sendo contra, não tem escolha a não ser ouvir. Lembro de quando tive um debate na televisão. Aqui tem um matadouro de porcos chamado Cativeri e não sei, algo me veio e eu disse: "Se os porcos votassem, não votariam no Cativeri". No dia seguinte isso pautou todo mundo, escreveram nas paredes e tudo: "Os porcos não votam no Cativeri".

— As pessoas de esquerda acreditam que entreter as pessoas é errado, que elas devem ser doutrinadas. Mas as pessoas se divertem, para isso estão a Globo, o Clarín, a Televisa, que fazem o que querem porque controlam o seu tempo livre.

— Claro, eles te enlouquecem com a cultura do entretenimento, da punhetagem.

— E quando você está assim, pronto.

— Sim, é assim. Tolstói diria que se eu tivesse conhecido minha esposa vestida com um barril, não teria me apaixonado. Quer dizer, é a velha discussão, forma e conteúdo; mas são as duas coisas. Claro que o conteúdo é importante, mas a forma é a entrada.

— Ontem eu te disse que o livro tem que ser divertido. As pessoas têm que poder se divertir, te ler e ficar com alguma coisa. Mas primeiro têm que se divertir.

— É assim, sim. É difícil, mas é assim.

— O que vem primeiro, o espírito ou o corpo? Você dizia ontem que o instinto manda. Pai nosso que estás nos céus, santificado seja o vosso nome, venha a nós o vosso reino, o pão nosso de cada dia nos dai hoje. Quer dizer, primeiro sente-se e coma, e depois conversamos. São fórmulas muito antigas. Com fé, os católicos começaram com um presépio e terminaram com catedrais ao redor do mundo. Algo de bom fizeram.

— Lógico.

— Qual é a impossibilidade?

— Essa é a magia dos bons poetas, saber apresentar. Fazer poesia é dizer uma coisa por outra; mas não qualquer coisa, nem qualquer outra.

— Comunicação é algo que me atormenta porque fiz parte da equipe de comunicação de um governo no qual não pudemos fazer o que queríamos. Não pudemos comunicar, porque nem o Evo nem o Álvaro acreditam na comunicação. Dizíamos ao Evo: "Presidente, não inaugure cinco obras por dia. Inaugure duas e converse com as pessoas". E ele dizia: "Você não entende que as pessoas estão esperando porque as obras têm que ser inauguradas". Aí explicava a ele que a gestão da comunicação é uma gestão política. É uma mentira que as pessoas entendem se você fizer alguma coisa. No governo Evo, para dar um exemplo, um minuto de celular custava seis pesos bolivianos e foi reduzido para um, e não houve mais ligações interdepartamentais. Todas as ligações dentro do território nacional eram locais, as pessoas comemoraram durante um mês, depois isso se naturalizou.

— Sim, porque as pessoas esquecem rapidamente, e mais ainda do benefício. Aqueles que vêm de cima, muito mais. Você tem que fazer com que eles conquistem, tem que parecer que eles conquistaram.

— Você foi presidente, como fez isso?

— É dificílimo. Você está total e permanentemente cercado pela urgência, pelos bombeiros. Você tem que apagar esse incêndio e outro...

— Por isso digo que a importância da comunicação é algo que nunca se pode ignorar. Não na esquerda.

— Esse governo atual, de direita, é mestre nisso.

— Macri destruiu o país, todas as classes sociais, não deixou uma em pé e hoje tem 38% dos votos. E você diz: "*Che*, como ele fez isso?"... Com balões, com festas, dançando. Isso também me passa com Lacalle Pou. Você sabe o quanto valorizo a inteligência social e a inteligência política dos uruguaios, mas não consigo entender, e não me expliquem porque já me explicaram trinta vezes, mas o que aconteceu no Uruguai?

— Bom, no seu segundo mandato, não é que o presidente Tabaré se comunicou mal, ele não se comunicava.

— Mas acontece a mesma coisa com Alberto Fernández. O governo está fazendo muitas coisas realmente boas. Faz cagadas na mesma proporção, mas as coisas boas não são comunicadas e as cagadas saltam de um jeito que não posso te explicar, te cagam como se estivessem caindo de cima de uma ponte. Todos os governos fazem cagadas, mas aí você diz: "*Che*, comunique as que são boas para que a cagada tenha um colchão de simpatia que amorteça o golpe". Com apenas uma foto fazem merda de um governo que trabalhou. O que a Argentina fez na gestão da pandemia foi impecável, demorou cinco meses, mas todos demoraram.

— Sim, também é um problema. Exceto Israel, que vacinou todos com a Pfizer, e agora voltaram com medidas. Esse é um inimigo difícil.

Nunca esquecerei Dom Vitoriano

— Entre as suas lembranças, há um funileiro que te marcou e te ensinou diversas coisas.

— Sim, seu nome era dom Vitoriano López. Eu era um menino, quase uma criança, e o conheci quando tinha onze ou doze anos, por aí. Os mais velhos contavam que ele havia chegado ao bairro e comprado um pequeno terreno à beira de um balneário. E ali fez uma casinha de madeira, que naquele tempo era forrada com chapa. Era funileiro, estava construindo o seu terreno. Ele havia sido peão de manutenção de uma fábrica, *La Uruguayana Avance*, como soldador e mecânico. Ele veio já como um homem muito maduro, chegou velho. Já tinha se separado e tinha outra mulher, uma galega. Tinha uma oficina bacana, as arruelas em potes de vidro. E era o funileiro do bairro. Naquela época, uma panela era cara, quando ela furava você tinha que consertar e trocar o fundo. Assim, havia muitas coisas para se consertar e aquele homem fazia um trabalho bárbaro. Ele fazia umas soldas que pareciam cirurgia e, quando te entregava o trabalho, sorria como se dissesse: "Olha, guri, olha que qualidade". Acontece que ele sabia de tudo. Lá em casa, por exemplo, tinha uma bomba velha que um dia não quis tirar mais água, mas dom Vitoriano não saía para trabalhar fora e teríamos que levar para ele lá. Mas ele disse: "Bem, vou ver se consigo passar por aí e vê-la". Ele veio, olhou e disse: "Isso é uma Marelli, perceba que a estrela que bombeia a água está desgastada. Desmonte aqui e leve para mim que eu conserto, depois eu monto". Com certeza, ele encheu a estrela com solda. Ele veio, montou e lembro que colocou umas arruelas de couro que apertavam a bomba. Ficou perfeita e ele riu. Depois, ainda tínhamos controle de importações, uma escassez bárbara de peças de reposição, não havia nada. Tinha um carro velho, um Chevrolet 28 de quatro cilindros, que tinha o tanque atrás, mas, em vez de bomba, tinha uma coisa chamada vácuo, que criava vácuo e sugava, mas funcionava mal. Então eu disse a ele: "Não seria bom colocar uma bombinha elétrica?", e ele olha para mim e diz: "Sabe de uma coisa? Quem inventou isso sabia mais do que você e eu, isso deve estar sugando ar". Na verdade, ele tinha razão. Aí descobriu que o carro estava um desastre, estava fundido. Não havia metais e ele me disse: "Olha, vá de bicicleta até uma concessionária, pegue os metais velhos que foram arrancados dos motores e traga-os para mim". Colocou o virabrequim em uma morsa e, com um maçarico de querosene, começou a derreter os metais velhos e a preencher as peças. Depois virava e desmontava outra vez, e ficou perfeito. Ele fez isso mil vezes na vizinhança. Agora, uns anos depois, um dia o encontrei no ponto de ônibus com o macacão todo rasgado e lhe disse: "Aonde você vai, Vitoriano?". E ele me diz: "Sabe de uma coisa? Vou morrer logo e tenho que deixar para a velha, que tanto me acompanha, uma boa casa. Compro materiais de empresas de demolição e me visto assim porque baixam o preço, entende?". E, sabe, ele construiu uma casa para ela com velhos tijolos franceses, antigos. Ainda acho que consigo ver a mulher enchendo os baldes com mistura e ele num andaime fazendo as paredes. Uma linda casa. Ele tinha uma hortinha aqui, eram os melhores tomates do bairro. Fazia vinho porque tinha um parreiral. Criava coelhos para comer carne. Ele estudou como é o ninho natural dos coelhos no chão e fez para eles um ninho de concreto com o mesmo formato, enterrado, onde o esterco vai para um lado e a urina para o outro, acredita? Fazia doces. A mulher teve um problema na perna, sabe? Ela era uma veterana, então ele inventou um solado com uma mola. Ficava assim e tac, o salto se acomodava sozinho, não precisava levantar a perna. Ele era um cara brilhante, brilhante no seu ofício, e eu dizia a mim mesmo: "Esse deve ter sido um engenheiro desperdiçado". Um cara tão talentoso, tão criativo, percebe? O cara é impactante e virou uma espécie de símbolo para mim porque era um trabalhador eficiente, com habilidade manual, com múltiplos ofícios. O conhecimento que a diversidade gera, porque usava uma solda como usava um torno ou uma bússola.

— Como na época dos grandes inventores, caras que criavam...

— Sim, sim, por isso que estou lhe contando. Seu nome era dom Vitoriano López, nunca esqueci seu nome. Um personagem inesquecível do meu bairro.

O cara pediu Coca-Cola!

— Você falou ao Obama para sair do Afeganistão, como foi isso?

— Bem, foi em uma reunião em Cartagena, Colômbia. Havia um evento, cheio de presidentes americanos, organizado por Juan Manuel Santos. Quando chego ao evento, uma senhora me agarra, uma das que estavam acomodando as pessoas, e me diz: "O senhor tem que se sentar aqui". Sentei, era um jardim cheio de mesas pequenas, para três ou quatro pessoas apenas. Então vem Santos e se senta à minha frente e, um pouco depois, Obama, ao meu lado. Houve uma decisão política para que eu me sentasse ali, não foi por acaso, foi pensado.

— A esquerda, a direita e o árbitro.

— Por que me colocaram ali? O Uruguai tem três milhões de habitantes. Havia presidentes de países muito mais importantes que o Uruguai.

— Mas você não ignora que tem um peso simbólico.

— É claro, o meu problema estava no mito. De todos os que estavam lá, eu era o único que tinha estado na prisão, tinha sido guerrilheiro e tudo o mais. Claro, com certeza, isso já tinha acontecido comigo com o Bush, lhe conto depois. A verdade é que os serviços trabalham e preparam as coisas, nesse caso, o serviço da senhora Hillary Clinton. É uma coisa curiosa. Pelo que me lembro, quando assumi o cargo, foi a única vez que a chefe do Departamento de Estado veio para uma posse presidencial no Uruguai. Também por causa do exotismo. Bem, então começamos a conversar com Obama e me lembro de duas coisas. Primeiro, sobre a imigração latino-americana para os Estados Unidos. Eu disse: "O problema não é impedir as pessoas, o problema é dar uma

mãozinha para a miséria que existe na América Central".
Lembro que ele me disse: "Você tem razão, mas vá convencer
os republicanos". Me lembro bem. Depois, não sei, não me
lembro como avançou a conversa. Além do mais, com muita
dificuldade para falar porque meu inglês é horrível. Então,
começamos a falar sobre a situação na Europa e o Afeganistão
veio à tona. E me saiu: "Saia do Afeganistão", porque naquele
momento eu tinha bem claro para mim que os russos tiveram
que cair fora. E que os americanos me perdoem, mas lá,
naquela área, os russos chegam com mais força do que os
americanos, eles estão bem próximos.

— Claro, é um passeio no parque...

— E para resolver isso, é preciso matar todos eles. Como
politicamente isso não pode ser feito, não tem negócio.

— E o que ele disse?

— Ele riu. Porque eu me lembrei que, historicamente,
Alexandre o Grande teve que sair. Como posso dizer? Se
Alexandre teve que sair...

— Se Alexandre teve que sair e os russos saíram, por
que você está se metendo?

— E me lembrei disso outro dia.

— Sobre o que está acontecendo agora.

— Claro, eles levaram vinte anos para se convencerem
a não fazer isso.

— Vinte anos e oitenta bilhões de dólares.

— Sim, desperdiçaram dinheiro.

— Mais os mortos, mais tudo.

— Tudo, tudo.

— Há quem compare a uma derrota como a do Vietnã.

— Claro, é pior que o Vietnã, sabe por quê? Primeiro
porque justamente eles têm a experiência que não lhes serviu
de nada. Segundo, no Vietnã estava a União Soviética com
seu poder e sua tecnologia. Em terceiro lugar, o Vietnã

do Norte havia preparado uma guerra pesada, mas aqui eles eram uns esfarrapados de merda. Porque você coloca o exército americano e esses esfarrapados, durante vinte anos, gastando duzentos milhões de dólares, e o que eles fizeram nesses anos? Gastaram dinheiro à toa. Evidentemente, não conseguiram conquistar o coração do povo.

— Será que isso é porque são sociedades muito antigas?

— Não sei, mas eles não entenderam o tom político.

— Eles não entenderam.

— Eles não entenderam.

— Como foi e como é seu relacionamento com o Papa Francisco?

— É bom, estive três vezes com ele, conversamos longamente sobre a unidade da América. O Papa era amigo de um pensador uruguaio, um cara exótico que depois fez parte de um grupo que participou da fundação da Frente, e que tem algumas obras. "O Uruguai como um problema", uma obra clássica conhecida. Chamava-se Methol Ferré, já falecido, mas era amigo do Papa, muito amigo. Ele era um admirador político da Igreja Católica porque, na realidade, o que ele tinha dentro de si, seu sonho, era uma América federal, e ele dizia que tínhamos duas coisas fortes em comum, como suportes culturais: o idioma e a tradição da Igreja Católica. É por isso que ele tinha respeito pela Igreja Católica, porque ela salvou o Uruguai. A igreja estava envolvida no contexto das tradições dos Estados e, como resultado disso, ele cultivou uma relação não com o papa, mas com o bispo argentino. E aconteceu que esse homem, Methol, no final, na última etapa de sua vida, era um apoiador meu. Assim, trocamos muitas ideias com o Papa e eu lhe levei alguns livros que eu tinha certeza de que ele havia lido. Lembro-me bem de que a primeira vez que me levaram conversamos por um longo tempo, quase uma hora. E quando saí, um cardeal me agarrou e por pouco não me fez um interrogatório. Na segunda vez que fui vê-lo, esse cardeal não estava mais lá, ninguém me perguntou nada. Lembro que o Papa me disse: "Essa é a monarquia mais antiga que existe e você vai perceber que não é fácil mudar isso". Entende? Ele não me disse mais, mas também não me disse menos.

— O que você acha dele? Como você o vê?

— Para mim, ele é um semeador... Claro, é um pastor, está cercado também, mas ele desembrulhou a igreja e a colocou muito mais no mundo contemporâneo, mais perto dos problemas reais que a humanidade tem. As posições que ele tomou internacionalmente são declarações, sim, mas são feitas pelo Papa.

— O papa tem um poder simbólico.

— Ele tem um poder simbólico, não tem um poder terreno. Mas, para mim, esse poder é importante porque ajuda a tentar tornar o mundo menos negativo do que é, e ele tem tido boas posições. Agora, se encontrou com um aparelho doente. Ele teve que suportar coisas que são impossíveis.

— Como você o vê nessa luta?

— Ele cortou várias cabeças, mas deve ter deixado os pedaços no caminho. Ele assumiu uma igreja muito doente. A igreja, como instituição terrena, é um poder. Faz tempo que inventou o comitê central, o colégio de cardeais, mas te vende com história, com beleza. Os caras se reúnem, discutem, traçam o limite e veem. Se acertarem, é o Espírito Santo. Se errarem, é erro humano. Uma coisa bárbara.

— Claro, são como as companhias aéreas.

— Sim, é uma coisa bárbara como instituição, porque você se depara com algo que dura há muitos anos. Você diz sim, sim, fizeram muita merda, mas não é algo para se levar na brincadeira, há sabedoria aqui também, hein. E vai para a direita, vai para a esquerda, nem muito, nem tanto.

Se ela quiser ir muito longe, não pode porque tem uma oposição interna muito forte de qualquer maneira. Agora, as tendências, digamos, progressistas, também não podem ir muito longe porque têm um contrapeso aqui.

— Se forem longe demais, se afastam da doutrina. E doutrina é doutrina.

— Mas, para mim, é um personagem e isso também fala da sabedoria da igreja, não é? Porque ela foi capaz de enfrentar os seus atavismos e elegeu um Papa daqui, da América, entende?

— Depois de ter saído o Ratzinger.

— Depois de ter saído um alemão.

— Ele foi o cara que ousou propor que as missas voltassem a ser celebradas como antigamente, com o padre falando em latim, de costas para o povo e olhando para Cristo. Foi sua última proposta e eles disseram que não, que era demais. E depois disso, Francisco apresentou algo que, bem, é o que conhecemos.

— Sim, se você comparar... A igreja teve a habilidade de fazer isso dessa forma, por algo sobrevive.

— Voltemos a Cartagena: Obama, você, um símbolo da extrema esquerda, e Santos, com quem você tinha uma boa relação.

— No dia seguinte, então, houve um evento, viu? Criticaram muito os Estados Unidos, sabe como fizeram, né? E, bem, como sou do Uruguai e estou no fundo, fui um dos últimos a falar. Então, quando comecei a falar, eu o parabenizei pelo que eles haviam aguentado, porque ele poderia ter se levantado e ido embora... E me lembro de ter dito a ele que lamentávamos muito que a bandeira da estrela solidária não estivesse naquela reunião, por Cuba. Eu disse: "O jacaré que dorme no Caribe, que tem uma bandeira da estrela solidária, deveria estar conosco". Passei-lhe a bola, mas com elegância.

— Ele respondeu?

— Não, não respondeu. Nem me lembro o que ele disse. Depois, eu o vi mais duas vezes. Estive no Salão Oval, fui convidado. Quando cheguei lá, disse: "Que merda que enchem com essa porra de Salão Oval". Deve ter história, mitologia, mas o cara cuidou muito bem de mim lá. E fez um jantar, me convidou e eu estava na frente dele. Na verdade, para quem pode se tornar presidente nos Estados Unidos, nessas condições, Obama era intelectualmente um dos melhores.

— Um homem de grande inteligência pessoal, não é? Sim, eu vi isso, ele era meio parecido com o Clinton, não era?

— Sim, eu não conheci Clinton, mas era um cara interessante. Algo que você não encontrava em Bush, por exemplo.

— Voltando àquela mesa, onde o senhor é um símbolo da extrema esquerda, com Santos, da extrema-direita. Como era sua relação com ele?

— Foi muito boa, porque a negociação com o pessoal das FARC [Forças Armadas Revolucionárias da Colômbia] que estava em Havana estava na mesa. Decidi apoiá-lo, ajudá-lo e, em algumas de minhas viagens a Cuba, conversei várias vezes com o pessoal das FARC de lá e com ele. Na minha viagem aos Estados Unidos, uma das coisas que Obama me disse foi que estava muito preocupado porque havia um americano, um homem doente, que estava preso em Cuba. Ele estava tentando melhorar as relações com Cuba e achava que se ele morresse na prisão, mal cuidado e tal, isso criaria um obstáculo para ele. Fui a Cuba e conversei com Raúl Castro.

— Você foi o mediador lá.

— Sim, claro, me pareceu que valia a pena porque, de qualquer forma, uma distensão por parte dos Estados Unidos era boa para Cuba, dadas as dificuldades econômicas que eles estavam enfrentando. As coisas tinham começado a melhorar, o turismo americano era uma boa fonte de renda para Cuba. Depois eu vi mais de longe, entende? A política americana é, por um lado, oficial, mas depois eu não sei. Acontece que as coisas estavam chegando lá em casa, pelo protocolo, e eu pensava: "De onde veio isso? Quem trouxe isso, o Espírito Santo?". E um dia, conversando com Raul, eu lhe disse: "O frango e as coxas de frango, quinhentos dólares a tonelada". Não pagam nem o milho, o que está acontecendo? Os americanos têm uma queda por peito de frango e sobram coxas de frango, e eles ficam com as coxas e as jogam em qualquer lugar, até que chegaram a Cuba. Não sei se vieram diretamente, se vieram pelo México ou pelo Panamá ou por qualquer lugar, entende o que quero dizer? Essas coisas estranhas que existem, a economia é cruel, porque é certo que saíam dos Estados Unidos, iam para outro lugar e depois...

— Cuba comprava coisas dos Estados Unidos através da Holanda. Imagine as voltas.

— Sim, é ridículo, não é? Mas é um mundo de merda.

— Mas estou interessado no seu relacionamento com Santos, ele sabia que você estava conversando com pessoas das FARC.

— Não, não, eu falei com ele e depois fui falar com o pessoal das FARC, e meio que a relação se tornou oficial. Não se esqueça de que Obama tinha o problema de Guantánamo e dos prisioneiros. Ele queria se livrar deles porque era uma coisa monstruosa. Há pessoas presas lá sem julgamento, sem justiça, sem nada: sequestradas. Pedi a ele que mandasse quatro ou cinco deles para cá, e eles vieram. Tive muita dor de cabeça para chegar a Cuba e melhorar as relações com eles. Além disso, achei que era uma causa digna. Digna porque eu estive preso e havia pessoas que estavam sofrendo muito. Eles caçavam um paquistanês, colocavam-no como guerrilheiro da Al Qaeda e depois estava fodido. E os outros eram pagos por cada um que se juntava a eles. Foi uma coisa monstruosa que aconteceu, havia um mercado por trás de tudo isso. Eu tive muita dor de cabeça com isso porque eles não entendiam nada aqui e os latino-americanos são muito pacíficos. Tivemos que andar nas costas dos Estados Unidos para pedir por caras que estavam envolvidos até o pescoço. "Bem, nós os apoiamos, mas vocês saem, entenderam"?

— Você dá o primeiro passo para negociar.

— Eu lhe dou para que você me dê, o que é uma forma de ir acalmando. Você não pode salvar o mundo, mas pode corrigir algumas barbaridades.

— Fox era presidente quando você estava no cargo?

— Não, Peña Nieto. Esteve aqui.

— Dos de esquerda, não. Dos outros, com qual você teve a melhor relação?

— Com Santos e com [Sebastián] Piñera. Eu tinha um bom relacionamento com Piñera, fui à Antártica, fofoquei muito e depois mantive a relação mais ou menos. A tal ponto que, quando deixei o Senado dessa vez, ele me telefonou e disse que era uma pena que eu tivesse deixado a política e blá, blá, blá. Ele era presidente, estava em cada confusão. Para completar, ele estava sendo atacado. Por quê? Porque tem sido um erro clássico de governos mais ou menos progressistas quererem que, para construir uma política de integração, federal, temos que ser todos de esquerda. Se pensarmos assim, nunca vamos nos unir. Temos que fazer isso com o que temos, meu velho, não com o que eu gosto. Caso contrário, não vamos nos unir, e é muito mais importante que nos unamos do que concordemos. Porque os governos passam e as realidades depois operam. Parece que você perde a virgindade quando se aproxima de um direitista... E então você descobre que, por exemplo, ele tem visões progressistas e uma vocação. Do jeito dele? Bem, cada um é do jeito que é.

— Você teve uma boa relação com Néstor [Kirchner]?

— Tive uma relação, sim, mas muito pequena. Porque ele não era mais presidente. Se esperarmos até estarmos todos na mesma página e com a mesma coisa, isso nunca acontece. Temos de aprender a conviver com as contradições, mas assim... Naquela época, era importante que, quando a reunião fosse realizada, essas figuras de direita também estivessem presentes.

— Bem, eu acho que o grande erro de [Hugo] Chávez, na constituição da CELAC [Comunidade de Estados Latino-Americanos e Caribenhos], foi que as coisas tinham que ser unânimes. Isso travou porque se um dissesse "não", já era. E, de fato, isso aconteceu.

— Perdemos essa por causa disso, porque íamos colocar alguém da Guiana como presidente e [Nicolás] Maduro meteu o pé. Não, não e pronto. E como tem que ser unânime, ficamos lá fazendo besteira até que a direita se tornou a maioria e desmontou tudo. Se a instituição fosse mantida, seria mais difícil acabá-la.

— A CELAC foi um sonho imaturo? Eu lhe pergunto porque tenho essa sensação, com isso de que a coisa tem de sair por unanimidade, porque se não, não existe.

— Você poderia se abster, mas se um fosse contra, não seria aprovado. Foi o que aconteceu aqui com a ponte livre entre Tabaré e Kirchner. Eles estavam brigando para ver quem tinha o pau maior, sabe? E travaram a ponte. Porque Kirchner queria ser o secretário-geral da UNASUL, mas para que isso fosse possível, o Uruguai tinha que votar nele ou se abster. Mas como eles estavam brigados, aí está, bloquearam a ponte por três anos.

— A fábrica de papel era uma justificativa?

— A fábrica de papel tinha uma justificativa, mas era uma bobagem. Na primeira reunião eles propuseram a candidatura e eu disse: "Pago o preço político em meu país, me abstenho". Acabou: em uma semana, quinze dias, a ponte foi desbloqueada, você se dá conta? Para de encher o saco.

— Os artistas vêm lhe visitar, muitos deles. Veio o Residente, Calle 13, León Gieco...

— Sim, claro. León Gieco é brutal, ele veio cantar no manicômio, em uma coisa que o Estado tem para os pobres loucos. E tá, memorável. Ele é um cara bárbaro e algumas outras vezes veio com essa mensagem, mas também veio cada louco.

— De quem você se lembra?

— Lembro-me de um que me deu uma guitarra elétrica, que dei para minha vizinha, a guria, filha do Daniel. Era uma dessas famosas bandas de rock dos Estados Unidos.

— Aerosmith.

— Sim, eles foram à casa do governo uma vez e tudo mais, e eu fui vê-los no estádio. O público era ótimo, pulavam como loucos. Eles eram todos velhos, e eu disse: "Estão chapados". Uns caras bárbaros, hein.

— O cara da Calle 13 também veio, Residente.

— O cara da Calle 13 e o Ricky Martin. E Horacio Guaraní veio me cumprimentar quando eu era presidente. E Landriscina, de quem gostávamos muito, que tem uma casa lá em Colônia. Nunca se sabe se ele está falando sério ou brincando.

— E sua relação com Lula?

— É muito boa. Eu o conheci quando ele veio, acho que durante a primeira presidência de Tabaré. Eu era ministro, estávamos no avião, veio me cumprimentar e começamos a conversar. Claro que naquela época eu tinha relacionamento com muitos brasileiros. Aqui, nos anos de ditadura e tal, houve muitos exilados, alguns importantes, sabe? A tal ponto que, quando criança, fui mensageiro de algumas pessoas do Brizola. Eu ia para Porto Alegre.

— Você fazia correspondência entre o pessoal do Brizola e o pessoal do Brizola que estava aqui?

— Sim. E com o Lula, fui depois. Quando eu estava na campanha eleitoral fui com o Astori. O Lula era presidente, nos recebeu porque tínhamos lá um amigo muito importante [Marco Aurélio Garcia], que era um cara dele e que faleceu recentemente. Era um cara muito ligado ao Uruguai, à região, uma espécie de eminência que o Lula tinha.

— Quer dizer, na sua história você esteve com personagens importantes.

— E Che e Mao. Conheci Che em Havana, no Teatro Chaplin. Eu era um menino. Mais tarde o vi quando ele veio à conferência de Punta del Este. Sim, o conheci, era criança, um jovem, bah.

— E você falou com Xi Jinping diversas vezes.

— Duas vezes. Uma vez, quando ele veio aqui antes de se tornar presidente, ainda não era primeiro-ministro. Genial. Eu era ministro e liguei para a chancelaria para perguntar quem o receberia. E me disseram que iria a equipe da chancelaria. Não poderia ser. Acho que era um domingo. Então me larguei para o aeroporto. Eu não tinha nada a ver com isso porque não estava na diplomacia nem nada, mas me entende? Fui bater lá. E ele começou a descer de um avião gigantesco, aquilo era um regimento. E eu o recebi e tá, tá. Mais tarde, quando me tornei presidente, ele me recebeu com todas as honras. É matador, me levaram a uma casa de protocolo.

— Que impressão você teve dele?

— Tenho a impressão de que é um cara que sabe para onde vai. Não tive uma conversa longa, digamos, um pouco formal.

— Ele governa um país com 1,4 bilhão de pessoas.

— Ele é fora do padrão.

— Você teve ou ainda tem uma relação com Putin?

— Não, conversei com Putin na embaixada russa em Brasília. Fui vê-lo e lhe falei sobre o que era o rio da Prata, a questão dos portos e coisas do gênero. Naquela época, estávamos envolvidos na luta por um porto mais profundo. Putin é um cara legal, mas não consigo arrancar nada dele. É como falar com uma estátua, porque ele nem sequer faz gestos. Nunca vi um cara tão aparentemente inerte.

— Por dentro, ele tem uma máquina.

— Uma máquina, um autocontrole de tudo. É brutal.

— Sua relação com Chávez?

— Ah, estive várias vezes com Chávez.

— Ele era um homem naturalmente generoso, não era?

— Muito generoso. Ele era um homem muito generoso e aberto, e tinha a geopolítica muito presente em sua cabeça. Ele tinha a utopia de uma América maior e mais unida, e queria usar os recursos do petróleo venezuelano para ajudar e tudo mais. Chávez ajudou muito. Politicamente, era mais flexível. Tenho uma imagem muito clara de uma tarde, em uma reunião do Mercosul no velho hotel próximo à rambla, onde fica a sede. Cristina [Kirchner] e Dilma [Rousseff] estavam lá e se enroscaram numa discussão. Eu era o anfitrião, o presidente da mesa, e Chávez estava assim, do outro lado da mesa, e pediu licença para ver se conseguia entrar. Dilma era uma boa pessoa, até mesmo gentil às vezes, talvez demais para o Brasil, um país assim. É infame a forma como ela foi afastada, uma vergonha, uma vergonha para a democracia. Pior do que Evo, muito pior. Eles fizeram uma bagunça lá, mas bem, é a história.

— E sua relação com Evo?

— Fenomenal com Evo, para mim ele é um personagem. Até onde sei, essa é a primeira vez que um indígena está à frente de um país, pelo menos aqui na América do Sul. Houve alguma experiência no México, mas é como uma vingança dos humilhados, dos submissos, não é? Tem um mérito enorme. Eu via Evo como um personagem indiretamente representativo de culturas submersas e esmagadas.

— Ele é aquele que emerge depois de séculos.

— Lembro-me de que a esposa de um presidente boliviano [Víctor Paz Estenssoro] era uma *chola*, uma mestiça, e não a deixavam entrar nas festas da sociedade. O marido era o presidente, tem noção? Uma coisa terrível. E essa que liderou o golpe de Estado, porque não era dela, eles a usaram, deram a ela nos gabinetes, viu? Se você olhar bem para ela, ela tem traços indígenas, mas se rebocou toda. Ela se ocidentalizou o máximo que pôde, como se estivesse renegando... que cagada!

— O que aconteceu com o Bush, que você estava me dizendo?

— Bush, o filho, veio para o Uruguai. O Tabaré, para se livrar das manifestações contra ele, o recebeu com muita habilidade em Anchorena, bem longe, muito bem. Todos os ministros estavam lá, eu era Ministro da Agricultura. Ele desceu do helicóptero no campo, veio caminhando. Entrou no salão e veio direto para onde eu estava. Nós nos cumprimentamos, sem mais nem menos. Isso também foi tudo preparado, obviamente, porque ele nunca havia me visto ou algo do gênero, e ainda assim... Eu também era um raro estranho ali e tive que carregar o mito. Lembro que havia um bom vinho de uma vinícola daqui, que os *gauchos* fizeram, e eles haviam preparado um assado maravilhoso, cordeiro e tal. Então ele pediu Coca-Cola para beber. Coca-Cola! É como se fosse uma ofensa cultural. Como é que você vai comer um cordeiro na grelha, feito de forma espetacular, horas bem passado, e tomar Coca-Cola? Entende? O cara pediu Coca-Cola!

Para ser feliz é preciso ser ignorante

— Que coisas você imagina que poderiam ser feitas num prazo humano?

— Devemos tratar de implementar uma série de políticas comuns, questões fiscais comuns. Acabar com a guerra silenciosa no mundo que é a guerra fiscal. Agora todos estão apostando em quem taxa menos o capital para trazê-lo, e o capital está rindo à toa. E também acordos trabalhistas. Mas teria que chamar os homens da ciência, entende? São necessários bons parlamentos para que apontem. Isso não quer dizer que você deve concordar com eles cem por cento do tempo, mas é preciso ouvi-los. Existe muito talento no mundo, é preciso convocá-lo, mas que o cofre fique de lado: talento é uma coisa e dinheiro é outra. Essa é uma das contradições mais ferozes que vejo, não cortam o bolo de jeito nenhum. Voltei a ler *A República*, de Platão. Platão me parece um pouco excêntrico, mas ele não deixa de observar que o talento deve estar no governo. A política não se trata apenas de talento, mas, no momento atual, com a complexidade do mundo, a política não pode se dar ao luxo de ignorar o talento, e ele não tem lugar. Não há política nas universidades porque estão estudando bobagens. Elas deveriam estar conectadas ao governo, estudando o que é necessário, não se pode pesquisar tudo. Temos de fazer um plano de prioridades para saber a que vamos dar prioridade.

— Não apenas as públicas.

— Temos de criar um banco latino-americano, pelo menos, para que alguns façam uma coisa e outros façam outra. Isso é construir o futuro. Mas não quero fazer exercícios imaginários sobre situações. A realidade é suficiente para mim, ela me atropela, imagine. A única coisa que sei com certeza é que vou morrer. E como vou morrer e amo a política e as preocupações sociais, vou tratar de formar pessoas que fiquem. Não é muito, mas não é pouco.

— Você conseguiu fazer isso? O que acha?

— Acho que sim, dei oportunidade a muitas pessoas, tenho um dos candidatos que pode se tornar presidente nas próximas eleições. Não sei se conseguirá, mas está aí.

— Existe uma coisa que você sempre diz, que me impressiona porque nunca ouvi de ninguém, que o próximo tem que te superar com vantagens.

— Sim, claro, porque existe o acúmulo. Uma coisa é começar do zero e outra coisa é começar com algo. É diferente, então "é tua, Héctor". É uma frase muito uruguaia do passe de futebol para Héctor na final da Copa do Mundo de 1930. Foi um passe que terminou em gol. É isso.

— Você faz uma distinção entre política e a alta política. Você diz que há uma falta de decisões na alta política. E quando você diz política, me remeto aos políticos.

— É claro, mas a política tem a questão prática. Quem disse isso, quem disse aquilo. Eu digo alta política para coisas que tentam ter uma visão de longo prazo ou transcendente, que importam, que podem ter um impacto na realidade. Depois vem o burburinho, o cotidiano e permanente. O convescote, se preferir.

— O presidente se dedica à política e tem alguém, ou "alguéns", que se dedica à alta política?

— Em geral, não.

— Mas, digo, é essa a ideia?

— No máximo, eles têm algum projeto que pode ter coisas mais ou menos transcendentes. A alta política não depende só do presidente, pode depender em parte das circunstâncias que o atravessam e o cercam. Se você tem uma pandemia como esta, parece-me que a alta política você esquece, porque você vive tapando buracos e tentando conseguir vacinas.

— Porque as forças econômicas governam muito mais do que o governo. Isso é algo pelo qual você já passou.

— As forças econômicas se movem e você tem que estar no jogo. Mas, do ponto de vista prático, você pode fazer muito pouco em termos de alta política. A fundação de uma universidade tecnológica para o interior é alta política, porque é de longo prazo e tem consequências, e se conseguir se desenvolver... Este país teve apenas uma universidade pública, inaugurada por Uribe, em 1830, mais ou menos. Não é tão antiga quanto a UBA [Universidade de Buenos Aires], mas é uma universidade clássica que funcionou em Montevidéu, obviamente. A classe média que quer que seus filhos estudem os manda para lá e Montevidéu os engole, eles quase nunca voltam. Historicamente, tem passado a nata, tem levado embora as pessoas mais qualificadas. Então você tem um país que lhe dá recursos e você rouba a inteligência dele: não é por maldade, é por uma construção sociológica. Isso também aconteceu com a Argentina. Isso me custou uma batalha, e eu queria muito mais do que isso, mas tive resistência até mesmo dentro da Frente. Eu queria uma política que permitisse o florescimento de muitas universidades, relativamente locais, que não precisassem ensinar tudo, mas que ensinassem o que fosse mais conveniente para aquela região. E você precisa de universidades tecnológicas e científicas, e não de advogados ou contadores, porque já estamos cheios disso. Então a pessoa entra, está fazendo mecatrônica, está tratando das questões de robôs, da hidráulica. Enfim, isso foi alta política. Além disso, os territórios as defendem, porque precisam delas. E começamos na fronteira, porque tivemos de chamar professores de qualquer lugar, inclusive vizinhos de Entre Rios, do Brasil, uma forma de ir construindo uma integração real.

— Além disso, implicava despesas para a família.

— É uma confusão enorme.

— E ainda é todo um conceito quando você diz que a alta política é criar universidades. Voltamos à importância da educação, da cultura.

— Não, isso nem discuto, não chega a tanto, não quero colocar a ciência em uma pirâmide que seja perfeita, porque depois é preciso ver o uso que se faz da ciência. Não esqueça que o maior esforço científico e de treinamento foi na Alemanha, na Europa, e você viu o que fizeram, certo? Porque o talento também serve para ser um filho da puta, um filho da puta eficiente. Nesse caso, prefiro os analfabetos, porque eles vão lhe fazer menos mal, porque não podem. Olha, não posso separar a política. Você tem que se basear na ciência, mas não deixe a direção só na ciência, porque o mercado vai tirar isso, vai fazer você se ferrar. Tem que haver um equilíbrio, sim. A política tem que beber da ciência, mas não confundir as coisas, porque a ciência também pode ser usada para fazer sujeira. A energia atômica é uma coisa bárbara, mas a bomba atômica é uma merda.

— A grande tortura de Einstein foi ter dividido o átomo. É por isso que eu sempre digo que poderíamos acreditar no ser humano, se não fossem as pessoas.

— É complicado, por isso te digo.

— Como você chega a essa sua idade com tantas contradições?

— Não é que você consiga administrá-la. Você a suporta, o que não é a mesma coisa. Você aguenta porque existe uma força superior chamada vida. Ao fim e ao cabo, manda o instinto. Ao fim e ao cabo, a resposta vem da biologia, sim, quando as batatas estão assando. E é assim, tem muita coisa contra você. Isso que a Mafalda dizia: "Parem que vou descer".

Encerramos por hoje. Eu me desespero e tenho um quarto das informações que o velho tem na cabeça. Ambos precisamos sair dali, embora o dia diga que ainda continua e é preciso descer o rio com certa alegria, que ficou amargurada nesse último minuto, que foi momentaneamente vencida pelo infortúnio e ganha o olhar. É o olhar de alguém que sabe superar os contratempos. Talvez seja aí que apareça a veia do caráter de sua mãe, que também sabia que a ilusão custa caro. Levantamos. Eu o vejo coçar a cabeça e, antes de pegar a estrada para a casa, com o último abraço de hoje, ele solta uma contradição de si mesmo:

— Você chega à conclusão de que, quanto mais você faz, mais a angústia se multiplica. Para ser feliz é preciso ser ignorante.

Você está louco, lhe digo!

— Falamos anteontem sobre os jovens, sobre o que está acontecendo com eles, e fiquei pensando no entusiasmo civilizatório gerado pelas enormes mudanças dos últimos vinte ou trinta anos. São tidas como triunfos da civilização, orientadas para o consumo, mas que geraram ansiedades, frustrações, depressões. Você entende que o triunfo da civilização pode ser o fracasso da civilização?

— Sim, vejo isso, pelo menos, como um dilema. O perigo do fracasso é filho do sucesso. Quer dizer, a partir da Revolução Industrial, com todo o colonialismo, obviamente, se produz uma etapa de multiplicação do capital e de mudanças excessivas, mas que têm uma base: a luta inteligente para aumentar a produtividade e a inovação no trabalho humano, e que tem o desenvolvimento científico como alavanca, como motor. O capitalismo domesticou a ciência e a promoveu, de fato, como se houvesse uma inteligência superior. E multiplicou a produtividade. Entre uma coisa e outra, gerou todas as possibilidades desse mundo contemporâneo, que podemos ver, mas com essa característica: se no começo ia a dez, depois começou a ir a vinte, depois a trinta. É um processo, meio geométrico. Mas tudo tem uma medida. Como a prioridade era o sucesso, a mercadoria e o lucro, as consequências de tudo isso não podiam ser medidas, e agora estamos nos aproximando dessa contradição. Além disso, para as grandes massas do mundo, criou-se uma ilusão de progresso sem fim, entre aspas, em que todos aspiram a mais e mais. Não é o burguês que mergulha, são os milhões de *protoburguesinhos* que aspiram a poder mergulhar como quiserem. Essa é a questão. E o mundo não pode suportar isso, nem a natureza, da qual dependemos. Essa é a tragédia, ela criou uma contradição. Sempre houve a ilusão de que a tecnologia e a ciência vão vir para resolver o problema, como se essa fosse a questão. Que, se destruímos, surgirão outros que farão negócio consertando a destruição.

— Esse era o exemplo que o Oso me deu ontem. Ele me dizia que a cagada do sistema é como quando você cai na areia movediça: eles dizem para você não se mexer porque vai afundar mais, mas você não pode parar de se mexer porque está afundando. É o jogo do tigre. Se ficar, o bicho come; se correr, o bicho pega. Vamos ver se você concorda, esses equilíbrios são tão fracos que o mais fraco acaba buscando uma certeza, algo a que se agarrar, e quem lhe dá essa certeza é quem o domina.

— Sim, tem um pouco disso. O fato é que o raciocínio pessoal e circunstancial da vida cotidiana das massas não consegue fazer a pergunta "e agora"? O que acontecerá com isso se continuarmos assim?

— Por que não conseguem perguntar?

— Não se perguntam porque estão absorvidos por suas vidas diárias, pelos problemas elementares que têm. A televisão e a comunicação estão aí para criar preocupações mundanas. A mudança climática é algo sobre o qual falamos com algumas pessoas e, talvez, com aquelas que estão sofrendo de uma coisa, sim.

— Existem grupos ambientalistas que são conhecidos por serem financiados pelas multinacionais, que estão lá para, e isso é uma pergunta, nos distrair com isso enquanto continuam.

— Deve haver de tudo, porque aqueles que cortam o bolo também precisam de uma explicação para si mesmos. Eles não podem olhar para si mesmos sob a perspectiva da história, que é tão feia. O homem sempre encontra razões interessantes para justificar suas cagadas. E então precisam acreditar que com isso estão consertando algo, que com isso ajudam. Eles estão enganando, mas são os primeiros a serem enganados. Eles precisam enganar a si mesmos.

— Você pensa que o ser humano é assim?

— Sim, sim, os seres humanos são assim.

— E não é que, em sã consciência, ele diz que "faço toda a merda, e pago esses quatro para saírem e agitarem bandeiras".

— Deve haver alguns que pensam assim, mas há outros que não pensam, que querem mitigar. É como quando o terceiro homem mais rico do mundo diz que nós pagamos pouco imposto e ele tem que pagar mais, e diz que vai deixar dez milhões de dólares para cada filho e que com isso eles têm o suficiente para começar, e assim por diante. É um cara legal que não quer parecer tão ruim, porque a pessoa que mais amamos é aquela que está dentro de nós.

— No meio disso estão os caras de grandes fortunas que acabam alimentando as bicicletas financeiras nas quais, voltando ao que eu dizia antes: o mais fraco procura uma certeza e acaba recebendo-a da mesma pessoa que o domina. Gera isso.

— Sim, tudo isso está cheio de círculos viciosos, diferentes formas de golpe. Você diz que o crédito é uma das alavancas do desenvolvimento. Acredito em você porque tenho confiança, e você recebe crédito com a ilusão de que vai progredir. E, sim, há um pouco disso, mas da forma abusiva como é estabelecido, se torna uma máquina devoradora.

— É aí que entra o que você dizia no seu discurso de 2013 na ONU. Que há organizações mundiais, a OEA, a ONU, que acabam sendo estéreis porque atendem a interesses que não são aqueles para os quais foram criadas. Essas instituições não podem mudar, porque já era. É como a SIP, que começa sendo dos jornalistas e acaba sendo dos donos da mídia monopolista do mundo. O que fazer com isso? Transformar? Fechar as instituições e criar novas?

— O problema substantivo não está nas instituições, mas no fato de que os Estados nacionais não cedem nada em soberania. Problemas globais, que exigem decisões globais, entram em contradição com os poderes nacionais. Então você tem uma série de órgãos que precisam se movimentar para tomar decisões, independentemente de receberem atenção ou não, mas nada acontece, eles não têm um braço executivo. Há quanto tempo reconheceram a Palestina? Os judeus riram muito, para que lhes serve? Ninguém os faz cumprir o que foi decidido. Então, a moeda chega a um ponto em que precisa de coisas do governo mundial, mas não tem. Essa é uma globalização sem governo. Quem os governa? O mercado, a rede de interesses, que se move puxando aqui e ali. Não as decisões políticas, que precisam estar de acordo. Você vê isso quando [Joe] Biden diz: "Eu concordo com a coletivização". Ele disse isso uma vez em um discurso, depois calou a boca.

— Sim, na verdade, quando ele disse que este país foi criado pelos sindicatos, que é preciso socializar a riqueza, eu disse: "Puta que pariu". Eles têm boas intenções e as corporações governam ou estão fazendo como o quero-quero?

— O peso das corporações é terrível.

— Quero dizer, é ingênuo pensar que o presidente dos Estados Unidos governa.

— Ele faz algumas coisas, administra, é "uma espécie" de governador.

— Se chamarem "Pepe, nós o estudamos, lemos tudo o que você disse, vimos todos os seus vídeos, e o governo mundial decide que você vai reorganizar o mundo. Faremos tudo o que você disser"...

A gargalhada de Pepe nem me deixa terminar a frase. Isso e colocar as mãos na cabeça é uma coisa só.

— Você está louco, lhe digo!

Estão a quilômetros, nunca sabem o que está acontecendo

— Há um tema que eu gostaria de abordar. Vivendo, vi que o poder se sustenta em dois tipos de pessoas: as que têm vocação para o poder e as que têm vocação para o serviço. Em geral, as primeiras sobem graças à escada proporcionada pelas segundas. Houve um caso raro, que é o seu e que também foi o caso do Evo no seu momento, em que há uma vocação para o poder com uma vocação para o serviço. Não sei se isso chega a horizontalizar o poder, porque o poder é vertical, mas permite uma coisa na qual também acredito: às vezes você não vota em quem quer, mas quando vota, vota com quem quer discutir.

— Sim, com certeza. E no caso das nossas democracias atuais, com um segundo turno, às vezes você pode votar no que considera menos ruim.

— Sim, você diz: "Não gosto nem um pouco", mas com esse você pode discutir e com o outro não, então vou votar nesse.

— Com certeza.

— Ouvi você falar em várias conferências sobre a maldita situação de ter de aceitar o capital que vem, de contribuir para o crescimento de um capital excessivo. Você faz isso porque, se não o fizer, não gera trabalho ao seu povo. É um equilíbrio de merda, mas você tem que fazer porque é para isso que você está lá. Como você vivenciou aquilo?

— Sim, é uma merda, porque você não está convencido, mas está administrando a necessidade. Se você não fizer isso, terá uma demanda de trabalho, e a necessidade de trabalho das pessoas, e não poderá atendê-la. Não consegue resolver. E governar é resolver.

— Isso te deixou desesperado?

— Ah, sim! Todas essas contradições... E também percebo que há um enorme déficit na esquerda e também na direita. É um déficit global de natureza intelectual. A direita despreza o Estado: quanto menos e menor, melhor, certo? Eles devoram a literatura! Pode ter havido um certo grau em um determinado momento, mas se rejuvenesceu em termos do que está acontecendo, que é a crescente transnacionalização da economia. Isso está levando tacitamente a uma perda de soberania, nada mais, nada menos, em relação ao lucro do fenômeno econômico. Se você é dependente da empresa que vem de fora e, se ela se instala, você tem que aceitá-la para poder gerar trabalho. Mas você não tem nenhuma garantia de que ela reinvestirá o que ganha.

— Nunca.

— Se for conveniente, vai investir. Mas, de repente, é conveniente ir para outro lugar e vão embora. É uma estratégia e isso te afeta diretamente, mas também te envenena, porque você está fechando portas para a sua pequena burguesia, que tem alguma capacidade de empreender e poupar, mas você corta os cenários onde ela pode investir. Então essa burguesia vai se transformando em rentista. E a que eles recorrem para sobreviver? Para a especulação imobiliária, para comprar títulos, para comprar um pedaço de terra e alugar, para mandar para fora e colocar em qualquer lugar, entende? O que ela precisa é de segurança, e ela não joga porque sabe que não pode lutar contra os monstros. Por isso, a única resposta que encontro é a tese de o Estado se associar aos grupos da burguesia nacional que precisam ser defendidos, as minorias. Mas a burguesia está longe de ver isso e, como está sendo jogada a partida, a esquerda também está longe de ver isso. Tradicionalmente, a esquerda quer resolver com o Estado assumindo o controle de tudo. E o que acontece com a esquerda? Ela se cerca de burocracia. Porque os trabalhadores também pertencem ao sistema. E quando eles se sentam, têm um emprego seguro e, em quarenta anos, se aposentam. Não é que isso seja ruim, mas é bom que eles tenham que cuidar do emprego. Por que a atividade privada tende a ser mais eficiente? Porque se alguém não entrega, vai embora. Há mais riscos, há o problema de se proteger. Então, isso nos leva a passar ao Estado e cria-se uma camada inflexível onde nada acontece. E não deveríamos retroceder porque a mobilidade significa transferir a angústia para as pessoas. Mas está claro que as pessoas precisam de uma dose de castigo e uma dose de recompensa. Não fomos capazes de construir uma cultura de serviço, com formação intelectual adequada e, depois, com uma carreira pública cheia de degraus, onde o cara sobe ou desce de acordo com o mérito. Nunca será largado, você mantém a segurança. Você não o demite, entendeu? Mas você o torna eficiente. O problema é que precisamos do Estado. A luta deve ser para que os melhores trabalhadores e o melhor sistema sejam do Estado. Mas não apenas do ponto de vista humanístico, mas também do ponto de vista da eficiência, porque ele é um funcionário público. As consequências de ele trabalhar ou não trabalhar vão recair sobre a sociedade como um todo. Vejamos, quando é que o Estado vira uma merda? Quando você vai a um escritório, eles estão bebendo mate, há vinte caras na fila e eles não lhes dão bola. A quem eles estão favorecendo? Sem perceber, o que eles querem é destruir o Estado.

— A privatização de tudo.

— Claro!

— Onde você também terá de pagar por tudo.

— Eles vão matar você. Você vai ter que pagar por tudo, viu? Esses fenômenos são contraditórios. É falta de formação.

— Você dizia ontem que há uma pequena burguesia que compra um campo e, em vez de trabalhar nele...

— Eles o arrendam.

— Ele o arrenda para alguém que compete com ele, com quem ele não poderia competir porque são empresas enormes.

— Claro! Ou, de repente, para outro que vai trabalhar, sei lá, acontece todo tipo de coisa. Mas sim, é isso. E com a terra ele terá uma renda modesta em comparação com o capital que investiu. Mas, por outro lado, ele está ganhando por meio da capitalização com o passar do tempo. Porque a terra sobe, então você tem uma renda permanente, certo?

— E um investimento para o futuro.

— E, no futuro, ele está crescendo. Portanto, isso dá segurança ao sujeito. Mas, obviamente, essa forma de capital não ajuda no desenvolvimento. É pior ainda, percebe? Se você, por exemplo, corta o açougue porque era uma grande empresa que tem vários pontos de venda, corta os supermercados, corta o bar, coloca o McDonald's e os que vêm como McDonald's, corta a farmácia, corta as padarias porque o Bimbo está chegando, e não deixa nada para eles entrarem, você os está empurrando para o rentismo. Essa parte da economia, que é relativamente secundária, deveria estar nas mãos da pequena burguesia nacional. Bem fragmentada, bem distribuída, porque assim você não cria um monopólio concentrado, como são as redes de supermercados, que são monopólios de compra, que estabelecem condições de venda para aqueles que trabalham e que manipulam a opinião pública com uma cadeia de propaganda do caralho. Mas que, na realidade, não contribuem para multiplicar a riqueza geral do país, o lucro eles mandam embora! Esse é o problema, estamos sangrando. É outra forma das veias abertas. O [supermercado] Tata já não sei de que caralho é, dizem que pertence a um grupo indiano que foi vendido ou pertenceu a De Narváez. Tudo o que sei com clareza é que eles vão investir aqui enquanto lhes for conveniente e, depois, tiram e o abrem em Tanganica. Você perde a soberania, nada mais e nada menos, sobre o crescimento, que é o que te garante o círculo virtuoso. Ganha, investe, se multiplica e pronto. Você está sempre reclamando por investimento.

— E você não pode segurar isso?

— Não, e como eles estão sempre desesperados por investimentos, o fenômeno acontece ao contrário. Eles precisam abrir as portas para pessoas de fora e dar-lhes condições cada vez melhores. Então, sim, você está prejudicando a si mesmo. E, às vezes, você se depara com velhas convicções, como na Argentina, que querem ser protecionistas, que querem se fechar com os produtos, entende? Mas você tem de se fechar mais é em relação ao capital, que é o que você tem dentro trabalhando.

— Então, se você disser: "Ok, invista, te dou todas as condições, mas seu lucro fica aqui"...

— Ah, não. Uma das condições que te colocam para a livre circulação de capital é a livre circulação do excedente. Eu o levo para onde eu quiser, condição básica. Isso é desolador, de jeito nenhum, e você tem todo um estamento internacional. E com a garantia de que ainda tem de se explicar lá em Nova York!

— Tendo lidado com tudo isso, e além das coisas que você fez quando era presidente, às vezes sinto que você ficou com um gosto mais amargo do que feliz.

— Não! Sei lá... Não espero nenhuma vitória a curto prazo. Ajudei a mitigar algumas coisas. Fizemos algumas coisas durante o meu mandato. Por exemplo, no Uruguai, as empresas públicas são, de longe, as maiores empresas que existem. Não há nenhuma empresa privada do tamanho das públicas, é um privilégio que elas têm. Eu disse: invistam o máximo que puderem, por fora do Conselho de Ministros e tudo o mais. E a Antel [Administração Nacional de Telecomunicações] instalou cerca de seiscentos quilômetros de cabos enterrados para termos nossa própria conexão à internet, a UTE [Administração Nacional de Usinas e Transmissões Elétricas] foi por esse caminho. Somos o país latino-americano com o maior volume de eletricidade proveniente de energias renováveis. Mais de 60% da energia do Uruguai é renovável, com água e vento. Conseguimos fazer isso, mas é claro que muito mais precisa ser feito. Queríamos desenvolver um pequeno setor aeronáutico e fabricar pequenas embarcações também. Começamos, fizemos a coisa, mas depois tudo foi por água abaixo porque afastaram a presidente Dilma. Foi aí que entramos em ação, porque o mercado que tínhamos era o Brasil, tínhamos um acordo. Não sei por que não poderíamos combinar com Argentina e Brasil e fazer moinhos de vento aqui na região. Com a costa patagônica que a Argentina tem, ela tem vento suficiente para dar energia elétrica para toda a América Latina.

— Mas voltemos ao que você estava dizendo ontem: a crise ecológica é o resultado de uma crise política.

— É política, é claro! Temos o banco inglês no rio da Prata. Sabe o que é o banco inglês para colocar colunas? Não é bom para navegar, você tem dois metros. Tudo bem, sabe o que é isso? Você tem que investir, mas sabe o que não funcionou aqui no Uruguai? Tivemos que começar com investimentos que vieram de fora, mas depois você poderia se tornar sócio com mil dólares.

— Em primeiro lugar, necessariamente, é preciso mudar a mentalidade dos jovens, ou seja, conseguir enfiar na cabeça deles que é muito bom ser um funcionário público para cuidar do que é de todos.

— Sim, eles têm de trabalhar duro e defender o dinheiro do povo. De onde saem essas pessoas? De onde você as tira? Dos partidos políticos?

— Você tem de tirar de uma universidade e treiná-las. E o partido político tem de dar o exemplo. Você precisa de dirigentes que trabalhem duro e isso também é muito importante.

— Sim, no partido há um pouco de tudo.

— Com certeza. Tudo o que estamos falando é teórico, mas quando você pisa no chão, quando for aplicar, quero te ver quando encontrar o verdadeiro sapiens. Quando eu fui ministro, por cerca de três anos, de Pecuária e Agricultura, havia uma mulher que tinha óculos muito grossos que chamavam a atenção. Eu nunca a vi trabalhando em minha vida. Nunca consegui flagrá-la trabalhando.

Repete a última frase gargalhando, reafirmando que "nunca, nunca, mas nunca!" e fica claro que o que o fazia reclamar em seus distantes dias como ministro se converteu com o tempo em uma história que o faz rir do renegado.

— Ela estava em seu ministério?

— Sim, jamais! Ela sempre dava um jeito, andava com uma pastinha de um lugar para outro. Numa empresa privada, lhe dão as contas e mandam embora. Vou lhe contar outra, uma vez desci até a tesouraria, abri uma porta e entrei. Era uma sala grande e quadrada. Havia um cara e algumas mesas, e sabe de uma coisa? Tinha um monte de mimeógrafos! Ele era o responsável pelos mimeógrafos. Fazia uns quinze anos que os mimeógrafos não eram usados! E ninguém se deu conta que ele não servia mais. Coisas assim, sabe? Outra vez, num domingo, fui com Lucía, no Fusca, ao Parque Roosevelt. Naquela época, era do ministério. Domingo no parque. Estavam fazendo um churrasco, uma festa com bebida, uma farra... E no Parque Roosevelt tem uma avenida aqui, outra ali, e tem uma parte entre a Avenida Itália e o aterro onde tem uma área linda. O Peñarol havia me pedido para construir o estádio ali. E havia uma casa onde morava uma senhora. Comecei a investigar. Na década de 1940, havia uma colônia de férias lá, para funcionários do ministério, e uma família do ministério morava lá. O funcionário havia morrido, mas a viúva seguia morando na casa com os filhos.

— E a colônia não existia há quanto tempo...?

— Não existia fazia uns trinta anos, entende? Outra vez vim aqui, ao lado do porto. Havia um lugar com acesso à água. Devia ter uns três hectares ou mais. Estava tudo fechado. E havia alguns escritórios para que, se você fosse viajar para o exterior e precisasse levar um animal com você, eles te dessem um certificado. Mas nos fundos, em uma das casas, morava uma senhora idosa que tinha um vinhedo desde muito tempo. E pergunto: "E isso?". E assim por diante. Comecei a dar a volta e havia dois ou três que moravam em algumas casas nos fundos e que tinham sido funcionários. Comecei a encontrar essas coisas em toda parte. Se você os expulsa, você é um filho da puta. Não entendo por que, mas você pode mandá-los embora. Mas você percebe que são coisas que não têm sentido, entende?

— Em que momento você decide que as questões estatais são resolvidas como questões domésticas? Elas têm de ser resolvidas porque, se não forem, não estão resolvidas.

— Não! Há coisas que você não pode...

— Você não tem a sensação de que, por um motivo ou outro, sempre ou quase sempre cortamos o galho em que estamos apoiados?

— Ah, sim, é isso mesmo, sim. Por que não se dá poder às pessoas? Aqui deveria haver uma comissão de bairro que tivesse uma visão local e real. Pessoas daqui, que mandam seus filhos, que têm tudo e que são afetadas pelas coisas. O Estado, com os funcionários públicos e pela forma como funciona, não tem controle popular. Então é preciso envolver as pessoas, porque quando as pessoas se tornam juízes, é muito melhor do que quando são figurantes. Prejudicamos mais os outros do que damos a eles: temos que explorar essa contradição. Mas o Estado não tem controle. Porque aqueles que deveriam estar no comando estão a quilômetros de distância, nunca aparecem e nunca sabem o que está acontecendo.

Que cagada é essa democracia

Chegamos e andamos quase até o campo procurando o velho. Eu o vejo de longe. Está regando umas plantas. Não importa o estado do céu ou as suposições sobre o tempo, que ainda é imprevisível de qualquer forma. Ele rega, olha, para e volta. Caminha lentamente com a tranquilidade de que não há mais tempo que o apresse. Poderia ser uma imagem nostálgica, mas não é. Este é Pepe Mujica hoje: entre a incansável e rápida atividade política e a calma dos arados. Um homem num tempo que é medido pouco a pouco, entre a luz azul das nuvens da manhã e o laranja do pôr do sol. E tudo isso nesse mesmo outono no qual, agora sim, ele vem caminhando cansado em direção ao caminho onde estamos, secando as mãos na calça.

— Eu o vi regando as plantas muito concentrado. Quando você está lá, esse é seu único assunto ou você pensa em outras coisas?

— Não, eu penso. Estou sempre pensando, mas as plantas também têm magia. Elas são seres vivos. E há mais do que indícios de que as plantas também têm sensibilidade. Há pesquisas. Quando certos tipos de plantas entram na estufa, aqueles que as cortam e assim por diante, há registros eletromagnéticos de que elas mudam. E há algumas árvores na África que, quando há pessoas que as depredam, geram uma espécie de veneno. Há um mistério na natureza. A cadeia da vida é admirável, é um poema. Esses *boludos* que dizem que no campo há uma solidão... solidão porque você não sabe como olhar. O campo é um cortiço, existem mil formas diferentes de vida, um universo. Se pudéssemos olhar através de um microscópio, colocaríamos as mãos na cabeça. Só em bactérias deve haver um peso semelhante a dois novilhos e pouco por hectare. Não vemos, mas está aí.

— Micro-organismos, formas de vida.

— Micro-organismos, bactérias, fungos microscópicos. A biologia é um abismo. E sabemos muito, mas tenho certeza de que não sabemos porra nenhuma. Não temos ideia do que seja. E estamos no meio disso.

— Há pessoas que vivem com tudo isso ao redor e não enxergam.

— É claro que não veem!

— E você vê.

— Sim, é claro, eu vejo, admiro. Tenho uma admiração brutal pela natureza. Então, passo meu tempo olhando uma bobagem, depende, mas admiro. E quando você a conhece, ela fala com você. Por exemplo, existe uma ciência chamada biometria que estuda as inclinações, a altura de uma árvore ou das folhas, como elas estão posicionadas, tudo. Dependendo da espécie, elas podem ser reduzidas a fórmulas matemáticas, como se tivessem um mandato matemático. Então, percebo, como o homem primitivo não poderia pensar em animismo e forças superiores? Com o tempo que tinha, ele podia observar: "E isso, como é assim?". O ciclo da semente, de sementes como a do eucalipto, que é algo que você nem vê e, de repente, sai esse monstro de lá. Lá no Alasca, encontraram sementes de tremoço, uma coisa que não existia mais, acima do solo. Elas estavam embaixo do gelo. Saíram. Cinquenta mil anos. E algumas delas germinaram. O que você me diz? O que aconteceu no deserto onde eles guardavam as múmias?

— Nos sarcófagos?

— Bem, saiu de lá um trigo do qual não havia nenhum vestígio. Eles nasceram... Puta que pariu! Que máquina perfeita é a semente, não? Bem, não sou cientista, mas sei que essas coisas existem a partir de uma observação.

— Mas você exerce o estado de contemplação.

— Ah, sim, sim.

— Você gosta disso.

— Sim, eu gosto. É por isso que eu lhe disse que sou um terrão com pernas.

— Você fica olhando alguma coisa...

— Claro. Perco tempo olhando bobagens.

— Não seja cínico!

— Sim, porque não é uma questão utilitária, que vai te ajudar, entende? Mas é um prazer intelectual, do espírito, sei lá.

— Agora, veja que estranho. Uma das primeiras coisas que ensinam às crianças na escola é a germinação do feijão. Mas não se aprofundar nisso faz com que a criança diga "Ah, sim, o feijão germinou!" e nada mais.

— É claro. E entre as coisas que estão nas plantas, antes da flor, e a flor é um salto na natureza. O que chamamos de cróton é uma coisa intermediária que têm as plantas que não florescem. Elas são anteriores. Depois vêm as plantas sem flores, sem pétalas. Depois vêm as plantas completas, sei lá. E então nós, animais, dependemos do mundo vegetal. Por que isso acontece?

— Oxigênio? Água?

— Porque elas estão conectadas, nós não. O mundo das plantas está conectado à luz e elas sintetizam o mundo mineral e o transformam em matéria orgânica da qual vivemos, direta ou indiretamente. Nós somos dependentes. Primeiro delas, depois dos animais.

— Sim, acabei de descobrir que dependo do mundo vegetal para comer carne, por exemplo.

— Sim, claro. A carne é grama transformada. E a grama é um mundo mineral conectado à luz, porque obtém sua energia da luz. O fenômeno da fotossíntese é o fenômeno biológico mais importante sobre a Terra. Ele nos fornece oxigênio, carbono e proteínas. E o homem ainda não sabe o que é isso.

— É isso que eu ia lhe dizer. Vivemos em uma espécie de inconsciência em relação a isso. Como estávamos dizendo outro dia, à medida que o processo civilizatório avança, ele acaba falhando. Digo, com relação ao que você está me dizendo, que a maioria das pessoas não sei se ignora, mas, de qualquer forma, não leva isso em conta.

— É uma corrida. O que acontece é que a quantidade de coisas que permitem ao homem dominar a natureza, usá-la, explorá-la e multiplicar os meios, também gera resíduos, toxicidade. O homem desperdiça muito e tende a esgotar os meios. Os animais que matam, matam apenas para comer. É como se eles soubessem: "Se matarmos mais, vamos nos ferrar".

— É claro. Sim, nenhum animal mata por matar.

— Mata para comer. Se estiver de barriga cheia, nem pensar. É assim que funciona. Mas o homem, como nada o satisfaz.... Não é porque ele precisa, é pelo lucro, pelo extra. Ou seja, nós nos multiplicamos permanentemente por causa da necessidade, com palavras bonitas, de inovação, progresso e desenvolvimento.

— O rio Paraná está secando. A Grécia está pegando fogo. A Bolívia está pegando fogo, as florestas estão outra vez superaquecidas. Há falta de água.

— Sim, foi isso que os caras previram. Os fenômenos adversos vão se tornar mais intensos e mais frequentes. Há trinta anos, essa foi a conclusão de Kyoto e está sendo cumprida à risca.

— Cara, não quero ser chato de voltar ao que já falamos, mas há alguns dias você disse que os governos não podem apenas governar com os cientistas, mas também não podem deixar de ouvi-los. Em outras palavras, você precisa de aconselhamento científico.

— Fala sério! Que importância deram à pandemia? Quando deram alguma importância, ela explodiu. [Jair] Bolsonaro se cagava de rir com as recomendações que lhe davam, Trump também. Ele chegou ao ponto de dizer publicamente que a gente tinha que beber um tipo de água, alguma coisa... E não é qualquer um, é o presidente dos Estados Unidos que diz um disparate desses, percebe? E você diz: "Nossa, a democracia produziu isso?". Que cagada é essa democracia! E isso é perigoso.

Um ressentido custa muito caro

— Você tem uma característica. Você começa a falar devagarinho e, de repente, embala e começa a gritar. Você é uma pessoa mal-humorada? É entusiasmo, é paixão, é desespero?

— Não sou rancoroso, nem me dedico a acertar dívidas antigas ou coisas assim. Mas sou bastante tagarela. E acabo rindo de mim mesmo!

Talvez o seu único traço de vaidade esteja na sua insistência em não ser vingativo. É um triunfo pessoal.

— Como você lida com isso?

— Eu me conformo com o fato de que tenho de aturar isso. Não dá pra mudar o seu temperamento. Isso é uma marca.

— Que coisas te deixam muito irritado?

— As besteiras. Esse tipo de coisa que não faz sentido, que não deveria existir, porque o senso comum diz que não pode existir e, no entanto, existe.

— Quando vê solução fácil em alguma coisa.

— Isso que estou lhe explicando. Há sete ou oito anos, uma empresa de segurança vinha todas as noites para vigiar a escola. Quanto custa isso? Eu disse a eles: "Vamos colocar uma mulher idosa, um homem idoso lá. Não, não podemos fazer isso". Só para ficar num detalhe, entende? Agora temos uma empresa de "segurança" que vem de tempos em tempos e cobra preços muito altos.

— Na sua presidência, havia jovens?

— Sim, havia. Mas os jovens não são suficientes. Há uma questão de base prática das coisas. Há jovens que estão no caminho certo, e posso ver isso. Aqueles que começaram a trabalhar, por exemplo, em um ambiente coletivo que não é deles, trabalham como operários, empregados, entende o que quero dizer? É difícil para eles incorporar o sentido de tirar o máximo proveito das coisas, porque não é o deles que estão defendendo. Os caras que tiveram que trabalhar com dificuldades, eles já estão vendo um arame sendo tirado, pregos sendo tirados e tudo mais e não fazem nada. E isso os machuca, entende? Isso é importante, a mentalidade. Usar as coisas com engenhosidade. Essa é a questão. Quando eles trocaram o telhado, opa! As coisas que jogaram lá, sabe? O dono da empresa que trocou o telhado era um cara tão legal, a ponto de os milicos o levarem de avião para construir os galpões na Antártica. Pode conferir. Terminou vendendo as gruas e tudo que tinha para pagar as demissões e esquecer a empresa. Ele disse: "Não me encha mais, acabou. Estou me aposentando e tchau".

— E por quê?

— Porque os números não fecharam, porque a turma relaxava e o cara não tinha alma de carrasco. Dizia para usarem cinto de segurança e tudo mais. Um cara do canteiro de obras, um encarregado, treinado e tudo, caiu. O cara não se protegia não por culpa do chefe, mas culpa do trabalhador, que nem era um novato. Se você é um gerente, você percebe, sei lá...

— E que ele tem uma profissão.

— Sim. Mas, bem, essas coisas acontecem. É por isso que temos de trabalhar muito a educação. Se faz muito pouco.

— Você fala em trabalho aqui, e eu estou muito temático em relação aos jovens.

— Quando trabalho com isso, trabalho também a educação, porque a base é dada pelas mãos no cérebro. O cérebro por si só, sem as mãos, não é econômico. É teórico, intelectualizado. Agora, com as mãos, sim, porque elas se enchem de cortes e cicatrizes. E isso tem consequências.

— Claro, é a escola.

— Há uma relação de ida e volta, entende? É como a mecânica da escrita, que está relacionada ao pensamento.

— Mas você precisa educar a mão.

— Você precisa usá-la. Você teve que usar o pensamento para o ato de escrever e, em seguida, o ato de escrever inclui... Isso vai e volta, há uma influência recíproca. E agora que a civilização digital está aí, é a mesma coisa, você tem de transferir isso para seus dedos.

— Você falou quatro ou cinco vezes sobre a unificação das universidades, sobre a circulação da inteligência.

— Não. Não é necessariamente a unificação.

— Você acha que isso deve ser feito fora dos Estados?

— Ah, sim, acho que sim. É uma responsabilidade da própria inteligência. Começar a acomodar as coisas e depois o Estado terá de entrar.

— E nos centros de estudantes, nos centros de professores, como você vê isso?

— As administrações das universidades com suas respectivas diretorias. Acredito que o ponto de partida é o seguinte: a inteligência é o capital mais importante que temos para o futuro. Há uma coisa que é indiscutível em qualquer política de desenvolvimento: por um lado, o capital, mas, por outro, a inteligência. A tal ponto que a inteligência é formadora de capital.

— Certo.

— Mas o que acontece? Não temos soberania sobre a inteligência. Muitas vezes, a dinâmica empresarial a tira de nós.

— Sim, é verdade.

— E muitas vezes porque não lhe damos espaço, não lhe damos condições, não a estimulamos. E, paradoxalmente, somos um país pobre. Formamos as pessoas para contribuir da melhor forma possível e elas vão embora. Deveria ser o contrário. Deveríamos trazê-las, como fez o velho Batlle. Deveríamos trazer pessoas para formar...

— Claro, o velho Batlle trouxe o melhor veterinário que pôde encontrar no mundo. Ele fundou a Faculdade de Medicina Veterinária. Era prussiano e trouxe um americano para fundar a Faculdade de Agronomia, e para o Instituto de Pesquisa que está aqui, trouxe um alemão. Sim, é isso mesmo. Naquela época, quando se estava começando, importar inteligência era o que se tinha de fazer.

— Isso é o que as grandes potências fazem.

— Mas é claro! Os chineses estão enviando os melhores alunos para os Estados Unidos. Eles os escolhem e dizem: "você vai para lá". Bem, isso é lógico. Mas nós não apenas não importamos, como também exportamos nossos próprios alunos. A Argentina ganhou cinco prêmios Nobel. A Argentina mandou pessoas para todo lado, há até jogadores de futebol por aí. Sim, mas porque os outros não estão no cotidiano. Há uma tonelada de argentinos espalhados pelo mundo rico, trabalhando em multinacionais. E brasileiros, e todos os outros. Acho que tem de haver uma correção, uma limpeza, e o que temos de lutar, o que temos de impor aos Estados, são políticas de recursos para o mundo universitário, e não encontro outra maneira a não ser a tributação atribuída: pague isso e isso vai para lá. E é isso, é isso. E não discutam mais. O Ministério da Economia não tem nada a fazer. Porque sempre temos tantos problemas!

— E a educação é deixada para trás.

— É deixada para trás. E se é a coisa mais importante para o futuro, temos que focar aí. Fecha.

— Você acha que essa corrente entre as universidades, da Argentina ao México, todas elas...

— Sim, acho que tem de haver uma política universitária latino-americana. Multiplicar os contatos, as relações e estabelecer planos comuns. Nós vamos pesquisar isso, vocês pesquisam isso, até chegarmos a um banco de conhecimentos. Aqui temos especialistas nisso, naquilo...

— Mas para que isso aconteça, teríamos de alcançar, não sei se numa segunda etapa ou ao mesmo tempo, o que você estava dizendo outro dia, que não pode ser que um engenheiro uruguaio tenha de ir à Argentina ou ao México para validar suas qualificações...

— Não, isso está fora de cogitação neste momento. Se você quiser ajudar um pouco, tudo bem, mas teria de ser "eles são latino-americanos e pronto". É claro que são. O que acontece é que os profissionais, depois de formados, são um sindicato e "não me venha de fora pra encher o saco". É o bendito capitalismo, é assim que o mercado é para nós: "que não venham de fora me foder" e nos fodemos todos!

— Como você impede isso? Com a oferta?

— É preciso haver uma política universitária, é preciso educar as pessoas para isso. Da mesma forma que, quando um clínico geral se forma, acho que é preciso mandá-lo para o cu do mundo por um ou dois anos, onde ninguém vai, onde não tem ninguém, para fazer um serviço. É para lá que nenhum deles vai, onde não tem nenhum, para fazer um serviço. Por quê? Porque quem está no cu do mundo merece ter um médico à disposição. E ele tem que ser treinado. Nós temos que discutir esse universo todo, é extremamente importante. E, ao mesmo tempo, há grandes empresas que têm de fazer treinamento no estilo alemão. O técnico é graduado e tudo mais, mas as pessoas precisam ser treinadas perto de onde vão trabalhar. É preciso aumentar o campo de jogo. E as grandes empresas públicas teriam que participar. A ANCAP, a Administração Nacional de Combustíveis, Álcool e Cimento, por exemplo, deveria ter um departamento para treinar o seu próprio pessoal.

— Claro.

— Assim mesmo. Abertamente.

— As empresas nacionais teriam que treinar pessoas formadas na universidade e pagar-lhes um salário.

— Sim, senhor.

— Você os tem aí. Lutando para ser eficiente, além do mais.

— E fazendo uma carreira com etapas, e vai subindo. E se você fizer merda, volta para baixo. E tem que voltar a subir. Porque as pessoas precisam de estímulo e punição. Estímulo, reconhecimento, mimos e castigo também. Tudo isso. Porque, humanamente, somos assim. Tem de haver prêmio e castigo, prêmio e castigo. Só que não pode ser uma punição que destrua, que o cara fique sem nada, mas que ele sinta. É isso que a empresa privada faz: ela te joga na rua e você está fodido. Não é assim.

— Ela te expulsa e você se ferra para sempre.

— Porque o que você gera aí é um ressentimento, um inimigo. Não, você tem que dar um puxão de orelha no cara, mas também dar uma chance a ele. Por quê? Porque você tem que apostar no aprimoramento do homem também. O outro, em um sentido reacionário, diz: "Este não me serve", assim como se um parafuso não serve, eu troco por outro. Ele é um ser humano. E não é bom ter uma pessoa ressentida. Sai muito caro. Custa muito caro!

É um ar venenoso

— Você sempre postula que deveríamos consumir menos, que deveríamos estar mais em contato com a natureza. Desde a Revolução Industrial, todo o fluxo de pessoas está indo para a cidade. O Estado não poderia incentivar o retorno ao campo?

— Não, acho que não pode. O Estado é filho do povo e o povo quer complicar sua vida. O Estado se deixou dominar pelo interesse. As grandes cidades são filhas dos interesses imobiliários. Tenho um pedaço de terra aqui que é uma merda, mas a cidade começou a crescer enquanto eu deixei aqui, esquecido, e um dia, pá!, vale uma fortuna! Vale uma fortuna e vendo fácil. Isso continua e vai valendo cada vez mais. Então, como vale muito, estou perdido. Você tem que entupir com mais gente.

— Há prédios que você vê e parecem pombais.

— São pombais. E a pobre criatura herda um pacote genético. Ele compra uma pequena planta para colocar lá e não pode ter lenha. Então, ele inventa um fogão com toras que parecem madeira, mas não são, e que funciona com gás. É preciso mentir. Veja os extremos, no Japão, como eles não podem ter um cachorro, inventaram um cachorro mecânico que não faz cocô nem xixi, mas faz *woof, woof, woof*. É um pouco triste, não é?

— E termina tomando café descafeinado.

— Sim. Agora, qual é a diferença entre a bicicleta ergométrica e o andador ergométrico? Como não consegue andar, o *boludo* caminha dentro de uma sala assistindo televisão. E depois, porque está estressado, tem que tomar remédio para dormir. Se ele não caminhou nem nada, não está cansado. Ele quer reagir a tudo isso, porque sabe que precisa mexer o corpo, então vai para uma academia.

— E paga para fazer força.

— Paga para fazer força, sobe e toma um banho, tem noção?

— E compra um spray que mata 99,9% de todas as porcarias também....

— Você diz: "Bem, por que fazemos cidades tão grandes e depois nos complicamos?". E em uma cidade pequena, com duzentas, trezentas mil pessoas, você vai a pé para onde precisa ir. Você se exercita e não precisa de uma esteira ou algo do gênero. Para os idosos, não há nada melhor do que caminhar, porque eles não podem fazer muitos exercícios de força. Tudo isso é programado. O homem medieval caminhava vinte e cinco ou trinta quilômetros para sair de casa e certamente não precisava de nada para dormir à noite.

— Nem mesmo chá de tília! Mas é por isso que eu estava lhe perguntando. Com tantas pessoas vivendo tão mal na cidade, e o Estado tendo, em muitos casos, terras públicas, você não acha que se houvesse um plano para oferecer...?

— Sim, mas aí você trabalha na cidade e tem um problema enorme de transporte. O problema é uma concepção que existe agora e que você não vai mudar. Os gregos tinham isso, eles viram isso, cresceram muito na cidade, tiraram muitas famílias de lá. Eles passaram muito tempo fundando cidades. Os gregos fundaram Marselha.

— Ah, olha, eu não sabia.

— E toda a Magna Grécia, todas as cidades que havia lá, Siracusa, tudo isso foi fundado pelos gregos. Eles pegavam um monte de famílias, fundavam uma cidade e pronto. Não tinham problema. Os maias tinham controle territorial: uma cidade ficava a cerca de sete dias de marcha da outra. Para que a cidade vivesse. É lógico que os alimentos deveriam ser produzidos ao redor da cidade e não no cu do mundo, porque aí você tem que trazê-los e isso é complicado, não é? Os chineses, por serem muitos, já haviam feito barbaridades históricas. Os chineses construíram um canal, inventaram um rio, esburacaram montanhas. Usavam fogo para quebrar a pedra. Porque descobriram que podiam carregar muito mais coisas em barcaças do que em carros. Quando se tem tantas pessoas, o problema é como levar comida e água. Olhe que na época de César os chineses tinham cerca de noventa, cem milhões de pessoas. Um absurdo para aquela época. Roma ainda era como Montevidéu, tinha um milhão de pessoas e era uma coisa maravilhosa, no centro era coberta de tábuas. Para que os carros não fizessem tanto barulho. Londres também. Foram os romanos que inventaram o saneamento básico e todas essas coisas.

— Isso daquele lado. Do lado de cá estavam os astecas.

— Desse lado estavam os astecas. O grande problema era a água. Onde os romanos andavam, eles resolveram o problema da água. Eles inventaram os sifões, os aquedutos, tudo isso. Um trabalho maravilhoso.

— Uma maravilha de inteligência, prática também.

— São loucos.

— Os astecas tinham esse sistema de banheiros. Cada casa tinha um banheiro, mas embaixo dele havia uma corrente de água que levava tudo embora.

— Um sistema sanitário.

— Bem, para os astecas, o banho era obrigatório todos os dias. Você tinha de tomar banho. Tinha a questão da saúde.

— Eram muito bons nisso.

— Tinham a questão da saúde.

— Eles tinham um herbário e um serviço com ervas medicinais que era um espetáculo. Do pouco que se resgatou disso, foi feito por um médico. Felipe, o Belo, estava doente com câncer e mandou um médico para saber se eles tinham alguma coisa e o cara resgatou receitas de ervas medicinais e tal. Os espanhóis eram muito brutos, desperdiçavam as coisas, passavam por cima e o conhecimento se perdeu. Miguel Ángel de Asturias foi ganhador do prêmio Nobel de literatura. Ele conta que na Guatemala ou na Nicarágua, não me lembro onde, quando era criança, presenciou uma operação de catarata realizada pelos maias.

— Cataratas? Bem, os caras trepanavam cérebros.

— Sim, os incas. Enquanto os europeus agarravam você como uma vaca e o amarravam como um cachorro, os outros o colocavam para dormir com curare. Eles já haviam inventado a anestesia. É claro que a humanidade perdeu muito conhecimento, mas depois o redescobriu e é assim que funciona. Havia um louco em Alexandria que fez as contas. Primeiro, que a Terra era redonda. E ele calculou com um lápis a superfície, a distância e a curva. Ele disse: "Esta é uma bola que, tendo esta inclinação, deve ter esta superfície". E errou por pouco. Depois isso se perdeu. Depois pensaram que era um prato.

— Bem, hoje algumas pessoas voltaram a pensar que a Terra...

— Sim, sim, estou sabendo. Deus dos céus! Mas os gregos já sabiam, eles haviam chegado à conclusão de que a Terra era redonda. Sabe por quê? Pelo senso comum. Porque quando eles navegavam pelo Mediterrâneo e viam uma ilha, a primeira coisa que viam era o topo da montanha, não a costa. Então, os caras diziam: "Isso não é assim, é assim". Entende? Olha que absurdo! Mas todas as coisas que começam com um absurdo, uma besteira, alguém observa.

— É claro que sim. Você observa uma besteira e presta atenção a ela.

— Tenho certeza de que sim. É como a maçã de Newton, as maçãs e outras coisas devem ter caído! Mas o cara se perguntou: "Por que ela cai?"

— Por que ela não fica suspensa?

— Você se dá conta dessa pergunta?

— Ou você pensa a partir da ciência ou pensa que é mágica, mas sendo redonda e estando no meio do nada, estamos presos ao chão. Estamos de cabeça para cima ou de cabeça para baixo?

— Claro.

— Não sabemos.

— Mas é notável, e isso já aconteceu mil vezes com a humanidade.

— Sim.

— Dos pensadores antigos, qual é o que mais te fascina ou te orienta? Você tem algum? Ou você os considera igualmente e cada um contribui com alguma coisa?

— Não, tenho pedaços dos antigos pensadores e algumas coisas. Por exemplo, há caras sobre os quais não sabemos nada. Heráclito é cerca de trezentos anos antes de Aristóteles, e o que temos dele é nada. Algumas frases. "A guerra é a mãe de todas as coisas". É claro, por causa do impulso tecnológico que a guerra exigiu. "A água que você viu passar, nunca mais voltará a ver". A dialética. O cara tinha observado. Havia caras que não tinham merda no cérebro. Mas não faço ideia do que foi Heráclito. E me parece que de Aristóteles, que é uma espécie de enciclopédia da antiguidade, restaram algumas coisas que te fazem pensar, não é? "O homem é um animal político". Cacete!

— E dizer isso naquela época, não?

— Sim. E sabe o que veio depois? A barbárie e tudo mais. E depois, o que o Renascimento significou quando foi redescoberto, entende? Mas, bem, não sei, há coisas que chegam ao fim. Quando vi a Santa Sofia em Istambul, fiquei maravilhado. É uma arquitetura do caralho, um monstro que te impressiona. Tem cerca de cinquenta e poucos metros de diâmetro, trinta e cinco metros de altura, está em pé sobre quatro pilares sem concreto armado. Cacete! Resistiu a um terremoto, tem mil e poucos anos e ainda está lá. Tinha gente que sabia de alguma coisa, não tinha? E não temos nenhum rastro desses caras.

— Esse conhecimento se perde?

— Muitas vezes se perde e depois é redescoberto. Em todas as áreas.

— E os jovens não recuperam isso?

— Não sei, não tenho nenhuma resposta definitiva. O que notei é que quando você fala sobre os problemas centrais da vida e das coisas, eles tapam os ouvidos, mas o mundo dos adultos não gosta de falar sobre essas coisas. Você já viu algum político velho falando sobre amor?

— Sim, você, na Guatemala.

— Sim, eu disse a eles, mas em geral não há nenhum. E a adolescência, a primeira juventude, é um tema muito importante.

— Central.

— Nessa idade, o amor, os hormônios...

— Claro, te dominam.

— E não há registro de políticos. É como se eles tivessem vergonha disso. Parece um pecado juvenil que precisa ser escondido. Todos nós fomos jovens, todos nós tivemos nossos hormônios fervendo, nos ferrando e tudo mais, entende? E nos esquecemos disso.

— Numa idade em que não existe nada mais importante.

— Não há nada mais importante! É a linguagem da natureza. Cacete! É assim, mas estamos em uma época de grandes desafios tecnológicos e, obviamente, científicos.

Tudo isso tem um poder imensurável, mas é utilitário. Acredito que isso é necessário, inevitável, e temos de seguir em frente, mas temos de colocar uma perna humanista ao lado da fé. A questão dos valores, o papel da vida, as relações humanas, a empatia, como o homem funciona, devem ser rediscutidos. Porque se nos desconectarmos do que somos.... Se formos apenas o tipo técnico, o sapiens científico, e não nos aprofundarmos no humanismo, continuará acontecendo conosco o que está acontecendo hoje, que temos uma tecnologia de comunicação brutal e a estamos usando como idiotas. Porque quando você vê as redes e os disparates que dizem, não dá para acreditar que existam pessoas tão estúpidas, não é verdade?

— Não, terrível.

— Terrível! Porque isso te leva a dizer: "Parem que vou descer". E o que há conosco? Não é um problema de mais ou menos inteligência, é um problema de valores humanísticos, entende? Na vida, você pode concordar ou discordar, mas quando vi aquela propaganda ofensiva contra Cristina Kirchner durante a campanha, e não é para defendê-la nem nada disso, pensei que não se pode acumular tanto ódio em uma declaração como aquela, jogada como se alguém jogasse um pote de merda no ar. Porque parecem coisas insignificantes para as pessoas com quem você convive. E isso tende a gerar um ar que todos nós respiramos. É um ar venenoso.

Ainda que fracassem, nada mais é igual

— Eu estava pensando na ideia que você mencionou sobre a circulação de inteligência conectando as universidades do continente, a partir da Fundação [Pepe Mujica]. É uma coisa linda que eu gostaria de fazer. Tenho amigos na universidade. Seria conversar com as universidades, com os centros de estudantes, com os professores, para gerar essa corrente. O que você pensa?

— Ah, sim, pelo menos vale a pena discutir isso. Isso está florescendo para mim por causa do problema da América, de nos unirmos de alguma forma. E cheguei à conclusão de que, se não começar pelo mundo universitário, nunca vai acontecer. Eu costumava dizer isso para a política. Primeiro a inteligência, porque a inteligência impulsionará a política. Mas sem inteligência, não. Tem de haver uma decisão de vontade política. E isso tem de ser uma perspectiva inteligente. Não posso pedir às pessoas comuns, aos trabalhadores comuns, que compreendam esse fenômeno. Embora o seu destino vá ser marcado por isso. Estou pensando em um estágio muito mais elevado.

— Vamos pautar?

— O mundo universitário tem a responsabilidade de ajudar a criar a nação. Sim ou não. Jorge Abelardo Ramos disse: "Fundamos muitos países. Falta construirmos a nação".

— Acho que poderia ser criado um centro que receba, distribua e circule a informação.

— Ah, esse mundo seria...!

— Vamos pautar com a fundação?

— Talvez, sim. O que acontece é que teríamos de discutir um programa e etapas. Bem, o programa significa coisas pelas quais temos de lutar em diferentes áreas, estando todos nós na mesma página, entende?

— Sim.

— Colocar as universidades como atores nas políticas de longo prazo da nossa América. Isso significa dar à inteligência o lugar que ela deve ter. E tudo isso eu consegui mudar no seu entorno, viu? Porque como estão os movimentos estudantis? Formando técnicos para o mundo rico.

— Que belo trabalho!

— É um belo trabalho. Um trabalho bom. A longo prazo, isso é alta política.

— Vamos lá! Vou começar a falar, começar a escrever, reuni-los. E ver o que eles estão pensando.

— Sim.

— Quero dizer, você tem 86 anos e eu tenho 60, mas virá gente jovem atrás.

— Eu falo com engenheiros argentinos... Um dia desses, terei uma conversa sobre desenvolvimento, crescimento. Vou propor essa questão do mundo universitário.

— Vou conversar com alguns amigos que tenho pelo mundo. Veremos o que pensam.

— Veremos o que eles pensam. Há também as universidades colombianas. Mas há universidades em todos os lugares.

— Desde já. Depois tem as universidades colombianas também. Mas há universidades em toda parte.

Lentamente somos tomados por um silêncio que, estranhamente, é quase absoluto nesse bosque escuro, povoado por sabe-se lá o quê. Pepe mal coça a barba e olha para a penumbra, onde quase não se vê nada. Às vezes, quando ele fica em silêncio olhando para esse nada, não sei se está pensando no jogo de ontem, em uma nova forma de semear ou se imagina um futuro cheio de bocas, mãos e olhos de jovens que, daqui a muito tempo, poderão responder como ele àquela conversa que tivemos quando perguntei como ele se via hoje e me disse com um sorriso complacente: "Vejo um velho que não traiu o jovem que era".

— Onde você parou?

— Fui embora. Eu estava pensando em esperança, apesar das marcas que ficam. O homem faz uma aposta muito grande, mas algo permanece. Ao fim e ao cabo, ainda estamos batendo asas nas tentativas de voo de pássaro da Revolução Francesa. Aquele grito jacobino. Queremos a igualdade sob os tetos em que vivemos. Cacete.

— Você tem esperança?

— Sim. Tenho esperança porque amo a vida. A vida não é consciência: é sentimento. A consciência recebe muitos tapas na cara, mas os sentimentos são outra coisa. Não se pode viver sem esperança. Agora, é terrivelmente difícil e multigeracional, o que importa é que as pessoas se mantenham apegadas. Sabe-se perfeitamente que não haverá nenhuma mudança profunda no curso de nossas vidas. Pode haver acúmulos. Mas acho que é assim que as coisas são e sempre foram. Porque depois dos grandes eventos, ainda que fracassem, nada mais é igual.

Se a cabeça não mudar, nada muda

— Como está a saúde pública no Uruguai?

— Aqui a saúde pública é boa e quem vai ao que chamamos de ASSE, a Administração de Serviços de Saúde, não paga nada. O grosso da saúde é bancada pelo Estado, entende? E as empresas privadas também recebem do Estado de acordo com o que fazem, estão subsidiadas de fato. Por quê? Porque todos nós pagamos uma taxa em geral. Todos, quer tenhamos plano privado ou não. Quem tem essa taxa passa para o plano, no caso da intervenção médica, entende? É um misto, quem não tem plano é atendido no sistema público. Mas em muitos casos o sistema público é melhor do que o privado. Nós gastamos 9,5% do PIB e a média da América Latina é de 3,5%.

— Vocês gastam 9,5%?

— É alto o gasto com saúde aqui. E é a única maneira de fazer com que funcione.

— Faz sentido o Estado subsidiar o setor privado?

— Não, ele não subsidia. Ele cobra de toda a população e distribui, e o sistema privado que existia, que geralmente são mutualistas, continua funcionando e tem associados, entende?

— Sim.

— Bem, então ela tem que pagar como população. Não é que o Estado pague por isso, na verdade você paga por isso. E acontece o seguinte: quando as mutualistas precisam de apoio, por exemplo, UTI que não tem no interior, o Estado vende serviços para o setor privado. E o setor privado também vende para o Estado em caso de necessidade.

— Dito assim, funciona muito bem. Funciona?

— Sim, funciona muito bem. Porque permite que você tire proveito de todos os recursos que estavam em um sistema global.

— Integrado.

— Sim, caso contrário, seria uma bagunça. Agora, há uma concorrência entre as mutualistas, que tiram os associados umas das outras. Há um pouco de mercado aí.

— De qualquer forma, setenta ou oitenta por cento da população é coberta pela ASSE, o que é chamado de sistema público, certo?

— Sim, sim.

— E quem recorre às mutualistas? Os sindicatos?

— Sindicatos e coisas que vêm de longa data. O sindicato médico tem uma mutualista, e há algumas associações, como a italiana e a espanhola, que remontam a tempos imemoriais, à época dos imigrantes. Há um hospital inglês, que é para onde vai a elite.

— Assim como em Buenos Aires. Lá você tem o britânico e o alemão. O italiano se popularizou bastante, mas não os outros. Nesses você não entra.

— Agora, como posso lhe dizer, o corpo docente pesado, os idosos que ensinam, porque a universidade pública, a universidade, a Faculdade de Medicina, tem um hospital, o das Clinicas, que é o maior hospital daqui. Ele está sob o controle da universidade, é coordenado com o setor público. Mas o que acontece? As aulas são dadas nos hospitais públicos.

— Aí estão os residentes. As pessoas frequentam menos?

— Não, mais. Os maiores hospitais daqui são públicos.

— Estou me referindo às Clínicas, onde os rapazes que estudam vão para fazer suas práticas.

— Não, é enorme. É um hospital antigo nesse ponto, porque tem um edifício monumental. Hoje em dia os hospitais não são tão grandes, ele foi construído em outra época, entende? O pai de Lucía era um engenheiro calculista, da época em que tudo era feito a lápis. Eles faziam os cálculos em alemão e depois em espanhol, mas na verdade falavam alemão. Lucía tem irmãos mais velhos que nasceram na Alemanha, porque o pai de Lucía estava trabalhando na ANCAP, o enviaram para comprar equipamentos na Alemanha para a refinaria e ele foi pego pela guerra.

— E ele ficou lá.

— Ficou lá. Ele teve que morar na Alemanha por cerca de dois anos. E o filho, o irmão mais velho, que também era engenheiro, ficou encarregado de Salto Grande. O irmão mais velho de Lucía nasceu na Alemanha e tinha a suástica no seu documento de identidade. Depois ele conseguiu vir para Portugal, ficou cerca de dois anos. Tinha problemas com os navios.

— Lucía tem uma irmã gêmea.

— Sim, ela tem uma irmã gêmea. Dá pra dizer que o pai de Lucía era um cabeçudo, porque trabalhou muito com a Surraco, a empresa que fez o Clínicas. Eles fizeram um prédio que é como algo para a guerra, tem uma estrutura! Agora eles não sabem nem que porra vão fazer, porque tem um monte de andares vazios em cima. Porque agora os hospitais são cada vez menores.

— Sim, tem a ver com as especialidades. Estão construindo clínicas de rins, clínicas de fígado, clínicas de tórax... Há muito disso.

— Claro. Essa era a lógica da época, certo? Agora esse critério mudou e não sabem o que fazer. Se colocam elevadores por fora e transformam a parte de cima do prédio em uma escola de enfermagem, sei lá. Estão fazendo algo por aí.

— Eles terão de fazer alguma coisa, porque o prédio está lá e não vão demolir.

— Não, derrubar o quê? Não podem, é uma fortuna.

— Essa poderia ser uma boa solução: elevadores na parte externa e uma escola na parte superior.

— Sim, temos que tentar reciclar essas coisas. Não façamos como os ianques, que derrubam e fazem outro. Temos que fazer como os alemães, que mantêm as coisas boas.

— Sim.

— Certa vez, estávamos indo para Hamburgo e olhamos de longe para os telhados verdes, sabe? Pah! Eles são da Idade Média, no antigo porto de Hamburgo. Eles ficam verdes porque os telhados são feitos de cobre. Caríssimo! É feito de cobre, custa muito caro consertar isso! Um patrimônio histórico como esse precisa ser preservado, especialmente os bons edifícios. O Palácio Legislativo, nós nem sabemos como consertá-lo. Lucía tomou providências e uma equipe russa veio. Esses países grandes e antigos têm especialistas em reconstrução. Eles fizeram um excelente trabalho. Por exemplo, eles estavam examinando algumas lâmpadas, alguns lustres. Foi uma empresa sueca que os fabricou e ainda existe.

— A empresa?

— Sim, ela existe, e eles entraram em contato. A empresa ficou muito feliz porque tem cem anos de idade!

— É claro que ficaram.

— Eles se ofereceram para colaborar. Bem, e aqui na Cidade Velha há um prédio onde fica a Junta Departamental de Montevidéu, que tem gessos antigos e não tinha ninguém... E veio um senhor de quase noventa anos que parece ter tido esse ofício. Pior que manga azeda. Dizem que ele fazia cones de jornal e com o gesso ia fazendo e queria ensinar aos que estavam lá, aos jovens. E os jovens eram uns brutos perto do velho, que ficava brabo feito capeta, porque esses são os ofícios que se perderam. Agora, em países grandes, onde há muitos edifícios, há especialistas e cátedras especializadas.

Mas em um país pequeno como este, não. E depois tem os pintores. Restaurar as pinturas, isso é tudo uma...

— Restauração de obras de arte?

— Sim, *mamma mia*.

— E não podem errar.

— Não podem errar, certo?

— Porque eles te dão um Gauguin e você vai e estraga tudo! É claro que os caras que estão lá veem a pincelada, sabem com que cabelo... Não, um trabalho!

— Bem, queria lhe dizer uma coisa. Eu lhe falei outro dia sobre a inclusão como um critério para a arrecadação fiscal futura. Que eu era a favor da ideia de que com os núcleos da burguesia nacional era possível associar o Estado ou fazer coisas novas, etc.. Não incluo nessa concepção as chamadas empresas públicas aqui no Uruguai, que devem permanecer públicas, embora obviamente fossem o lugar mais apropriado para experimentar a formação de um tipo diferente de trabalhador público. Mas não para mudar a natureza ou transferir a propriedade por causa do seguinte: o Uruguai é muito pequeno, e há coisas que, devido ao nosso tamanho, são monopolistas. Não se pode ter três empresas de energia elétrica no Uruguai.

— Claro. Não tem nada para fazer.

— Não tem nada para fazer e termina em monopólio. A mesma coisa acontece com a ANCAP, que não faz sentido. Isso tem que ser melhorado, mas mantendo a propriedade estatal. Porque essas são as empresas mais colossais que o Uruguai tem, e você ainda vai entregar a donos privados? Vão cagar!

— Todo o investimento já foi feito.

— Sim, e existe um acúmulo histórico. Seria como um presente, entende?

— Sim, e para quem não vai cuidar.

— Além do fato de que não vão cuidar, o povo uruguaio acumulou. Temos que lutar para melhorar a qualidade do trabalhador lá dentro, isso é certo, mas não mexo. Agora, estou me referindo à perspectiva de gerar coisas novas, fundamentalmente no interior, porque a burguesia nacional está tão acomodada que, se você não der a ela um certo respaldo do Estado, ela não fará nada. Eles continuarão a tirar seu dinheiro do país ou a especular, comprando pedaços de terra para alugar e assim por diante. Estamos na mesma situação.

— Quanto dinheiro de uruguaios está no exterior, que você me disse? Dois bilhões?

— Não, cerca de vinte bilhões, pelo menos, até onde sabemos. Talvez haja mais. É como a Argentina, que está desesperada e tem muito dinheiro que foi para o exterior. Precisamos de investimento e somos exportadores de capital, não dá pra entender. Diga-me, a Argentina está pronta para ter dinheiro no exterior? Todo e qualquer peso deveria estar dentro do país, inserido na Argentina, porque o que ela mais precisa é de investimento. Mas o investimento ideal é o dos próprios argentinos na Argentina, para que possa se reproduzir lá. Essa contradição está nos matando porque estamos perdendo o excedente que está saindo. E isso acontece por um processo duplo, porque você pode dizer: "Esses filhos da puta estão levando para o exterior", sim, mas a multinacional os está encurralando, isso está acontecendo ou não? E aí o cara não arrisca, não quer arriscar, porque antes de tudo o cara tem medo e investe menos, mas com segurança. Isso acontece em toda a América porque estamos em uma época de transnacionalização da economia. Volto a insistir, não é que a empresa transnacional seja nova. O que é novo é a magnitude que ela tomou, como uma expansão. Isso é a globalização. E se acrescentarmos a isso o fato de que o sistema financeiro também é um conjunto de redes internacionais. Banco Santander, este aqui, aquele outro. E então você descobre, porque você tem uma empresa de crédito chamada "Mongochucho", mas acontece que ela pertence a tal banco. Eles se reciclam.

— E você, que tem vinte anos, como é que eles te apresentam isso? "Olha, aqui no celular você vai, deposita em um caixa eletrônico, não tem banco. Coloca aí e daí você aperta aqui, paga, pega um cartão, você pode pagar com ele. É ótimo".

— Sim, bem, é isso.

— É esse dinheiro que circula...

— Sim, e estamos indo para um dinheiro etéreo, nem papel precisa.

— É um dinheiro que circula e não está. Se faltar energia, você fica perdido no meio da estrada...

— Todos esses mecanismos estão aí. O que estou dizendo sobre a associação é o seguinte: é a luta para resgatar o excedente que sobrou aqui. Dizem que isso é socialismo. Isso não é socialismo: é capitalismo de Estado. Ter uma política para não nos arrebentarmos, para podermos nos desenvolver e ter os meios para poder qualificar a produtividade da população. O que estamos gastando em educação, e educação universitária, é ridículo em comparação com o que precisamos. O que estamos gastando em pesquisa é ridículo, ainda temos que gastar muito mais, entende? Tudo isso é dinheiro, não pode ser resolvido apenas com vontade. É preciso ter vontade política, isso não descarto, caso contrário, nada acontece. Mas, além disso, você precisa ter os meios, e para ter os meios você precisa se desenvolver, e para isso você não tem a capacidade de gerenciar a economia. É preciso se envolver por muito tempo, andar com a burguesia, resmungando, reclamando, sabendo que está sendo roubado, e isso e aquilo, porque a economia é uma coisa muito complexa. E porque já vimos esse filme. Em todos os lugares onde a economia foi destruída, queriam substituí-la. Temos que aprender com a história. Há quarenta anos eu não pensava assim.

— Como você pensava?

— Eu pensava que íamos pela via do Estado, que nacionalizamos e pronto. Mas tenho de assumir a responsabilidade pelo que aconteceu na história, em todos os lugares. Isso tem que nos ensinar alguma coisa. E volto a repetir o que te disse: ou passamos para o outro lado...

— E eles passam...

— ...ou encontramos outro caminho. Esse é o dilema, é difícil. É mais fácil ser educado com o que pensamos. Então, em vez de quebrar a cabeça, ficamos repetindo como papagaios coisas que não dão certo. Eu aceito outras variáveis que existem, que me apresentem. O que não estou disposto a fazer é continuar dizendo algo que não deu certo, nem vou dizer amém ao capitalismo, porque ele está cada vez pior, e não posso dizer amém à fórmula que tentamos aplicar para a construção socialista e que acabou em uma burocracia que nos sufocou, certo?

— Essa mudança vem do que é conhecido, porque pessoalmente há, sem dúvida, muito mais. Mas, do que se sabe, há dois marcos em sua vida: a prisão e a presidência. Em que momento o senhor terminou de amadurecer uma mudança tão impactante?

— Não naquele momento. É um processo de análise que chegou até mim por meio da acumulação, não sei. Vivemos a queda da União Soviética, agora vejo que há um capitalismo feroz nos países que faziam parte da antiga União Soviética. Se eles conseguissem chegar ao capitalismo alemão, seria um triunfo bárbaro, certo? Porque existe uma máfia. Então você diz: "Merda! Tudo o que aconteceu lá, a grandeza do que aconteceu, o sacrifício que eles fizeram, uma coisa monumental". Eles frearam os nazistas, nada mais, nada menos. Não me encham com essa coisa dos ianques e todo o resto. Se falam da fábrica ianque, aceito, mas se não tivesse sido a horda vermelha que veio da estepe, Deus nos livre, ainda estaríamos parados sem avançar! Devemos dar glória à União Soviética. E à social-democracia. Trinta, quarenta anos do Estado de bem-estar social europeu teriam sido inconcebíveis sem o "perigo" da União Soviética. E eles nunca admitirão isso para você. "Fizeram porque eram bons". Ah, é? E quando acabou, por que eles voltaram atrás? Agora que os impostos foram reduzidos e a riqueza está se concentrando como na *belle époque*.

— Você acha que esses países...?

— Sabe por quê? Porque eles não têm mais medo.

— Era isso que eu ia lhe perguntar. Você acha que esses países perceberam, em algum momento, inclusive durante a sua presidência, que a América do Sul estava criando um eixo socialista? Progressista para nós, mas para os europeus, por causa de sua maneira de ver as coisas, era comunismo puro. Você acha que eles tinham medo disso? Que em algum momento disseram: o que vai acontecer?

— Eles sempre tiveram medo disso. A força conservadora da Europa é evidente. Mas o pior é que os mais conservadores, os mais reacionários, estão instalados no Leste Europeu: na Hungria, na Polônia, na própria Rússia. É uma coisa doentia, como se nada tivesse acontecido!

— Bem, a Alemanha está sofrendo com os neonazistas, com jovens, em geral.

— Sim, claro. E, na Itália, o Partido Comunista mais forte do Ocidente é de cair o queixo!

— A sensação é de que não têm nada a dizer. Suponho que envelheceram porque mantêm o discurso de cinquenta anos atrás e o mundo mudou. Qual é a sua leitura disso?

— Acho que você não pode se aferrar às coisas. Isso aconteceu, erramos, mas agora acontece isso e aquilo, e temos que procurar outro caminho. O que acontece é que não fazem nada além de passar para o capitalismo, de mala e cuia. E eles são como os novos ricos: são piores do que os ricos. Aqui tem um ditado: "piolho ressuscitado é o que pica mais forte". Há um pouco disso, mas também há a negação fanática do papel do Estado. Em vez de aceitar que o Estado tem suas falhas, e é claro que tem, porque foi construído por seres humanos que cometeram erros nisso e naquilo, mas é possível conceber como ele funciona. Agora vamos ter a legislação ambiental, o Tribunal Ambiental, a discussão sobre a imposição da tributação do carbono. Afinal, surgirão mecanismos para regular a questão digital, porque é uma bagunça. Entram em sua vida e fazem qualquer coisa. É inevitável, e são coisas que virão com conflito. Se as máquinas que pensam pagam impostos ou não. Vai haver luta fiscal. Portanto, dizer que não precisamos de Estado não é nem mesmo utópico, é um anacronismo de direita. Agora, do nosso lado, temos de aceitar que construímos o Estado com os mesmos critérios do capitalismo: me acomodei, estou confortável, por que vou me matar? Esse defeito não é culpa do povo, há uma batalha conceitual e cultural a ser travada e o caralho. Mas há um tipo de anarquismo de direita que diz que o Estado não é necessário, que a iniciativa privada vai resolver tudo. Não, nem tudo! Há coisas que a iniciativa privada nunca resolverá, porque não é do seu interesse.

— Mas isso não muda nem mesmo com a pandemia de Covid, em que se o Estado não te salvar, ninguém te salva.

— O Estado pode ser piolhento, o que você quiser, mas se o Estado não estiver lá, morremos aos montes como piolhos.

— Sim, mas mesmo com essa prova, ainda dizem que não faz falta o Estado. Não há mais provas factuais do que, quando você fica doente, o Estado é quem te vacina e salva tua vida.

— Muitas coisas. Portanto, temos de levantar e enfrentar o problema de como melhorar a qualidade do Estado. Depois, a direita, a esquerda ou o centro vão governar, não importa, mas temos de melhorar a qualidade. E temos que apostar no fato de que os melhores trabalhadores que um país tem devem estar no Estado. Por quê? Porque eles são bens públicos, entende? E é o contrário: nós os formamos e a iniciativa privada caça os melhores.

— Sim, sim. Vivi um processo bem complicado, tive várias discussões na Bolívia sobre isso. Os melhores são do Estado, mas o Estado é quem paga pior. Então, o sujeito que estudou a vida inteira lhe diz: "Cara, eu quero fazer um país, mas quero viver bem".

— Você tem que apresentar a ele uma carreira com vários níveis em que ele ascende e cai, dependendo se vai bem ou não.

— Sim, mas para isso você tem que ter uma escala. Para o cara que é realmente bom, o dinheiro deve ser suficiente para que ele viva tranquilo.

— Sim, é claro. O que acontece é que o dinheiro é infinito e, claro, surgem empresas que precisam de algo, pagam por isso e te criam um problema. Mas, justamente, você tem que dar outro conforto ao bom funcionário do Estado, outro reconhecimento social. É preciso transformá-lo em um personagem, porque as pessoas precisam de um pouco de mimo e aqueles que valem alguma coisa não precisam apenas de dinheiro, precisam de reconhecimento, precisam ter valor aos olhos da sociedade. E em nossas sociedades, o que acontece? O trabalhador diz: "Enquanto eu me arrebento de trabalhar, olhe esse cara, não faz nada e está sendo pago", entende? E isso é um veneno que nos mata.

— Que também tem uma consequência muito mais séria ou igualmente séria...

— Sim. Porque quando falo de educação, ela é dupla: para dentro e para fora. É a própria sociedade que tem de lutar para ter o melhor, temos que mudar a cabeça. Esse problema não foi colocado pelos revolucionários socialistas, nós o consideramos tacitamente. Foi um grande erro, mas bem, estou vendo isso atrasado. Você poderia me dizer: "Mas você, que foi presidente, o que aconteceu que não fez isso?". Eu fui consumido pelo turbilhão. Digo isso depois porque reflito, digo por experiência própria, mas depois começo a analisar historicamente e há pessoas que se preocuparam. Não é um problema novo, é bem antigo, e houve pessoas que levantaram a questão, mas não demos importância. E os movimentos socialistas ou comunistas se estratificaram na ideia de que a única forma de propriedade alternativa era o Estado. Eles se esqueceram da cogestão, das cooperativas, de tudo isso, sabe? Não consideravam que a luta era para serem patrões de si mesmos, que é o verdadeiro desenvolvimento das pessoas, com recompensas e punições. Então você vê que eles criam uma cooperativa, mas começam "que isso, que aquilo". Somos todos legais, companheiros e tudo o mais, até que um de nós não veio trabalhar porque a velhinha estava com dor de dente. Porque, na realidade, é uma superação da nossa consciência que devemos considerar. Se a cabeça não mudar, nada muda.

Eu também não

— Pepe, hoje em dia você vê grupos muito influentes promovendo a antipolítica. Como você vê isso?
— Sim. Uma merda. Porque isso leva a um endeusamento da atividade privada, como se ela fosse sacrossanta, sabe? Como se o egoísmo individual fosse uma das virtudes mais importantes dos seres humanos. Então temos respostas como a que aconteceu com a pandemia, de que não se pode tocar na propriedade da patente porque ela é uma vaca sagrada, como se os gregos estivessem pensando em atacar Apolo ou os muçulmanos atacando Maomé. "Como você vai violar a propriedade privada?" Porque você está estabelecido, não consegue ver que ninguém vai pesquisar, trabalhar. É terrível, essa é a consequência. Você percebe que precisamos cada vez mais de decisões globais por causa do número de pessoas no mundo, por causa do desenvolvimento. Mas não podemos tomá-las porque elas estão em contradição com a bendita propriedade privada.
— É o que falamos outro dia. É por isso que a ONU, a OEA...
— Ah, eles não servem para nada, só para tirar fotos. São boas para as empresas de aviação, para os circuitos hoteleiros, para quem trabalha na imprensa, todas essas coisas. Mas do ponto de vista RE-SO-LU-TI-VO em matéria de execução, eles fazem documentos tremendos, fazem excelentes análises com uma riqueza de conhecimento. É só para isso que eles servem, para descobrir as coisas, são diagnosticadores bárbaros!
— Mas os governos também fazem diagnósticos como se fossem comentaristas e não como se fossem responsáveis. Eles te contam.

— Sim. Para mim estas coisas são paralelas. Deixem que aqueles que lerem isso se exaltem e discordem. O que eu peço a eles é que apresentem alternativas melhores, o que me interessa é que saiamos do rosário nostálgico, não tenho nada a censurar do passado. Os clássicos são bárbaros, mas eles fizeram isso com o que tinham e com os instrumentos que tinham. Agora recebemos a experiência. Se não aprendermos com a experiência, não serviremos para nada...

— Sim. A partir de sua própria experiência...

— Resumindo, para mim o objetivo é ver quais são os caminhos para as sociedades socialistas, com mais empatia, onde os seres humanos possam viver com uma parcela maior de felicidade. Aprendemos muito, tivemos muitos fracassos e muitas vitórias também. Mas ou aceitamos este desafio histórico que temos pela frente ou nos resignamos com o fato de que o capitalismo é o último estágio da história.

— Mas nunca há um último estágio da história. A única coisa que existe é a roda que gira. Não sei se, daqui a quinhentos anos, uma humanidade que sobreviva não precisará mais de um Estado, não posso dizer que não. Porque pode haver máquinas inteligentes que nos enviem e que serão muito melhores do que nós. Por enquanto, não são, porque nós as programamos, então colocamos nossas cagadas nas pobres máquinas, nós brigamos com as máquinas! Não podemos evitar nossas visões e, nas informações que inserimos, colocamos o nosso viés. Por isso as máquinas também cometem erros, mas não são as máquinas, somos nós. Não sei se um dia poderá haver um tipo de inteligência independente, não sei, quero pensar que não, mas alguma combinação...

— Não tenho muitas expectativas.

— Eu também não.

Deixa pra lá... não me responda

A conversa estava agitada, íamos e voltávamos ao assunto. As histórias sempre se impõem e o fio condutor se perde e se recupera a cada momento. Era a forma dele de falar e, felizmente, a minha também.

No silêncio mínimo do tempo que levou para acender um cigarro, vi o espaço e deixei escapar a pergunta que tinha guardado há alguns anos:

— Pepe, você foi um articulador político, recuperador de recursos, guerrilheiro, ministro e presidente. Alguma vez você já teve que tomar uma decisão de merda, feia, uma daquelas que te fazem mal à alma? Uma decisão que preferiria nunca ter que tomar em sua vida?

Me olhou nos olhos. Franziu a testa. Recostou-se lentamente sobre a mesa e levou os dedos à boca. Depois, olhando sem esforço por cima dos meus ombros, se perdeu na televisão que transmitia, atrás de mim e em silêncio, uma partida de futebol em algum lugar do mundo. Foi um tempo eterno no estupor úmido das seis da tarde em que não deixei de olhá-lo, enquanto sentia como a terra girava sob a cadeira na qual eu estava sentado, até que não tive mais coração para continuar. Então, soltei uma baforada de fumaça e só consegui dizer em voz baixa:

— Deixa pra lá... não me responda.

Também erramos

— Oso me disse, hoje de manhã, que o proprietário da Tesla acabou de projetar um robô com a forma de um ser humano que pode correr até trinta quilômetros por hora e que pode levantar até trinta quilos de peso para fazer as coisas chatas ou repetitivas que você não quer fazer.

— Quando estive no Japão, vi uma garota Toshiba que, de certa forma, deve ser chamada de humanoide. Ela tinha uma tela que podia ser programada, mas na realidade era um conjunto de cores, não havia nada. Você a pressionava assim, no ar, e ela emitia sinais, cantava. Eles a estavam preparando para apresentar o noticiário da televisão. Não sei, a tecnologia pode fazer coisas maravilhosas, mas isso não é nada. Sei que eles fizeram operações na China a mais de mil e quinhentos quilômetros de distância.

— Sim, sim.

— Bem, esse é o mundo que está chegando. Parece uma fantasia, mas está aí, está aí. Sim, há vinte anos eles falavam sobre telefones e caíamos na gargalhada. Mas o mundo foi inundado por telefones. Há trabalhadores japoneses que usam aqueles esqueletos nas costas que o carregam e você pode levantar duzentos quilos como quem levanta cinco. Imagine o que é isso.

— De fato, há vinte anos era preciso fazer chamadas internacionais por telefone. Hoje, você pega o celularzinho e faz uma chamada de vídeo.

— Mas claro, é uma coisa incrível. Então, vejamos: institucionalmente e em termos de valores, não estamos no mesmo nível da tecnologia que criamos. A tecnologia está nos atropelando. O acesso foi massificado, mas a questão do conteúdo, do uso de seres humanos, não está melhor, mas pior. Há sintomas que mostram isso estatisticamente.

E, no final das contas, qual é o objetivo de tudo isso? É que as pessoas vivam mais felizes.

— Deveria ser.

— Mas esse deve ser o objetivo. Quando falo em vida, devo colocar a vida dos sapiens em primeiro lugar, mas sei por experiência própria que a vida dos sapiens não pode se esquecer do resto das vidas. Se você quiser uma explicação quase mística de por que existimos: parece que é um jogo da natureza com o qual ela se recria na aventura das moléculas biológicas. Ele inventou essa merda que não deu muito certo, mas tem consciência. E isso porque não quero acreditar em Deus e no sobrenatural, porque se eu começar a acreditar nisso, que confusão!

— Já era.

— Não, eu discuto com Deus. O que você fez?! O que você fez?! Se você é o Deus todo-poderoso, poderia ter feito algo melhor, não essa porcaria.

— Como diz um personagem de García Márquez: "Se, em vez de descansar no sétimo dia, tivesse trabalhado um pouco mais".

— Isso é exatamente o que eu tenho por ser ateu, não acreditar em nada. Se houvesse algo sobrenatural que tivesse esse poder mágico, não poderia ter feito essa porcaria. Não!

— Você sempre foi ateu?

— Não, não. Eu não pensava nisso e, em um determinado momento, comecei a pensar. Considero que as religiões prestam um serviço de ajuda, e o sapiens é um tipo que precisa acreditar em alguma coisa. Porque mesmo aqueles de nós que não acreditamos, no fundo acreditamos em alguma coisa: que o sapiens pode ser melhorado, que isso e aquilo.

— Sim, claro.

— Nós também acreditamos. No sapiens. Não temos tantas evidências para acreditar que isso pode ser melhorado, mas vamos contra as evidências. É mais um ato de fé.

— Sim, as evidências dizem que não.

— As evidências colocam tudo em questão.

— Costumo dizer que inventamos o revólver antes da máquina de escrever. Isso não é um fato insignificante.

— Inventamos as armas atômicas como uma forma de mandar tudo à merda e fazer tudo desaparecer.

— Tudo.

— Irresponsavelmente. E amontoamos bastante nos silos atômicos, não vamos ficar sem munição.

— Para que não reste nada vivo.

— Para que seja bem grande a cagada. Um ato gigantesco de irresponsabilidade, viu? O homem é um bicho perigoso, ele se torna um democrata e diz: "O governo das maiorias". E a gente elege um cara como Trump ou Bolsonaro, que são mais do que de direita, são fora da órbita. Você diz: "Foda-se!". Esses caras deveriam estar à beira de um manicômio como casos perigosos.

— Esses casos são os que põem em dúvida o que sempre dizemos, que o povo não erra.

— O povo não erra? Você acha que foi com armas que Hitler tomou o poder? Não, eles ganharam. E Mussolini tinha uma popularidade do caralho, arrasava na Itália. Não se esqueça de que ele começou na década de 20... Não, não foi o inferno que veio e o colocou lá.

— Não, Mussolini foi uma construção lenta e acumulativa.

— Sim, os povos engolem o conto. E agora, com o que está acontecendo, há uma tendência de votar contra o que está aí sem ter clareza sobre em que diabos você está votando. Senão, há coisas que são inexplicáveis. O povo não seria composto por humanos se não cometesse erros. Às vezes encaçapamos, mas nem sempre. Temos que assumir que os humanos cometemos erros.

Bem, a vida é assim

— Pepe, você falou sobre direito digital, diz que já criamos ferramentas que estão além das nossas capacidades. Como podemos regular algo como um algoritmo, que já tem uma velocidade de processamento maior que a nossa?

— Eu sei lá. Mas esse problema é um problema jurídico e vai dar confusão. Qual é a saída? Não faço ideia, porque não pertenço a esse mundo, mas sei que as coisas vão acontecer. Não se pode deixar que uma empresa domine tranquilamente o Espírito Santo das multidões, que ela possa definir o perfil psicológico das pessoas e mandar mensagens para apodrecer a cabeça delas. Isso é uma monstruosidade. E se isso não acontecer, bem. Mas nos Estados Unidos mesmo tem uma comissão processando o Facebook, tem uma confusão grande. Na Europa também. Isso vai explodir porque existe um abuso.

— Sim, de fato a China fechou, a Rússia fechou, eles não entram. Tudo bem, Putin é KGB pura, mas uma das coisas que ele fez foi dizer que essas empresas não entram na Rússia. E como ele pode bloqueá-las digitalmente, elas não entram, é isso. Não sei se você soube, mas ele fez a mesma coisa agora com os evangélicos. Estão todas as religiões, mas na Rússia os evangélicos não entram, são proibidos. Mas a liberdade de culto...

— Não há liberdade de culto.

— Eles apodreceram a cabeça de metade do mundo, eles não entram aqui. Ele disse: "Eu vi o que eles fizeram na América do Sul, aqui não, e pronto". Com as redes, a China e a Rússia fizeram a mesma coisa. Porque, além do mais, é isso que acontece em nome da liberdade de culto, em nome da liberdade de expressão, pronto, já era.

— Hoje, todas as liberdades estão sendo questionadas. Na medida em que eles são capazes de acumular uma quantidade de informações que, pelos seus hábitos de consumo, pelos seus hábitos de escrita, permite que eles gerenciem o seu perfil psicológico. Vão pra merda! Eles tiram uma foto de seu mundo interior.

— Isso é criminoso.

— É um ataque à privacidade. Depois te vêm falar sobre liberdade e te fazem de otário. Não sei, sabe? Para mim vai acontecer alguma coisa, porque eu não consigo acreditar que a humanidade seja tão passiva. Vão proibir de um lado, vão começar a proibir do outro, entende? E, no final, haverá uma questão legal e um esquema do cacete para regular e controlar isso com uma burocracia infernal e altamente qualificada.

— E não terão sucesso porque, olhe, o contrabando é fisicamente tão simples.

— Não, não, eu sei. Então, Putin está errado.

— Por quê?

— E a China está errada. Porque eles bloqueiam, mas eles acessam do mesmo jeito.

— É bem possível, mas desmassificou? É um emblema. É por isso que minha pergunta vai para a questão dos adolescentes. O que você dizia há pouco, Pepe, é fundamental para mim. Que o algoritmo lê seu mundo interior para decifrar quem você é para ver como vender coisas para você, e faz isso conosco, que somos adultos, enquanto discutimos como deve ser a educação. Mas o garoto que está em fase de formação tem um telefone na mão com algo que determina constantemente seu consumo, como isso pode ser gerenciado? Ou já estamos à deriva?

— Não sei, realmente não sei. Não tenho a menor ideia. Agora, será que os algoritmos também não podem ser usados para tornar o homem um pouco melhor? Essa questão é tão feia que não dá para encontrar uma saída.

— Não tem saída ou, se tiver, não está aqui.

— Pode haver uma saída, do tipo que a natureza usa para resolver os problemas, entende? Os répteis ficaram grandes demais. É isso, adeus dinossauros.

— Sim, sim.

— Eu não sei. Que se arme uma guerra nuclear, uma cagada, enfiem os telefones e tudo mais no rabo.

— E já era.

— E a nuvem vai à merda.

— Eu sonho com isso.

— E voltamos para a Idade Média.

— Isso te parece razoável?

— E eu sei lá.

Você percebe a idade que tem quando o riso se transforma em gargalhada e a gargalhada se transforma em tosse. Estávamos em meio a essas calamidades quando eu disse a ele, entre tosses e risadas:

— Pepe, eu vim em busca de certezas, me dê pelo menos uma!

— Tenho uma para você.

— Diga!

— Você vai morrer.

— Prometa-me!

— Prometo. E eu também. Já te disse que sou candidato ao caixão!

A gargalhada vem rápido como um raio. Mas a última frase fica novamente flutuando no ar enquanto ensaiamos várias besteiras sobre o desfecho final entre piadas e risadas. Mas, no fundo, fica pulsando a questão da

realidade. Às vezes fico em dúvida se ele a tem como um fato inevitável ou se é uma tentativa de exorcismo, ou uma forma de falar com o que resta do seu destino.

A terra secou de novo, começa a anoitecer e o novo inquilino negro de quatro patas, pequenino, torto e briguento volta a passar e latir para a câmera. Daqui a pouco, Lucía virá e nos dirá para entrar e tomar alguma coisa. Trouxemos uma garrafa de Espinillar de surpresa, porque anteontem Pepe havia dito que era um rum uruguaio muito bom e que não se achava há anos porque o Lacalle pai fechou a fábrica quando era presidente, nos anos 1990.

— Era um rum muito bom, mas Lacalle fechou a fábrica e os barris e o alambique foram vendidos. Ele vendeu para o Paraguai. Então não se acha mais o Espinillar.

Lucía, também amante de Espinillar, negará um pouco o inevitável. Isso foi o suficiente para iniciarmos uma busca com o Oso, que terminou (como não poderia deixar de ser) no bairro dos judeus e compramos três garrafas que a vendedora tirou de uma caixa de papelão que não conseguia esconder os anos em que esteve no porão, onde, sem dúvida, impera a umidade. Mas para isso ainda falta um pouco. Agora observamos a luz se dissipar lentamente, trazendo, como sempre, o barulhinho das folhas e latidos distantes. A vontade de conversar acabou por hoje e respiramos esse fim de dia. Pepe está sentado olhando para o nada. Eu o acompanho fechando os olhos. Não dormindo: fechando os olhos.

Quando ele diz que é candidato ao caixão, rio com ele, mas penso em todos os seus mortos. Nas coisas que se transformam em fumaça. Em como o tempo (até mesmo o da sua vida) é feito poeira: se acumula e parece não pesar, mas está lá, criando precipícios onde a

memória se atrapalha. Muitos já se foram. Companheiros de tertúlias, companheiros de aventuras, companheiros da política, companheiros de prisão e de governo. Manuela e os outros dois cães enormes e bem menos famosos, mas companheiros, também se foram, e seu sorriso não mudou. Talvez haja algum gesto novo que anuncie alguma nostalgia nesse homem para quem o otimismo pessimista nunca foi uma contradição. Talvez esse gesto de torcer a cabeça antes de sorrir, como se estivesse perdoando, seja aquele sinal que ele às vezes repete em voz alta: "Bem... a vida é assim".

Cuidado para não mijar no sapato

Este é um dia estranho para mim. Estas conversas, às vezes, me permitem vislumbrar uma possibilidade no futuro e, em outros momentos (como este, agora), tenho certeza absoluta de que a desordem e a estupidez geral vão nos atropelar todos. Não sei se é o clima instável, as notícias ou o rum de ontem à noite fazendo efeito, mas, bem, Pepe me acrescenta um naufrágio. Filosófico. Mas naufrágio.

— Somos uma espécie de Arca de Noé que está andando em círculos.

— E nós por aí.

— Uma Arca de Noé que está dando voltas pela galáxia.

— Mas também somos a parte menos necessária.

— Somos uma coisa estranha.

— Sim, a natureza não precisa de nós.

— Nem um pouco.

— Isso é certo.

— Somos nós que temos de tentar entender a natureza para escapar pelas brechas dos jogos da física e da química.

— Como podemos estender essa compreensão aos garotos que hoje em dia estão grudados num celular? Garotos que, por exemplo, acreditam que a felicidade e a vida é isso.

— Não é simples. Quanta dor vão ter quando perceberem que não é isso. Será tarde demais.

— Sim. Uma ave de mau agouro.

— Sim, mas é isso. Aí vamos, sobrevivendo.

— Porque também se tem a ideia, se confia que é preciso continuar lutando para entender. Porque se você disser: "Sabe de uma coisa? Olha, é assim que as coisas são, é isso, não enche mais. Eu compro a casa em frente à praia, você se dedica a dar coelhinhos de presente e o resto que se foda", mas não pode.

— Não! Porque ainda existe outra coisa: viver por uma causa. Para o milagre de ter nascido, é preciso dar uma causa, e então você vive com isso e para isso. Caso contrário, o que resta para você? O que você se torna? Um pagador de contas, nada mais, que é o que as pessoas pobres fazem quando estão entretidas e dizem: "ah, vou trocar o carro, mulher, mas não tenho dinheiro para isso. Melhor esse crédito do que o outro". É divertido, mas também é uma causa. É como o funcionário público que está entediado, entende? Chega ao escritório e fica olhando as revistas. Então tira os dias de folga que tem e sonha com as férias, com o que vai fazer durante as férias. Na verdade, também não trabalha muito. Está entediado, está cansado. Mas ele vive com isso, tem que continuar, tem que pagar o descanso em parcelas para poder viver. Até que um dia não há mais férias, nem olha as revistas. Ele vai embora, tem um ataque cardíaco, levam para o hospital, enterram, choram e outra pessoa entra em seu lugar para olhar as revistas e assim por diante.

— Enquanto você não pode atirar no coelhinho porque ele te olhou.

— O que vai acontecer? São perguntas antigas, não?

— Sim.

— São eternas.

— São perguntas muito antigas, mas sinto, provavelmente por causa do tempo que me resta viver, e vejo que estão se tornando cada vez mais sérias porque têm cada vez menos respostas.

— É provável que nunca tenha havido uma resposta, e é por isso que se inventou "a vida após a morte", e Maomé, Jeová e todo o resto. Por quê? Porque tínhamos que ter a esperança de que o que está por vir é feio, mas o que está depois é melhor. E seguimos.

— Claro, claro. "Quando chegar minha vez de morrer, vou viver bem".

— O sapiens é um animal que precisa acreditar em algo, amar, cercar-se de pessoas boas...

— Porque os casais são um desastre, tudo se quebra. Temos sorte com os companheiros que vêm e são mais jovens, senão seríamos "dois velhos que estão aí". Não entramos na casa dos outros, e os outros não entram na nossa, mas estão aí para qualquer coisa.

— Como Daniel e Estela, que estão aí.

— Sim, é um amparo, entende?

— Também tivemos sorte nisso, porque os conheço, são boa gente.

— Excelentes pessoas. Excelentes companheiros.

— Outro dia fomos almoçar com Dani, Estela e as crianças.

— A que saiu como militante é a guria. A menina é militante, está estudando engenharia.

— Sim, estivemos conversando.

— A Estela é uma campeã, aqui no bairro ela é uma líder. Esse setor aqui, na proporção da população que ele tem, na história que reuniu mais gente, deve muito à Estela. Os comitês aqui, na área. Aqui, no Cerro, em La Teja, as pessoas votam muito bem.

— Por que essas são as áreas mais populares ou as áreas em que houve mais trabalho político?

— Não, essas são as áreas mais populares e também têm uma tradição de luta política. O velho sindicato antigamente era um reduto do Sindicato da Carne, que era muito forte nesse país. Aqui havia uma Federação da Carne do Cerro que costumava convocar assembleias gerais com um foguete que disparavam na curva de entrada e era ouvido. Os foguetes eram a forma de comunicação, não havia telefones celulares nem nada.

— Na Bolívia, vi isso há muito pouco tempo.

— É lógico.

— No campo, eles usam os três tiros, aquelas bombas brasileiras. Tun, tun, tun, e eles param o que estão fazendo... vão para a assembleia.

— Com certeza. É bom, é ótimo.

— Isso não falha.

— Não falha, não. Afinal de contas, foi para isso que os fogos de artifício foram inventados. Eles são uma linguagem militar entre os exércitos chineses, com as luzes e tudo mais. É um código para falar com os outros e também diz coisas. E antes disso, os povos indígenas dessa região tinham um sistema de comunicação com fumaça, e não há dúvida sobre isso. Porque quando Gaboto entrou e estava no Pilcomayo, avisaram aos indígenas que alguns navios haviam chegado ao rio da Prata. Era a expedição de García. Os indígenas já estavam se comunicando.

— Sim, sim.

— O homem sempre inventou coisas para se comunicar. Cada um com suas próprias coisas, sei lá, os pombos... Que serviço eles tinham. Havia uma divisão nos exércitos encarregada dos pombos.

— Claro.

— Os fogos de artifício são meios de comunicação entre os exércitos.

— Escala técnica com comentário: você tem oitenta e seis anos, eu tenho sessenta e me surpreende que eu tenha que fazer xixi quatro vezes mais do que você. Já volto.

— Não, eu mijo muito.

— Mas eu mijo o tempo todo.

— Eu também mijo o tempo todo, é um desastre.

— Não envelheça. É uma armadilha, alguém disse.

— É simples. A bexiga é um músculo: quando funciona bem, ela aperta o saco e puxa tudo para fora. Depois, se distende como um elástico...

— Tem funcionado mal a torneira.

— Na verdade, o que está funcionando mal é isso.

— A bomba.

— Aperta pouco, então o que sai é muito pouco e está sempre cheia.

— Chegamos à conclusão de que temos de trocar o couro.

— Não, você começa a cada vez com menos força, vai caindo.

— Viu?

— Quando você é jovem, mija daqui até lá e depois. Agora você está com a bexiga cheia porque a bexiga se distende e aperta menos, entende? Portanto, precisa fazer mais xixi.

— Quando você é jovem e vai ao banheiro público, a diversão é mexer a bola de naftalina, agora você não consegue.

— Não, agora tenho é que tomar cuidado para não mijar nos sapatos!

A conveniente "fidelidade dos humildes"

— Por que você acha que foi poupado ou que não foi tocado pela onda de descrédito de todos os líderes de esquerda? Todos tiveram o que dizer sobre Evo, Correa, Kirchner, Chávez, mas não sobre você.

— Sei lá, nem pensei nisso, mas deve ser por causa do meu jeito de viver e tudo mais. Mas eles também me atacam, me batem, não pense que não. Mas não é o ataque que fizeram ao Correa. "Esse velho é louco", isso, aquilo, aquilo outro, eles também me atacam, é claro. E no exterior são os discursos, porque digo algumas coisas. Não digo lugares--comuns e isso chama a atenção, tenho plena consciência disso. E tenho uma maneira diferente de dizer as coisas, bastante simples, mas coisas que não são simples, porque abordo assuntos que ninguém mais aborda.

— Como você dizia ontem, que político fala sobre o amor?

— Certamente. E sobre felicidade e outras coisas. No final das contas, essas são as coisas que mais preocupam as pessoas.

— Ontem você estava dizendo que raças perfeitas e puras são uma calamidade. Fiquei pensando na questão do racismo porque costumo fazer um cálculo muito simples quando todos dizem "sou branco". Veja, em seis gerações de uma família, ou seja, filho, pais, avós, bisavós e tataravós, há cento e cinquenta e nove pessoas. Na América do Sul, é impossível que não tenha havido um cafuzo, um mulato, um negro, um indígena, seja lá o que for. Acho que dizer "sou branco" é negar o racismo em sua árvore genealógica. "Em minha família não há escravos, nem pessoas subjugadas, nem pessoas maltratadas". Por que você acha que o racismo está tão enraizado até mesmo em nossa classe média? Nem falemos das classes "históricas".

— Ah, não sei. Mas se não houve escravos, houve senhores de escravos, o que é pior. [Thomas] Jefferson, o pai da democracia americana, tinha duzentos escravos. Obviamente, não se pode julgar pelos critérios dessa época e desse tempo. E Artigas deu liberdade aos escravos que pegaram em armas para lutar pela liberdade, mas não aos outros. E que coisa boa ele fez, porque precisava de soldados. Ao mesmo tempo, ele dizia: "Não se esqueça de que os indígenas têm o direito principal" e escolheu Andresito [Guacurarí] como governador, que para mim é o primeiro governador indígena da América, nas Missões.

— Porque me assombra o nível de racismo que às vezes existe em nossa classe média.

— Sim.

— Quer dizer, você não é racista sempre e quando sua filha não lhe diga que vai se casar com um negro.

— Ela não se casou com um negro, mas foram senhores de negros, tiveram escravos. Aqui, a esposa de [Fructuoso] Rivera, os escravos a jogaram de uma varanda, porque era uma velha insuportável que os arrebentava. Há uma carta que [Juan Manuel de] Rosas escreveu para dona Encarnación [Ezcurra] quando estava no deserto: "Não se esqueça de levar as mulheres negras para seus banheiros e ajudá-las em tudo o que puder quando elas precisarem, porque você verá como é importante a fidelidade dos humildes". Entende? A conveniente fidelidade dos humildes!

O momento pede risos cínicos, provocações, gestos e um ou outro causo histórico até chegar a um nível de fofoca quase impublicável e desnecessária.

— Havia um companheiro que estava preso conosco em Punta Carretas. O falecido Derga. Um companheiro muito valioso que morreu no Chile. Ele estava lá no momento do ataque ao palácio La Moneda. Revolucionário e comprometido. Mas ele sempre lembrava uma coisa: "Sou proletário, mas tenho duas coisas burguesas: meu paladar e minha braguilha".

Assim, entre risadas, travessuras particulares e das boas, outro bom dia se acabou.

São pequenas as misérias dos grandes homens

Um gesto de dor no rosto de Pepe, enquanto vem chegando, me preocupa e me diz que será um dia curto.

— Oi. Está tudo bem?

— Não. Dormi mal essa noite.

— O que aconteceu?

— Tive uma dor na perna. Tive de me levantar por volta de duas da manhã para tomar um chá e caminhar um pouco. Dormi pouco. De manhã, trabalhei com o tratorzinho ali. Antes de ir para a cama, tenho que mexer um pouco as pernas, levantá-las por um tempo, entende? Se não, tenho câimbras à noite.

— Você está tomando potássio?

— Não, não tomo. Como uma banana.

— Mas há algumas pílulas de potássio que são muito úteis para isso, ou você não pode?

— Não sei. Mas as câimbras são horríveis, filhas da puta. Agora já passou. O que você trouxe aí?

— Fiquei pensando em quantas escalas o racismo tem.

— Não, o racismo é infinito, sobrevive. Só está meio agachado, encurralado.

— Sim, mas quando lhe dão uma brecha, ele sai.

— Sai, sim.

— Onde dão uma brecha, ela sai. Na Bolívia, muitos companheiros acreditaram na história de que "isso já passou, porque com as leis mudamos a vida das pessoas", e eu lhes dizia: "Não, é que vocês não acreditam em nada".

— Não, porque isso está na cultura.

— Bastou que houvesse um golpe para que voltassem os "índios de merda", mas muito mais do que antes.

— Porque voltou com ressentimento.

— Claro, claro.

— Você não vê que esses caras vieram, sim. Lembro bem da história que lhe contei sobre a esposa de Paz Estenssoro, sabe? Cacete! A mulher de um presidente, como era uma *chola*, não a deixavam entrar. Tem que ser muito filho da puta! E no Brasil também tem racismo.

— Uffff. Morei no Brasil por quatro anos e meio e nunca vi um racismo tão velado e forte como lá. Como é no Uruguai?

— Há um pouco, ainda sobrevive, mas o Uruguai teve o triste privilégio de ser um mercado de negros. Eles eram leiloados aqui, vendidos aqui e levados para outro lado, para o Peru. Eles vinham da África, eram caçados.

— Naquela época, havia dois portos: Cartagena e Uruguai.

— Sim. E aqui, [Francisco Antonio] Maciel, um traficante de escravos, entrou para a história como "pai dos pobres" porque construiu um hospital. Você viu que se chama Hospital Maciel?

— Sim.

— Tem o triste nome de um traficante de escravos, como tantas contradições que tem.

— E ele se autodenominava "o pai dos pobres"?

— Não, o chamavam assim porque ele criou um hospital, fez caridade e tudo o mais. Mas a cortesia não tira a valentia. Ele era um traficante de escravos, mas ajudava os pobres...

— É claro, o que falamos outro dia. O ser humano precisa de algo...

— Ele precisa de algo. Negócio é negócio... É como alguém que tem um funerário e diz: "não desejo mal a ninguém, mas que não me falte trabalho".

— Claro.

— É terrível. Existem mais ou menos sessenta, setenta milhões de descendentes de indígenas na América e noventa milhões de descendentes de escravos. Meteram a mão na África.

— Como animais, além de tudo.

— Sim, chegaram a teorizar que eles eram uma categoria intermediária entre o homem e o macaco. Eles tinham que justificar, dizer que estavam educando. Praticamente faziam um favor.

— Em Cuba havia uma coisa muito fodida da qual não se fala. Existem dois heróis, digamos: [José] Martí e [Antonio] Maceo. Martí, um herói intelectual, que foi morto na primeira vez que entrou na guerra. E Maceo, que era um general de campanha permanente, negro, um homem de grande inteligência que era reconhecido pela sociedade cubana. Naquela época, diziam: "é negro, mas é um cara muito inteligente". Quando ele morre, na autópsia, pesaram e mediram seu cérebro junto com três homens brancos mortos, e ali fizeram uma comparação para comprovar o fenômeno da inteligência do negro. Está documentado, eu o estudei, encontrei por acaso, mas quando perguntei a eles, disseram que "não, não é verdade". Existem os documentos da autópsia, o motivo pelo qual foi feita uma autópsia, na qual eles pesaram e mediram o cérebro.

— Caralho! Racismo científico!

— Lá encontrei algumas coisas que Guadalupe, uma cubana amiga minha, me ensinou, como as brigas entre Maceo e Martí. Há as cartas da [Reunião da] Mejorana que se encontram em uma estância com esse nome. Martí escreve algumas, Maceo escreve outras. Depois a história os reúne e encontra as cartas em que Martí diz que entra em uma reunião onde há uma porta e, do outro lado, ouve Maceo dizer que Martí não só era um "bom menino", não me lembro do termo usado na época, mas que era tão afeminado que era melhor ele se dedicasse a escrever. Martí ouve, reclama, e então Maceo, que havia preparado alguns quartos numa casa para Martí dormir, pois acabara de chegar de uma viagem de dois dias, manda-o dormir no estábulo. E Martí reclama em sua carta, dizendo: "Ele me deixou dormindo em cima da palha, sem abrigo".

— São as pequenas misérias dos grandes homens.

Te convencem e te levam ao fracasso

— Pepe, houve momentos na história que impulsionaram as mudanças, quando as pessoas formaram uma massa crítica e um dia disseram "basta" para alguma coisa, certo? Desde os impérios, basta para os espanhóis, aos ingleses, até que se criam as repúblicas. E depois disseram "basta" para muitas outras coisas, e até grupos de políticos armados surgiram. Cada um desses pontos foi um avanço civilizatório, com ampliação dos direitos. O que você acha que pode ser o próximo "basta"?

— Não tenho a menor ideia. Acho que pode ser a desigualdade. Devido ao que está gerando essa plutocracia de supermilionários que surgiu, é possível. É um processo, uma marcha em duas etapas. Por um lado, uma fabulosa concentração de riqueza e, por outro, uma estagnação com um enorme perigo de queda das classes médias, daqueles cuja renda está congelada e que sempre correm o risco de cair enquanto veem outros fazendo fortuna. Esse é um fenômeno que, em geral, não existia e que apareceu. São os coletes amarelos na França, às vezes são eles na Europa, na Europa Oriental, que mais estimulam a resposta nacionalista. Na Alemanha também existe. Eles oscilam para um lado e para o outro, às vezes em direção a saídas um tanto violentas. Isso está latente, não sei exatamente o que vai acontecer, mas vejo as coisas dessa forma. Em termos de economia mundial, nos últimos trinta anos, ela cresceu muito, mas o que mais cresceu foi o fenômeno dos bilionários.

— Fala-se dos bilionários. Veja, há algo que me chamou a atenção quando esse eixo socialista e progressista ocorreu no continente. A classe média, que é aspiracional, dizia: "Bem, aquele que tem milhões nem me interessa como os conseguiu, porque é isso que eu aspiro e tudo bem". Mas, sim, eles ficam irritados quando os pobres ficam em cima deles, não é? É algo como "não, não, vocês estão lá, nós estamos aqui". E agora isso está acontecendo, como você disse, a classe média está começando a ficar à beira de um abismo no qual sabe que pode cair porque tem amigos seus que caíram.

— Sim, sim.

— Mas, no meio de tudo isso, há o fenômeno dos garotos nas redes sociais. Vou te dar algo bem concreto: na minha geração, um músico que vendia cem mil discos virava disco de platina, disco de ouro, era uma festa. Hoje a molecada diz: "Ah, mas ele mal tem — no Youtube, por exemplo — dois milhões de seguidores". E você diz: *"Che*, dois milhões de pessoas te seguindo é muita gente".Mas para eles esse número é "apenas dois milhões de seguidores". Imagino, como você, que isso terá um impacto sobre qual será o próximo "basta".

— Não sei. São momentos de eclosão, momentos intermediários que aparecem aí. O que aconteceu no Chile, você viu, que levou a uma reforma constitucional que ainda não está em vigor, não sei como será, mas essa foi a resposta que deram. Não dá para acreditar que explodiu por causa de um aumento de tarifas.

— Não, foi um acúmulo.

— É por isso. Havia algo mais, não havia?

— Não se começa uma revolução porque cem meninas de um colégio pulam uma catraca.

— Claro, isso foi uma confusão. Acho que essas coisas estão latentes, mas não consigo conectá-las. Que estão, estão. E além disso, bem, até alguns anos atrás, você poderia pensar que os diferentes partidos políticos, mais ou menos, representavam as grandes tensões que existiam na sociedade, certo? Mas, hoje, surgiram muitas manifestações sociais que não são necessariamente representadas por partidos políticos, como o feminismo, os feminismos, porque são vários, como o ambientalismo, como a questão animal, certo?

— Sim, sim, são coisas que vão disparar sozinhas e não vai ter ninguém para juntar.

— Não, não têm, mas existem. O fato é que estão aí.

— Isso é um perigo ou é uma possibilidade?

— E os que estão ligados à internet e à civilização digital vão vir, esses também vão vir. Por quê? Porque sim.

— Há uma conexão muito forte entre a civilização digital e essa coisa de "direito ambiental".

— Não, em geral, todas essas grandes mobilizações que aparecem espontaneamente passaram para o digital, são convocadas digitalmente. Parece que não há nada e, de repente, surge algo e você diz: "E isso?" Estava por aí.

— Sim, mas isso também promove a desmobilização. Há muitas pessoas que acham que, por apertarem um botão, estão militando. Ou seja, não sei qual é o reino da realidade e qual é o reino da fantasia.

— Sim, com certeza.

— O que você acha da configuração política da China? Quero dizer, porque ainda me surpreendo com a mesma coisa: você tem um país com 1,4 bilhão de pessoas, não sei qual é a porcentagem, mas acho que é um quarto da população mundial.

— Sim, sim... Mas em cada lugar eles têm um líder do partido, que é o homem que eles têm que consultar para tudo. A cada duzentas, duzentas e cinquenta mil pessoas, há um, mais ou menos.

— É complicado organizar esse partido.

— Sim, um partido enorme! E, evidentemente, funciona. Há uma novela sobre isso que estão passando aqui na televisão uruguaia, sobre as pessoas em um vilarejo, a pessoa responsável pelo partido e os problemas que havia. E pam, pam, pam, problemas familiares e até mesmo conjugais, veja você, e os chineses que viajam. Muito bem feita, viu? Aqui foi exibido no canal da intendência. Era um pouco exótico para nós, mas...

— E mostrava isso.

— Sim, sim, mostrava isso.

— Quero lhe fazer uma pergunta que me gera conflito, mas vou fazê-la. A pergunta é se você quer falar sobre Cuba. Porque o Uruguai tem todo um problema com Cuba, porque Cuba ofereceu uma série de coisas para a insurgência que os uruguaios não aceitaram porque tinham suas próprias razões. Nunca sei ao certo como isso terminou, porque conheço vários cubanos e conheço vários uruguaios e, quando você fala com um deles sobre o outro, eles dizem: "gente boa, bem, fizeram bem as coisas deles". E depois que a conversa acaba, você já viu quando há um gesto e diz: "Ok, até aqui?".

— Sempre mantivemos boas relações com Cuba, e eles nos enviaram um punhado de médicos que estão trabalhando em questões da visão.

— Sim, a Operação Milagre.

— Sim, isso funcionou bem ao longo dos anos. E Cuba tinha uma dívida com o Uruguai e nós a cancelamos porque formamos vários médicos lá. Agora, esse nosso novo governo cortou a questão com Cuba, há poucos dias, cortou os contratos que tinha com esses médicos. E como eles têm uma política geral de cortes, podem considerar algo político, mas na realidade estão cortando tudo.

— Também cortaram muito na educação.

— Claro, onde podem meter a tesoura, eles metem. Estão cortando gastos e isso.

— Às vezes eu li, às vezes escutei, mas há dois ou três dias, enquanto estávamos conversando, você disse que o problema do rei é a corte, essas pessoas que vivem de bajular.

— Acho que todo círculo de poder, com um pouco de poder de decisão é cercado por pessoas que você pode achar que são motivadas por convicção, mas você não sabe o quanto é convicção e o quanto é interesse próprio. Como posso saber, entende? Não dá para prever tudo. E com o passar do tempo, todo mundo tem seu próprio lote e não quer que ninguém coloque o dedo nele: essa é a corte. Acho que essa é uma atitude de estabilidade humana que tende a ocorrer e a se formar em todos os lugares. Aqueles que estão perto de onde estão as finanças sempre conseguem cobrar um pouco mais. Isso acontece em todas as esferas da vida e é um fenômeno muito ruim. É nocivo e perigoso.

— Sim, porque como você sai dessa situação? Você era do governo, não apenas ministro, mas também presidente, e precisa confiar em alguém.

— Claro que você tem que confiar e certamente existe de tudo.

— Sim, se fala muito sobre o entorno, mas o presidente não pode governar sozinho. Ele precisa confiar em pessoas: às vezes te sai pato, às vezes te sai carqueja. Mas, bem, os conselheiros são necessários.

— Sim.

— Pepe, no seu governo havia muitas pessoas da sua geração. Você tinha jovens?

— Sim, tinha. Digamos que quase todos eles eram mais jovens do que eu. Havia alguns ministros que eram mais ou menos veteranos, mas as pessoas que trabalhavam nas equipes e assim por diante eram mais jovens.

— Os ministros eram mais velhos por aquela coisa que você disse várias vezes. As pessoas que aspiram a governar deveriam ler um pouco de filosofia, de comportamento humano, porque isso está se tornando cada vez mais dissociado.

— Na verdade, eles se encaixaram porque se tratava de uma aliança. Melhor dito, há pessoas em quem os diferentes setores confiam, sabe? E bem, pessoas importantes dos distintos setores. E o Uruguai é um país de gente velha, com uma média de idade avançada em relação à população, então não é de surpreender que os partidos estejam nas mãos de pessoas com cinquenta anos ou mais. É quase o cotidiano, eu diria.

— Sim, se diz que o Uruguai é um país de velhos.

— Veja a renovação: a intendente de Montevidéu tem cinquenta e nove anos...

— São as gerações jovens!— Sim, você percebe? Isso lhe dá uma ideia.

— As gerações jovens têm sessenta anos.

— Sim, é um pouco assim. E bem, há jovens, mas os jovens aqui têm trinta e cinco anos, sabe? Na verdade, os jovens deveriam ter vinte, vinte e dois, vinte e quatro anos e pronto. Não me encha, aos vinte e cinco anos você não é mais tão jovem.

— Estávamos falando outro dia sobre a idade de Martí quando ele foi preso pela primeira vez, dezesseis anos. A idade de [Antonio José de] Sucre, dezoito.

— Mas as pessoas viviam muito pouco naquela época. A idade média não chegava nem a quarenta anos.

— Bem, estávamos falando sobre [José de] San Martín da última vez, um caso raro. O cara chegou a completar setenta e cinco anos de idade quando isso não existia. Ninguém tinha tempo para ficar tão velho.

— Sim, Ortega morreu aos oitenta anos, naquela época. Mas, digamos, a verdade é que eram fenômenos e sempre existiram, sei lá. Em "Ilíada", Nestor devia ter cerca de noventa anos. Era o rei mais velho, acho, e esperavam que ele falasse por causa disso. Mas quem tinha noventa anos naquela época? Um em cada cinco mil.

— Foi um acaso.

— Foi um acaso. E agora a média de vida foi prolongada, cresceu notoriamente.

— Agora dizem "*Che*, morreu aos setenta e cinco anos. Porra, não era tão velho assim".

— Sim, é assim.

— Às vezes, tenho essa discussão. Quando digo que sou um homem velho, eles dizem: "não, você é jovem". Ninguém com sessenta anos é jovem.

— Não, claro, como vai ser jovem?

— Não provoque, mas a questão agora é: "Morreu? Quantos anos tinha? Setenta e cinco. Porra, ele ainda estava"... Quer dizer, tudo bem, hoje a expectativa de vida média é de cerca de noventa anos em algumas cidades, mas aos sessenta ele já é velho.

— Sim, é assim que as coisas são, é um fato da realidade e tudo bem.

— Vocês ganharam por acumulação ou por desgaste dos blancos e dos colorados?

— Estávamos crescendo e o último governo era um governo que se sustentava. Era uma coalizão de blancos e colorados, e vínhamos crescendo de eleição em eleição. Mas ali o peso da crise foi decisivo, em parte, não foi? A crise bancária de 2002 foi muito grave. Muito grave.

— Portanto, foram as duas coisas: a acumulação de vocês e a crise final.

— Sim, é claro. Era a opção que estava ali. Já havíamos conquistado a intendência de Montevidéu há algum tempo. Mas depois vencemos em vários lugares do interior e começamos esses quinze anos em que estivemos no governo. As crises econômicas geralmente são determinantes para as mudanças políticas, pelo menos neste país tem sido assim. O Partido Colorado governou por noventa e poucos anos. Quando saiu, foi por causa de uma maldita crise econômica e perdeu tudo, percebe? Com contradições internas, com frações, mas sempre estava ali.

— Agonizava, mas estava ali. Bem, isso é o que acontece com o PRI no México, governaram desde a época de Pizarro.

— O PRI [Partido Revolucionário Institucional] deve ser o partido que esteve no poder por mais tempo na América Latina.

— Também, noventa anos, se não um pouco mais. E é preciso considerar que governaram um país grande como o México, com todas as diferenças étnicas que existem.

— Problemas sobram no México, não sei como vai ficar agora.

— Fizeram um plebiscito, com sim ou não, para se ter um referendo revogatório de mandato e julgamento de presidentes e ex-presidentes. Dez por cento da população votou, os mexicanos realmente cagaram para isso. E AMLO [Andrés Manuel López Obrador] havia dito que "se quarenta por cento votar, será considerado um sucesso". Portanto, eles já sabiam que poucas pessoas iriam votar, mas a leitura política foi terrível, porque não se pode cometer um erro desses. Se você diz que "bem, quarenta por cento vão votar", mas vinte e cinco votam, é uma grande margem de erro, mas é uma margem mesmo assim. Mas você acha que com quarenta está satisfeito e dez por cento da população vota, ou seja, ninguém. A leitura política, para aqueles que perdem o contato com o povo, o que em países tão grandes é muito fácil, muitas vezes depende dos resultados do tribunal, do que ele te dá. A mesma coisa aconteceu com Evo: fizeram-no acreditar que, se fosse sozinho ao referendo, ele arrasaria. E ele perdeu. Foi assim. Ele tinha três pessoas que lhe disseram que, se fosse sozinho, venceria. E ele foi.

— Essa é a corte, que sempre distorce a visão da realidade porque precisa acreditar nisso.

— Sim, porque se não acreditar, deixa de existir.

— Claro.

— Sua vida depende disso.

— Para onde vão se o Evo não ganha? Ele tem que ganhar. E te dizem: "você vai ganhar!"... Te convencem e te levam ao fracasso.

E te fazem uma greve!

— Como é a sua rotina, você acorda cedo... ?

— Sim, levantei às cinco hoje, cinco para as cinco, mais ou menos, e tomei banho às cinco e meia. Já dormimos pouco, muito menos. Você dorme cinco, seis horas e pronto, não dorme mais. Antes, sim, mas agora não durmo mais.

— O que eu vi na sua rotina é que às três horas da tarde vão ao galinheiro.

— Sim, agora tenho de fazer um novo. Vou fazer um novo galinheiro, estive pensando, mais para este lado, para que aquele descanse, porque já deram um sufoco nele. Para que se reponha a grama e tudo mais.

— Onde você vai fazer?

— Deste lado, ali onde estão os eucaliptos.

— Vai ficar longe da sua casa.

— Sim, mais ou menos, mas tenho que fazer isso, porque já tem uma escapando. Tem um pequeno buraco. Mansinha, você pega no quintal. Então, quando vou dar comida, minha mão fica cheia de ração e ela vem e me bica.

— Eu poderia acertar o relógio com isso: lá vão Pepe e Lucía com os cestos, já são três horas.

— Ah, sim, essa é a comida da tarde. É religioso, se eu não levar a ração, elas começam a conversar. Eu conheço! Se você não leva a comida, elas vão e te fazem uma greve!

São coisas do senso comum

— O que você disse sobre Batlle, que ele vivia com uma mulher com quem não podia se casar porque ela não havia se divorciado.

— Don José, Don Pepe Batlle. Porque são quatro Batlle em nossa história que foram presidentes. Quatro.

— Certo, o velho Batlle.

— Não, o pai dele. Foi antes. Lorenzo.

— O que teve essa questão com essa mulher.

— Sim, Don Pepe Batlle.

— Dom Pepe Batlle teve esse problema e, quando estava no governo, se não me engano, criou a lei para que a mulher pudesse se divorciar pela própria vontade.

— Sim, sim, mas ele já estava casado.

— Mas passou por isso.

— Sim, mas como posso lhe dizer? Primeiro ele foi concubino, até que morreu o outro que havia deixado sua esposa. E então ele se casou, porque a mulher era viúva.

— Ok, mas quando assume o governo faz uma lei para que a mulher possa se divorciar por vontade própria.

— No segundo governo. Porque Batlle foi duas vezes presidente. De 1902 a 1905, aí enfrenta uma grande guerra com os blancos, com a polícia de [Aparício] Saravia, uma guerra estúpida. E em pouco tempo o seu governo terminou. Depois veio [Claudio] Williman, que ele elegeu e colocou no cargo. E a segunda presidência foi em 1910, mais ou menos. Aí ele fez todas as reformas. Passou quatro anos pensando.

— Volto com a correção do caso. Ele passa por isso e, entre as reformas, diz que as mulheres podem se divorciar por vontade própria. Cena um do filme. Cena dois, três ou quatro: dias atrás, quando falamos sobre a lei do aborto, você me disse: "Eu tive minhas aventuras e íamos ao Cerro onde as mulheres faziam fila para abortar", e durante seu governo sai a Lei do Aborto Seguro, Legal e Gratuito. Seria muito longo para listar, mas há outros casos na história, e falando apenas do Uruguai, em que as pessoas não tiram nada das experiências pessoais e outras pessoas tiram ideias, soluções. É como aquele que conheceu a fome e se tornou presidente...

— Sim, a questão é que o fenômeno que estou contando no Cerro, da Fonseca, era um fenômeno de massa. A delegacia de polícia ficava a uma quadra, e a igreja, a uma quadra e meia. Também ficava no centro histórico do Cerro, um lugar bom de quarteirões com praça, cidade mesmo.

— Não era a periferia.

— Não, não era a margem. Não, não...

— Se tinha a delegacia a uma quadra e a igreja a uma quadra e meia...

— Então, não tinha ninguém que não soubesse e havia mais de cem mil pessoas morando no Cerro. Então você se dá conta...

— O que estou querendo dizer é que, a partir de duas experiências pessoais, dois presidentes, em dois momentos diferentes da história, aprovaram duas leis compreendendo a realidade do que acontecia com o povo. Que outras leis ou que outros projetos você promoveu com base em suas experiências pessoais?

— Ah, o "Juntos" surgiu das andanças nos bairros, especificamente, de um bairro que ficava na Ariel e Garzón, ali, mas para o fundo. Era uma ocupação, um rancho. Havia algumas mulheres com crianças e tudo mais. Lembro-me de que estivemos lá durante a campanha eleitoral e lembrei-me de outros que havia visto no mesmo estilo. Dessa experiência surgiu o "Juntos", um plano para dar uma casa decente a mulheres que têm filhos e que nem sonham com poder pagar, nem sonham. Porque estão lutando para comer. Como vão pagar uma casa? Com certos requisitos, certo? Que por dez anos elas não podem vendê-la nem nada. Não é exatamente assim, mas é para que elas não trafiquem, essas coisas, sabe? Em resumo, uma casinha modesta, mas boa. Surgiu disso, de uma questão de evidência, de observar. Porque uma coisa é quando você lê sobre o assunto ou é informado sobre ele, e outra coisa é quando você vê, é diferente. E bem, sim, acho que a vida nos ensina coisas.

— E, de repente, você tem a maravilhosa possibilidade de fazer algo.

— Sim, acho que isso deve acontecer com muitas pessoas.

— Não sei se isso acontece com muitas pessoas.

— Sim, não sei. Tomara!

— É o que dizíamos também: uma coisa é ver, viver, e outra coisa é que te contem. Mario Benedetti coloca isso em "O aniversário de Juan Ángel", quando diz: "Quando a morte é uma notícia de A.P., não é a mesma coisa que ver o seu vizinho com as entranhas furadas"...

— Sim, sim, não é tão poético, mas há um ditado que diz: "É mais importante o caroço na sua bunda do que cem mil mortos na Índia".

— Não dá para traduzir, mas os brasileiros têm um ditado que diz "Pimenta no cu dos outros é refresco". E quando é o contrário? Quando você olha algo muito distante da sua vida, que não fez parte de sua experiência, é difícil transformar em lei?

— Não. Na minha opinião, acho que há coisas que você vê sem ver.

— Por exemplo, não sei se você tem ou teve relação com grupos de homossexuais, lésbicas.

— Não, nenhuma.

— No entanto, você fez a Lei do Casamento Igualitário.

— Sim, por pura razão. Acho que é um absurdo sair por aí perseguindo as pessoas por isso, acho que é uma atitude reacionária, não faz sentido! E tem outras coisas. A luta pela universidade que foi criada no interior, para o interior, foi por razoabilidade. Ninguém me pediu isso, foi o contrário. Eu queria mais do que consegui, mas não consegui mais. Tem uma coisa chamada UTU [Universidade do Trabalho do Uruguai] aqui, certo? Boa, com um desenvolvimento antigo. Eu queria que cada centro importante, e tem quatro ou cinco no interior, evoluísse para uma universidade local. E não consegui. Em troca disso, me deram a UTEC [Universidade Tecnológica do Uruguai], essa nova universidade que foi criada. Mas foi uma luta danada, você não acreditaria... Olhe que pessoas da própria esquerda eram contra. Porque há uma espécie de dogma sobre a Udelar [Universidade da República], que foi fundada por [Manuel] Oribe. Quando você fala de uma universidade no Uruguai, é ela, não é?

— Consciência de classe.

— Não sei se é consciência. O problema é que ela é macrocefálica, porque essa universidade foi instalada em Montevidéu. Então, todo mundo do interior tem que vir estudar em Montevidéu, e se casam em Montevidéu, ficam em Montevidéu e não voltam mais para lá. Portanto, estamos tirando a nata do interior do país. O desenvolvimento de universidades locais tem a ver com o fortalecimento da qualidade da população local. Se você tirar o cara de lá, traz a Montevidéu para estudar, Montevidéu o engole. Uma merda. Algumas pessoas não querem que ele estude e que fiquem lá.

— E isso nunca acaba.

— Como vai acabar? Esse problema está em toda parte! Então dizem que a universidade precisa disso. Não! A universidade precisa de vontade política, ainda mais em um país como o nosso, que é pequeno, porque faltam professores. Você sabe que, se está no litoral, pega alguma coisa em Corrientes, na Argentina. E se você está do outro lado, pega alguma coisa do Brasil. Alguns daqui e outros de lá. Bem, você forma uma equipe. E foi assim que aconteceu.

— Vou lhe dar uma informação de ontem: tem um deputado do Bolsonaro que está propondo um projeto de lei para que a Universidade Estadual do Rio de Janeiro passe para mãos privadas.

— Então.

— Trinta mil estudantes. E ele já fez um plano de para quais universidades privadas esse ou aquele aluno vão. Agora está uma confusão porque a Universidade Estadual do Rio não só tem a importância da formação intelectual de mais de cem anos como o plano do cara, pelo qual ele está pressionando, é privatizar, vender os prédios, que custam uma fortuna, porque também estão no centro do Rio de Janeiro, para mandar trinta mil alunos para universidades particulares. Em outras palavras, nunca é demais defender a educação pública.

— Não, claro que não. Ela está sempre em questão, é claro. Mas isso é antidemocrático, porque se você não tiver uma universidade pública, os filhos do povo vão estudar? Eles não vão nem para o colégio, entende? Aqui nós não cobramos pela universidade, ela é gratuita. E tem que sustentar um garoto, uma garota que estuda. Calcule a privada. E se você não tem, como no Chile, onde os bancos dão crédito, aí você se forma e fica pagando por vinte, vinte e cinco anos. São escravos disso. É por isso que somos um país caro.

— Isso me parece muito estranho. Há universidades públicas em todo o continente, e no Chile? No Chile, a universidade é privada, porque você tem que fazer um empréstimo.

— No Chile, Pinochet e as pessoas que estavam com ele aplicaram o manual neoliberal ao máximo, tudo o que puderam, até a água é privada.

— Bem, na Bolívia, a água era privada até que Evo chegou e disse: "Eles fabricam água para vender água? Vamos ver a fábrica de água". E, bem, aí tivemos a guerra da água, que foi fodida. Evo disse: "Não, a água não pode ser privada, não podem cortar a água". É o senso comum.

— Mas é isso que eu te dizia outro dia, são coisas do senso comum.

Te vendem isso

— Olhei há pouco ali para o fundo. Já está todo arado?

— Sim, amanhã, depois de amanhã, começamos a plantar algumas vagens e abobrinhas, coisas de verão. Temos que levá-los para as estufas. Colhi todas as últimas flores, são essas...

— Estas vão para o mercado?

— Vamos ver, estão aí... são as últimas. Agora vem a temporada de verão. Fiz dois armários de tomates, os ratos comeram todas as sementes, são espertos.

— Além disso, você foi clandestino, sabe como funciona. Quem sabe se o coelho não disse: "Ele te aponta a espingarda, mas não tem coragem de atirar. Coma tranquilo".

— Tiramos oito coelhos de lá.

— Ah, você me disse que eles fizeram um buraco.

— No galpão ao lado havia uma coelha. Os vizinhos levaram oito. Esses são dois coelhos que escaparam e eles não conseguiram pegar. Mas você percebe que, se deixarmos esses oito, em pouco tempo estaremos lotados de coelhos.

— Eles iriam transformar suas estufas em gaiolas.

— Você sabe o que é isso, né?

— Criadouro de coelhos.

— Sim. Antes eu trabalhava muito com a terra, cheguei a ter cem estufas com uns cem metros de comprimento. Quando viemos para cá com Lucía, oh, éramos mais jovens. Estou falando de trinta anos atrás, certo? Agora estou pendurando as chuteiras. Comecei a plantar batatas, coisas que me dão pouco trabalho, sabe?

— Mas, de acordo com a nova teoria, você ainda é muito jovem.

— A juventude por dentro é a juventude por fora e o resto é conversa.

— É claro, mas aí você tem dois caminhos diferentes. Seu entusiasmo, sua energia militante, a questão do pensamento. Quando alguém te ouve falar, diz: "*Che*, quantos anos tem esse cara? Ele está na casa dos 60 anos, não é?". Como você lida com isso? Quero dizer, é um corpo velho...

— Ah, sim. Sim.

— ... mas você está lúcido, com ímpeto.

— A cabeça ainda funciona, por enquanto, funciona. Eu esqueço muito os nomes, isso, eu tenho uma nuvem ali, sei lá...

— Me mandaram lhe fazer uma pergunta. Quando viemos para a reunião da fundação, entre o pessoal que veio estava o Camilo, meu neto. Ele tinha quatro anos de idade, então minha filha o levou às plantações para ver os animais. Ele ficou entusiasmado e disse: "Quero morar aqui". Então minha filha explicou a ele quem era você: "Isso é assim, assim, assim" e ele me mandou uma pergunta: "*Tata*, quero saber como o Pepe olha as coisas".

Conheço seus gestos. Sei que ele vai escapar do costume alheio de tentar transformá-lo em mito filosófico. O olhar dele é o de alguém que está prestes a cometer uma travessura... Ele olha para cima, passa a mão no pescoço, como se estivesse pensando. Olha e espera quatro segundos de falso suspense. Quando alguém o vê, pensa que nessa idade ele não poderia cometer nenhum pecado, mesmo que quisesse. Nada poderia estar mais longe da verdade. Então lá vai ele, com esse sorriso de olhos pequenos e boca fechada...

— Por exemplo, estou olhando aí no teto uma lâmina de chapa chilena que é uma merda, forma buracos do nada, estão aí misturadas com as outras. E a vejo com buracos, sabe? Porque esse galpão não tinha telhado, eu mesmo o fiz. E nós inventamos essas coisas, você viu que tem umas triangulares? Nós inventamos essas direitas e são verticais. Dão menos trabalho. Fizemos aqui. E deu certo porque já está aí faz uns vinte anos.

— E a única coisa estragada é essa lâmina de chapa chilena.

— Essa peça tem alguns buracos. Estava em um galpão de vacas, mas já não tinha quando cheguei aqui. Está vendo que tem umas coisas ali? Umas argolas que você pode ver onde as vacas eram mantidas. E, bem, tivemos que aprender a fazer de tudo.

— Bem, estavam sozinhos aqui, não? É uma pergunta, mas estar sozinhos aqui e aprender a fazer de tudo também fazia parte do refúgio de ter saído da prisão.

— Sim, desde o primeiro momento.

— Um tempo macio.

O velho olha para o galpão, o portão, a casa. Lucía acabou de passar pelo quarto dos fundos para o beiral. Pepe olha novamente para o galpão aberto, o novo trator e as cadeiras vietnamitas de metal e lona em que estamos sentados. Chegaram aqui jovens e derrotados, para esse nada que tinha de ser transformado em uma vida que valesse o passado e o futuro. Foi um parêntese entre duas realidades. Eles com as roupas do corpo e sem nada além um do outro e de alguns companheiros que viriam depois. Ele olha tudo de novo sem perder de vista Lucía, que anda de um lado para o outro olhando algumas coisas, enquanto ele continua olhando para ela, hoje, aos oitenta e seis anos da sua idade, sabendo que ela está aí desde aquela carta que definiu o resto dessa existência.

Lucía retorna à casa e ele olha para mim, franzindo os lábios e balançando a cabeça. Desta vez não há sorriso e sei que neste preciso instante minhas armas são tão poucas quanto pobres e o recurso de acender um cigarro me ajuda a não fazer nem dizer nada, enquanto ele volta lentamente de um passado tão remoto quanto presente.

— Éramos realmente pobres quando chegamos aqui, muito pobres. Tínhamos uma pequena churrasqueira, algumas ferramentas de merda e um vizinho que morava ali, que morreu, nos emprestou um cavalo. Ele arava com um cavalo. Durante uns quatro ou cinco anos, tirávamos água do poço com uma roldana. Para o banheiro, para tomar banho e tudo mais. E dentro do rancho chovia como fora, melhor do que fora! Porque os jatos se concentravam em certos lugares, a ponto de termos que colocar um náilon grande em cima da cama, assim. A gente colocava um balde no canto porque era de palha, sabe?

— Ah, era um telhado para convocar a água mais do que para evitá-la.

— Claro! Chovia melhor dentro do que fora. E quando resolvemos consertar, fizemos esses dois quartos com pressa, porque era uma obra tão grande que tivemos que sair, sabe? Tivemos que trocar todo o telhado e colocar madeira, enfim.

— Fazer um novo telhado.

— Para fazer um telhado que não existia, porque tudo o que existia estava aí... Antes de consertar a casa, já tínhamos comprado um trator, o primeiro que tive. Um tratorzinho, um Case que um conterrâneo me vendeu por aí e fomos buscar. Lembro que ele me disse: "Vá devagar para que eu possa vê-lo partir". O trator havia envelhecido com ele.

— Claro, era como seu cavalo.

— E eu trouxe. Usamos por um tempo, estava todo fodido, era um trabalho para ligar. Depois que começava a funcionar, ia bem e pronto. E me lembro que fizemos um empréstimo com Lucía para fazer as primeiras estufas, para quê?! O único empréstimo que fiz... para pagar, irmão! Porque fizemos as três estufas e fui para Bella Unión fazer política, eu tinha que ir, sabe? E veio a tempestade. Eu estava no ônibus vindo de lá e vi os galpões sem telhado, e quando cheguei aqui as estufas estavam acabadas. Foi durante a Copa do Mundo no México, você lembra?

— Não, futebol comigo... México, 86?

— Nessa época. Que merda, foi difícil.

— Então, você teve que pagar o empréstimo.

— Depois tive que pagar o crédito e as estufas estavam arrasadas. Nunca mais fiz empréstimo para nada, mas bem... era um ano em que o trabalho foi lindo, os chineses ainda não tinham chegado com as flores artificiais e essas coisas. Fazíamos uma feira com Lucía, íamos aos sábados a uma perto do cemitério do Cerro, vendíamos muito.

— O trabalho rendia.

— Rendeu, como poderia não render? Fomos pagando tudo. Bem, e então, naquela época, eu tinha uma velha Yamahazinha, uma motinha, e colocava um carrinho nela, que está ali pelos fundos. E eu ia à feira com o carrinho, sabe, levava muita coisa. Até comprei uma moto nova, uma Yamahazinha nova, e foi com essa que comecei a ir quando virei deputado.

— Ah, essa é aquela história de você chegar ao Congresso numa moto, que nunca aconteceu no final, certo?

— Nunca aconteceu, é pura história.

— Foi tão bem contada que acabou ficando.

— Uma obra de arte, porque aconteceu outra coisa, sabe? Até eu me tornar deputado, todos usavam terno e gravata. E eu cheguei de jaqueta e jeans. E desmontei tudo. Agora eles até tomam mate nas sessões, acabou.

— Nós escolhemos acreditar.

— Sim, é assim, às vezes as coisas acontecem. Um dia tive uma discussão na televisão com um deputado Colorado que agora não é mais deputado, ele brigou com Sanguinetti, está por aí. E, em determinado momento, eu disse a ele: "Assim como lhe digo uma coisa, lhe digo outra", por algo que ele havia me dito. Eu disse isso a ele como se estivesse tentando assustá-lo, mas sabe que mais tarde ele fez campanha eleitoral com isso. Ele usou: "Assim como lhe digo uma coisa, lhe digo outra". Tem coisas que não são, mas são.

— Por meio de fatos.

— Por meio de fatos passam a ser construídas, tchau e pronto, vá discutir em russo.

— Pepe, há um fenômeno em que a direita usa o discurso da esquerda e acaba divulgando como seu. Eu vi isso com os fascistas em Santa Cruz [de la Sierra] que, quando realizavam eventos na praça, tocavam Mercedes Sosa. Quero dizer, quando se perde a batalha cultural, perde-se a batalha ideológica. Porque a ideologia, entre outras coisas, entra pela cultura. E isso puxa os jovens, e o próximo passo, que é algo que está acontecendo muito na América do Sul, é que a rebelião está nas mãos da direita. Agora eles são os rebeldes. Como você vê essa mudança? Você percebe a mesma coisa ou não?

— Sim, tem algo disso. Não é rebelião de jeito nenhum: é um cabaré. Eles não se rebelam contra nada.

— Mas os jovens compram como discurso de rebeldia.

— Claro, como a liberdade de morrer de fome embaixo de uma ponte. Ninguém sabe muito o que é a liberdade, nem se importa em definir a liberdade em sua máxima expressão, não é mesmo?

— Sim, e é arriscado. Porque, como estávamos dizendo outro dia, os jovens precisam de causas, e se você, em nome da liberdade, criar uma causa, os jovens irão, porque lhes foi dada uma causa.

— Sim, pode ser. Pode ser.

— O que acontece é que em nome da liberdade e da rebelião, os caras passam por cima de tudo.

— Não sei o que acontece, não sei. Não acho que as coisas sejam tão automáticas, mas pode acontecer. Porque os jovens são uma fase da vida, depois não são mais jovens. Mas as pessoas engolem a conversa, tiram conclusões falsas, tem coisas que não têm explicação. Como você explica que as pessoas tenham votado em Mussolini, em Hitler? Acho que votaram de boa fé. Hoje isso não acontece. Hoje, pelo jeito, elas tendem a votar sem saber no que estão votando. Porque, na realidade, estão consumidas por uma ansiedade existencial de querer mais. E como querem mais e não conseguem, a culpa é de quem está aí, que pode ser de esquerda, de direita, não importa. Então eles votam contra. Porque houve resultados eleitorais, não só de Bolsonaro, mas também do México, onde 70% dos votos foram para AMLO. Você percebe que isso foi um cansaço com o que estava lá. E na França, onde os partidos históricos desapareceram, e na Itália, o que eles estão fazendo lá?

— Vou relacionar isso a algo que está acontecendo agora, mas você se referiu três vezes, em três de seus discursos, ao fato de que, quando você acredita, é forte, e, quando não acredita, eles te pulverizam porque você é fraco. Você deu como exemplo sua militância, sua decisão de pegar em armas, de ser jogado na prisão, de escapar e depois ser preso novamente. Em outras palavras, você acredita em algo e diz: "Aqui, nada será colocado na minha frente". Volto ao assunto porque ele me preocupa: sinto que grande parte dos jovens não têm nada em que acreditar, por isso são fracos e pulverizáveis.

— Vejamos, a palavra "acreditar" está certa, porque é acreditar. Ou seja, o raciocínio lógico que leva a certas evidências se torna crença, e crença é fé. É assim quando ela é forte. Embora seja conhecimento, não é tão forte. O conhecimento é muito mais fraco do que quando uma ideia é construída à força. Quando as ideias chegam ao *numem* sugestivo, é quando você tem fé. Você ultrapassou o estágio do conhecimento e o transformou em "Vou para lá", ponto final. A outra coisa, sem o estado de dúvida, que é muito válido e muito necessário.

— Sim, mas você não constrói grandes coisas vivendo na dúvida. Isso é bom para a análise, mas você não consegue fazer as coisas concretamente... A contrapartida é que, às vezes, você faz besteira e não percebe, isso é outra história, é quando chega o momento do equilíbrio. Se você pensar, a vida é cheia de uma série de automatismos, você faz coisas em que nem pensa, que são determinadas. Porque se você pensar em cada coisa que vai fazer, você vira um idiota que morre pensando sentado num banco. A natureza funciona assim, há um tempo para contemplar e pensar, e depois tchau. Eu aceito, se agora os jovens não podem ter nada claro, nada em que acreditar, e se apegam a mercadorias, ao rumo estabelecido pela utopia evidente das mercadorias, das coisas novas, do progresso econômico, tá, tá. A corrida econômica se torna "a vida", e que cagada.

— Transformaram a vida em uma competição para os garotos.

— Claro. A vida é competição, sim. É competição.

— Sim, temos uma horda de garotos infelizes com essa história.

— Sim, é assim. É um momento de baixa credibilidade em geral ou de credibilidade negativa, de preocupação. "Vou tentar ganhar dinheiro, tchau". Esse é o horizonte, é muito comum. Alguém que é professor de arquitetura aí estava me dizendo: "Esta não é a faculdade, a maioria deles agora é de protoempresários". Não sei se é realmente assim, mas…

— Sim, há uma nova palavra que infestou.

— Empreendedores.

— Puta que pariu. Sim, são todos empreendedores. Ou seja, o modelo é a escala mais baixa do mundo do trabalho, porque lá você não tem direitos sindicais, não tem nada. Pegue sua bicicleta, trabalhe na Pedidos Já e faça o seu próprio dinheiro. Se você for atropelado por um carro, o problema é seu. Você diz: "*Che*, eles estão te sacaneando" e eles dizem: "não, não, eu ganho 500 pesos por dia com minha bicicleta". "Sim, mas você não tem seguro, não tem aposentadoria, não tem contribuições, não tem nada do que supostamente precisa". Quando Macri fechou a quantidade de postos de trabalho que fechou, ele disse que o mercado de trabalho havia dobrado. E de onde veio esse cálculo? Do número de pequenas e microempresas que se abriram como empreendedores individuais.

— Sim, todos são empreendedores. É preciso inventar algo, caso contrário, morrem de fome.

— E têm que polir isso.

— É claro, então eles adoçam. E são empreendedores, fica mais bonito. Mas, francamente, é um retrocesso, sim.

— A liberdade.

— A liberdade de morrer de fome, não é?

— Vejamos, a sua geração, a minha, os que são um pouco mais jovens, eles têm muita leitura, desde os clássicos até Galeano, Benedetti, Rulfo, García Márquez. A maravilha de ser capaz de gerar pensamento conhecendo a palavra. Você insiste muito em algo em que acredito, que é o fato de que, a esta altura, a revolução se dará por meio do conhecimento.

— Sim, sim, não sei se a revolução ou evolução ou o que quer que seja: o futuro.

— O processo civilizatório continuará avançando com base na ciência. Tenho a sensação, por estar na rua, por conversar com as pessoas e tal, de que será com base na ciência. Além disso, os garotos têm cada vez mais diplomas e menos conhecimento, mas, de qualquer forma, vejo encolhida a semeadura cultural. Quando falo de cultura, estou falando de tudo, desde a comida até a música, o cinema, o modo de vida como um processo cultural.

— Sim, porque a cultura é artesanal, e tudo está engolido meio industrialmente e em série, há sempre uma transnacional ou algo que está puxando. Então a leitura tende a desaparecer porque o tempo é digital. E também de raciocínios curtos, que não exigem muito trabalho. Isso muda, não é? E se passa tanto tempo com isso, que bola vai dar para o livro? E quando preciso de conhecimento, consulto. É uma grande comodidade poder consultar e ter conhecimento, não é?

— É informação, não conhecimento.

— Certamente. O cara precisa de informações para o que vai fazer e pronto. Bem, quando você não tinha essa possibilidade, tinha que tê-la dentro de casa ou, pelo menos, ter muito trabalho para obtê-la. Há uma automação da inteligência. Não se usa muito a inteligência, se usa muito a informação permanente.

— O oposto de ter um processo cultural.

— Claro. Não se pode avançar culturalmente um caralho. Pelo contrário, acho que se retrocede e podemos ver isso em muitas coisas, com a perda massiva de ofícios elementares, como não saber cozinhar. Agora compram tudo pré-pronto, isso é uma perda de cultura, e que perda. Porque se você quer defender o seu salário, tem que saber cozinhar, e isso já é uma cultura de defesa dos meios do lar, flor de cultura! Porque isso significa que você conhece as estações do ano, o que está barato agora, por que aquilo está caro e como posso economizar dinheiro com isso e conseguir algo comestível e apetitoso. Não é isso. Agora você compra hambúrgueres pré-prontos, as pizzas são pré-prontas, as batatas são descascadas e cortadas. Você vai se desmanchar se descascar uma batata! Mas tudo isso é cobrado de você, é um valor agregado que você tem que pagar, e eles fazem isso em série. Não pode comer, de tudo que vendem, uma linguiça, um salame tão bom quanto o salame caseiro que fazem em La Matanza. Não existe nenhum, é de qualquer jeito. Bem, e uma quantidade de coisas que são assim. Você vai comparar uma dessas pizzas que fazem em série, que eles juntam em uma coisa só, com uma pizza caseira? Não se compara o sabor e nem o custo, e isso é cultura. Isso é cultura, cara! E isso se perde! E falo disso como de um monte de coisas que me dou conta... O que você acha da qualidade da música contemporânea?

— É uma merda.

— Dá vontade de chorar, sabe? Ok, pagam e aplaudem.

— E tem seis milhões de seguidores, o que é pouco.

— Claro, sim, que se dane. Você não sabe se é canto ou ginástica ou o que quer que seja, entende? E bem, isso também é um rebaixamento cultural.

— Minha definição pode parecer classista, mas acho que é uma vulgarização.

— É uma vulgaridade, sim.

— Os ouvidos das pessoas foram vulgarizados, mas isso vende.

— E como vende, sim, claro.

— Faz uns três ou quatro anos, quando perguntado sobre isso, Serrat disse: "Eu vejo uma diferença. Antes, as pessoas costumavam cantar quando estavam fazendo algo. Agora não cantam mais, agora consomem". As pessoas não cantam mais, não assobiam mais, quando fazem alguma coisa. Porque eu costumava me lembrar de uma música e provavelmente cantaria a mesma música o dia inteiro. Hoje vejo com muita tristeza que as pessoas não cantam mais quando trabalham, agora estão todos consumindo.

— Sim, há um pouco disso, é assim. É a massificação do vulgar, do chato, viu? E bem, tem que ver a preponderância que a imagem e o som ganharam. Você recebe tudo, não dá nada: isso começa na infância. Veja que desapareceram com os jogos infantis, com os quais as crianças tendiam a desenvolver certas habilidades que são adquiridas brincando. Mas não, agora as crianças estão assim, recebendo, vendo um macaquinho, um bonequinho em uma tela. E bem, aí se está construindo uma personalidade. Uma personalidade que não tem bola de gude, não tem pião, não tem bilboquê, não tem cavalo de Troia, não tem aros, não tem bola de pano. Uma personalidade que não inventa nada, que não pensa em inventar nada, que diz: "Vamos fazer uma espingarda com um cano de água", sei lá. Todas essas coisas que costumávamos fazer. Parece bobagem, mas são parte do jogo.

— Além disso, é a criação primária das habilidades.

— Claro!

— Outro dia, estávamos falando sobre como, com um patinete, com uma roda na frente e outra atrás, você brincava e aprendia a se equilibrar. Não sei se você já viu os patinetes que são vendidos agora, eles têm duas rodas na frente e uma atrás. Assim, a criança nem precisa se equilibrar, ela se levanta e o patinete o segura.

— Com certeza. Nós fazíamos carrinhos com rolamentos velhos e uma prancha. Era toda uma aventura, uma aventura.

— Sim, porque a aventura começava tratando de conseguir os rolamentos.

— Claro. Íamos às feiras de troca, tudo. E essa parte as crianças perderam, agora são caras que sentam e ficam tac, tac, tac, tac, tac, no teclado, não colocam nada deles, e qual é o resultado? Tenho minhas dúvidas. Por quê? Porque todos os animais brincam quando são filhotes e brincam de coisas que têm uma certa relação com as necessidades que terão quando crescerem, como um treinamento prévio. E eles não têm e não terão isso hoje. Será que não precisam? Não sei se não precisam, mas isso também nos dá seres humanos muito incapazes para coisas cotidianas. De repente, são gênios, por um lado, são gênios. Mas se precisam trocar uma janela, têm que chamar um especialista, e para fazer um churrasco também, e se tiverem um pneu furado, para trocar o pneu terão de chamar a assistência técnica, entende? Não sei se a especialização e tal leva a isso, mas é comum, mais do que parece.

— Estou realmente preocupado. Porque acho que não vou ver o desastre, tenho sessenta, mas aqueles que têm trinta hoje vão passar por isso.

— Eu realmente não sei. Também pode aparecer uma superinteligência, não sei, talvez possa aparecer um super-cérebro artificial que funcione melhor do que o nosso. Não sei. Mas há uma coisa que é notória: nós avançamos como humanidade em muitas coisas, como a tecnologia, mas em termos de valores e essas coisas, não avançamos nem um passo de galinha. Se fizermos um balanço coletivo, o comportamento geral das pessoas é uma merda. Vão me dizer "a vida toda foi uma merda", não sei, porque não vivi toda a vida: vivi minha vida, cresci em um bairro pobre e havia um grau de solidariedade espontânea. Sim, eu sei muito bem o que era a solidariedade ou a fraternidade. Nenhum de nós usava essas palavras estranhas, mas o que posso dizer é que se uma mãe tivesse que ir ao centro, ela deixava as crianças com a vizinha e ficava tranquila e as crianças comiam, e vice-versa. E se houvesse necessidade de passar roupa, íamos aos fins de semana e dávamos uma mão. Éramos vinte ou trinta, e tudo isso era trabalho voluntário. Não se vê mais isso.

— A alegria de dividir a construção.

— Essas coisas eram um gesto de verdadeira solidariedade, era comum entre as pessoas. Não vejo mais isso, entende? Por exemplo, agora todas as mães, ou pais, vão buscar os filhos na escola. Eles levam e trazem. Quando eu ia à escola, ninguém ia, as crianças iam e voltavam e nada acontecia, sabe? Agora você tem que andar com o cu na mão porque tudo pode acontecer com você. Então, aquela sociedade era melhor do que esta. Quando eu tinha seis anos, meu pai me levava aos jogos do Nacional e do Peñarol, todos eles na seção Olímpica. E cada um gritava o que queria, ninguém se matava. Agora as torcidas estão separadas com cercas e tudo mais. Milicos aqui, milicos ali, então avançamos? Não, nós retrocedemos. Você percebe que estas são evidências, que você passou por isso. Agora, vou dizer que aquele mundo era melhor do que este? Este mundo é muito mais fácil, porque comprar um alicate era uma tarefa árdua, qualquer coisa material era uma tarefa árdua. Hoje tudo que é material é muito mais fácil, mas o comportamento das pessoas é uma merda, assim, o egoísmo.

— Sim, vivo isso todos os dias. Sempre houve pessoas egoístas, mas hoje há níveis indignantes e a base desse comportamento é a felicidade e a boa competição, e ganha quem compete sozinho, o individualismo. Em outras palavras, você será feliz se vencer. É uma publicidade muito cara para a raça humana, muito cara.

— É o triunfo individual sobre os ossos quebrados de qualquer pessoa. E também o horizonte é ganhar dinheiro, você tem sucesso na vida quando tem dinheiro e, se não tiver, se não tiver conseguido ganhar dinheiro, você é um fracassado, você fracassou. Esse é o horizonte da vida. É por isso que te digo que, do ponto de vista do comportamento das pessoas e da moral média, isso retrocedeu. Mas não é maldade das pessoas, há algo no ar que está determinando isso, não é? Estamos em pleno auge de uma revolução conservadora, não é? Uma ofensiva conservadora muito grande e as ideias estão se ramificando por meio de sistemas de vasos capilares que você vê. Esse é o neoliberalismo, que na verdade é protoliberalismo. Ou seja, é o pensamento reacionário primitivo, porque o liberalismo tem um capítulo muito importante de direitos humanos e esse não: os direitos humanos não interessam aqui. O que importa é o negócio do mercado, o triunfo do mercado. O que eles dizem sobre Adam Smith é uma verdadeira fraude, porque ele defende a atividade privada e tal, sim, mas ele também entende os contrapesos e as deformações que existem. Fizeram uma grosseria intelectual com esse cara, tiram uma parte que lhes convém e apagam todo o resto e pronto. Te vendem isso.

São paixões

— Conversei com Jorge Geffner, que é um cientista, professor de imunologia e também pesquisador do CONICET [Conselho Nacional de Investigações Científicas e Técnicas], e disse a ele o que você havia dito sobre os presidentes, que deveriam ter um gabinete de cientistas. E ele me disse: "Acho que nós, cientistas, deveríamos primeiro refletir e depois fazer uma autocrítica sobre o que somos, a quem servimos e, a partir daí, criar algo novo. Mas os cientistas são divididos, como todo mundo, e acho que devemos repensar várias questões fundamentais sobre nosso trabalho. Por exemplo, os objetivos".

— Existem pessoas que querem explorar o conhecimento.

— E há pessoas que acreditam que o conhecimento só é bom para sua conta bancária. Jorge Geffner é mais jovem do que eu, deve ter cinquenta anos, não mais. Você consegue imaginar uma discussão entre cientistas em que haja uma posição clara de que a ciência tem que servir para todos? Estou falando do nosso continente, lá fora é outra questão.

— Existem muitos desses. E há muitos que podem abraçar e outros que não, mas sim, há muitos aqui também. As pessoas que estão no Instituto Pasteur. Bem, aquele que agora é presidente interino da Frente Ampla é um cientista, [Ricardo] Ehrlich. Ele esteve no Instituto Pasteur por anos na França e voltou para cá para trabalhar depois do exílio. Mas há muitos, muitos.

— A partir de onde você acha que eles deveriam se repensar?

— Acho que hoje, de fato, eles têm muita relação entre si, mesmo que virtual. A questão seria uma universidade convocar, um reitor de universidade que tratasse do assunto e ao lado deles. E, a partir daí, incentivá-los a discutir o papel dos homens da ciência e a atitude a ser assumida coletivamente. É aí que as coisas vão se resolver: alguns irão para um lado e outros para o outro. Em geral, eles têm esse problema que você apontou.

— Você me disse isso com muita preocupação.

— Sim, porque às vezes eles parecem politicamente assexuados, mas não são.

— Não, a ciência nunca foi neutra.

— Não, mas ela sempre foi usada.

— Era o que falávamos outro dia, não?

— O que acontece é que o lucro está presente em tudo o que fazemos em nossa sociedade. Essas são sociedades de mercado, com o mercado e para o mercado. Elas não são para as pessoas.

— E, no caso da ciência, elas são construídas com base no amor e na paixão de alguém que gosta de ciência.

— Sim, com certeza. Em geral, o homem da ciência é uma pessoa apaixonada que é usada.

— Sim, seria dividindo em núcleos para ver até onde eles vão. Porque depois temos as operações midiáticas dos laboratórios. É uma luta que precisa ser travada: a da ciência, mas a vejo como difícil.

— Depois, há os homens de negócios que usam a ciência, é claro. Não vejo os homens da ciência fazendo negócios, estando em uma empresa. Eles estão em outra.

— O homem da ciência é muito parecido com o homem que se dedica à arte, é paixão.

— E os que se dedicam à política também. Na verdade, a política é uma paixão, como a arte e a ciência. São paixões.

Você não entende porra nenhuma!

Amanheceu com uma névoa que se prolongou até as primeiras horas da manhã. Estávamos conversando há vários dias, abordando vários assuntos e parando em alguns que achávamos que mereciam tempo. Pepe sabe como se esquivar de contratempos e evitar todo esse desfile de fantasias que penduraram nele como mito biográfico. Ele prefere viver à margem dessa glória inventada, observando o tempo se repetir no galpão diante de seus olhos, entrelaçando entardeceres e auroras. Mesmo conhecendo-o, nunca sei o que vou encontrar. Seja a maravilha de conversar com um ateu fascinado por teologia ou um resmungão que sai de uma entrevista dizendo em voz alta: "Estou cansado de falar!". Às vezes, olha indagando. Em outras, como agora, é preciso segui-lo chácara adentro...

— Isso é uma incubadora, não?

— Chama-se estufa.

— Mas não há plantas...

— Não. Começamos outro dia, quando plantamos feijões de corda.

— Ah, as sementes que você deixou de molho.

— Estão plantadas ali. Agora vamos fazer mudas de batata-doce e aqui vamos plantar, se quiserem vir, abobrinha de tronco, cedo. Aqui está nascendo uma, está vendo? É uma abobrinha isso que está nascendo aí.

— E o que é isso?

— Mato. Não é nada. Não serve para nada. Depois transplantamos isso, tiramos o saco e plantamos aqui para que saia mais rápido.

— E isso vai colocar aqui?

— Sim, tenho que terminar esse terreno. E ali eu tenho as mudas, os carvalhos e as nogueiras.

— E onde você vai semear?

— Não se semeia, se planta. Vamos para lá.

— E por onde vou?

— Pelo caminho, nas estufas, você tem que fazer um caminho no meio. Isso é um caminho. Esta terra está boa.

— Terrosa, não é?

— Sim, bem, nós a fazemos assim de propósito, colocamos um gancho embaixo, porque se você a desfaz muito, com a irrigação por gotejamento, fica como uma laje, e se você a deixar um pouco áspera, ela se desmonta e não fica tão firme, sabe?

— Olha só, achei que fosse um defeito.

— Não, não, nós fazemos isso de propósito. Não aramos com um arado, mas com um gancho.

— É o gancho que você tem no trator pequeno?

— Sim, então você a rega profundamente, mas não a vira, e ela começa com alguns torrões de terra embaixo que ficam aí, mas depois começam a se assentar com a água. Essa é a primeira rega que demos a ele, se supõe que vai crescer, se supõe, sei lá. Tem três tipos de feijão aqui, três tipos!

— Esses?

— Não, aí tinha uma sementeira de tomate que foi comida pelos ratos. Lá tinha outra que fizeram a mesma coisa, dois falharam.

— Os ratos ou os coelhos?

— Não, os ratos, por isso que agora, infelizmente, tivemos de usar veneno para os ratos, eles comem as sementes.

— Raspam?

— Sim, e você não tem escolha, o que vai fazer? Senão, não tem como combatê-los. E ali eu tenho algumas plantas para transplantar e depois vou fazer esse canteiro, mas tenho que arrancá-las e transplantá-las para fora.

— Isso nunca para, não é?

— Nunca, porque tenho que guardar as plantas-mãe para plantar no próximo ano.

— E as nozes-pecã, onde você as tem?

— Lá estão elas, as que estão embaixo daquela grama. Há seiscentos sacos ali, cada um com duas sementes. Naqueles sacos grandes e pretos que estão ali.

— Cada saco com duas sementes, e você os cobre com grama?

Pepe me olha com uma cara de "não, vou colocar lençol e cobertor", mas respira e continua...
— Eu as cubro com grama e as regamos de vez em quando com uma flor. Depois, quando chega a primavera, nós as destampamos e as criamos aqui dentro até o próximo inverno. No próximo inverno, nós as reproduzimos do lado de fora.

— E então você espera.

— Não, você não espera nada, você as mantém lá por mais um ano. E então você as transplanta para o local onde vão ficar.

— Eu disse que minha relação com a terra era que minha avó tinha um gerânio...

— E é assim, significa que elas precisam de pelo menos dois anos para ir para a terra. Não vou ver carvalhos grandes, mas talvez veja nogueiras. Ali eu tenho um monte de nogueiras.

— Quanto tempo leva para a nogueira-pecã atingir um tamanho útil?

— Em quatro ou cinco anos, ela começa. Aí tiramos crisântemos, vê o que são as plantas-mãe? Eu lhe mostro.

— Essas são as plantas-mãe?

— Não, essas são variedades diferentes, são plantas que floresceram, que arrancamos e colocamos lá, e de lá tiramos brotos para fazer novas plantas, em novembro. Todas essas são plantas-mãe, elas ficam lá e têm que resistir. Está vendo? Essas são as nogueiras, estão sem folhas. Se você quiser colher, terá o suficiente para colher.

— Ah, pensei que fosse como a nogueira, mais alta.

— Não. É noz-pecã, não nogueira. Pecã.

— E qual é a idade dessas?

— Devem ter pelo menos doze anos, por aí.

— Qual é a idade em que ela dá frutos que valem?

— Acho que começa a dar frutos aos quatro anos. Veja, aí está cheia, conte, por todo lado.

— É isso.

— Essa é a noz-pecã.

— Se for comer, você a quebra como uma noz.

— Sim, da mesma forma, você a quebra.

— Ela tem um tempo como a noz comum?

— Não, estas estão secas, são assadas um pouco para que durem, porque têm um óleo que vai secando. Se você pressionar com força essa aqui, vai quebrá-la.

— Quanto cada árvore produz?

— Ah, não sei, elas dão um monte. Está cheio aí pelo solo. Nós colhemos um pouco, levaram algumas caixas e isso.

— Eu nunca tinha visto uma noz-pecã antes.

— Elas são americanas, não são iguais às outras, mas crescem mais rápido que as outras e... Não ande por aí! Você tem que andar daí para cá, pelo caminho! Sim, porque aí você tem mato, mas tem outra coisa que não é mato e tem que esperar que seque. Aqui eu vou plantar abóbora agora em outubro.

— Você é apaixonado pela terra, não é?

— Eu gosto, sim.

— Sim, mas além de gostar, você entende.

— Sim, claro. Tem nessas coisas, que para você são coisas que estão jogadas, estão as coisas mais caras aqui, tem umas íris, está vendo que tem uma azul ali que está dando? Elas parecem abandonadas, mas os bulbos estão vivos.

— O que é isso?

— É uma flor finíssima, um desses bulbos deve custar uns cinquenta pesos.

— Qual é o nome dela?

— Íris, eu te disse, Íris. É parecida com o lírio. Eu as deixo abandonadas, mas tenho que esperar que seque tudo, porque tem um ciclo. Ela seca agora no verão e você tem que arrancá-la em dezembro e em março ela começa a brotar.

— Ela dá muito ou pouco?

— Dá uma flor muito bonita. E essas são apenas verduras para comer aqui. Não pise aí, deixe... Vamos para lá.

— O seu terreno vai até aquela estrada que se pode ver ali?

— Sim, sim. Você está sempre correndo pela terra. Bem, ali eu tenho ervilhas que estão brotando, e ali, aquela coisa verde que está cortada é alfafa.

— Quantas pessoas você tem aqui para te ajudar?

— Não, ninguém. Às vezes tenho uma. E lá embaixo tenho fava plantada. E ali depois tenho um pouco de ervilhas, alho e cebola.

— E esses paus?

— São árvores.

— São árvores sem folhas?

— Esses são álamos, estão sem folhas porque é inverno, mas agora começam a brotar. Daí pego estacas e paus de lá. Essas árvores vão para o campo que fica ali, daquele lado, como quem vai para a estrada, um pedaço de três hectares e um pouco que fica ali. Antes eu trabalhava, mas não consigo mais trabalhar com tudo isso.

Não consigo lidar com minha ignorância e Pepe está entre gargalhar desesperado, perder a paciência e me mandar à merda. Eu sei.

— Estou impressionado por você estar fazendo tudo isso sozinho. Pensei que com tanta semeadura e tantas barracas, etc., você tivesse pessoas trabalhando.

— Aí vamos fazer mudas de batata-doce e, depois, colocaremos tomate cereja em cima e um canteiro de grama em cima. Está vendo? Aqui estão as nogueiras-pecã.

— Ah, veja. Que folha macia...

— Não, não, isso é mato da terra. A noz-pecã ainda não nasceu, você viu que elas estão sem folhas? Elas não podem crescer aqui.

— Obrigado pelo óbvio, criado em um apartamento, com boas intenções, mas sim, nada. Sou criado na cidade de Buenos Aires.

O velho para. Olha para o céu. Olha para mim, aponta para o galpão para que possamos voltar e ri.

— Sim, já percebi que disso você não entende porra nenhuma!

A terra é mágica

— Estávamos conversando com Oso outro dia sobre o "movimento patriótico" que você fez com Lucía para entrar aqui, construir a casa, passo a passo.

— Sim, lembro que os companheiros vieram e me disseram: "Você está louco, esses galpões não têm telhado". E dentro da casa onde vivíamos chovia como se fosse fora, tínhamos um teto de palha. E eu lhes disse: "Não, vocês que são loucos de passar trinta anos no banco hipotecário para pagar uma casa". Com os anos, me disseram: "Você tinha razão"... Eu tinha uma vantagem enorme sobre eles. O conselho que meu avô me deu permaneceu comigo: "Quando crescer, sempre compre terra nua, você nunca perde". O que vou perder? Isto são quatorze hectares. Onde está aquele galpão grande também é nosso, são mais cinco hectares que compramos depois, e também compramos seis hectares lá em cima. Esses quatorze hectares nos custaram nove mil dólares à vista e, depois, a cada três meses, mil dólares, até quatorze mil. Custou quatorze mil e quinhentos. Depois de quatro ou cinco anos, tivemos de hipotecar porque o governo de Lacalle, o pai, fechou a nossa rádio por causa dos problemas que tínhamos e não tivemos dinheiro para pagar as demissões da rádio. Então, hipotecamos a fazenda: fomos a um banco, eles enviaram um avaliador, o cara olhou para os ranchos fodidos, olhou em volta e disse que valia setenta e cinco mil dólares. Cacete! Pagamos quatorze mil há cinco anos e agora o avaliador profissional vem e avalia o imóvel em setenta e cinco mil, está vendo como se ganha dinheiro? Na crise de 2002, eu já era deputado, e um dia fui até lá com a minha moto e vi uma placa do outro lado da rua dizendo "vende-se". Eu já tinha a ideia de construir a escola e aquele lugar era mais lindo porque ficava mais no centro. Então fui conversar com os donos, uns canários, das ilhas Canárias, bárbaros, daqui do Pinheiro, e eles me disseram: "Sabe o que aconteceu conosco? Compramos um caminhão novo, um Ford, e agora aconteceu essa merda". Eles produzem verduras e as vendem no mercado, queriam ir ao norte para trazer primor, para ajudar a vender, e para isso precisavam de um bom caminhão. E quando o compraram, financiaram, e veio essa merda em 2002. Então eles disseram: "Não podemos pagar com essa bagunça e o perigo começa a crescer, então vendemos o pedaço de terra, pagamos e tchau, saímos dessa situação". Perguntei: "Quanto vocês querem?". Eles me disseram: "Sessenta mil dólares". Eu disse: "Bom, mas eu não tenho". Então eles disseram: "Não, o que precisamos é ter o dinheiro para pagar a prestação. Se você me garantir que vai me dar o dinheiro para a prestação, pronto". Então foi assim que fizemos, eu recebia e todo mês dava o dinheiro a eles, mas não assinamos nenhum documento. Quando fechamos, a escritura foi assinada e assim ficou, nunca tirei um centavo dessa chácara, sempre com a ideia de construir a escola. Os anos se passaram e quando descobri que estavam vendendo o galpão, eu disse: "Bem, é feio, mas está pronto", então coloquei à venda. Sabe por quanto vendi? Duzentos e quarenta mil dólares. Nunca fiz nada, só esperando, mais nada. É por isso que digo a vocês que a terra é mágica.

Pare de encher com essas invenções!

Por aí seguia a conversa, calma, sem pressa, em ritmo uruguaio, "devagar e sem complicar", até que tive a má ideia de dizer, como de passagem:

— Você já pensou em deixar um legado?

Lá se foi a ladainha parcimoniosa e, abrindo os olhos, gritou aos céus.

— Você está louco? Como um legado? De jeito nenhum! Sou um velho que viveu e conta o que viveu a partir da sua experiência, tratando de torná-la útil para alguém. E nada mais! Que porra é essa de "um legado"? Você está louco?

E por aí foi repetindo a mesma coisa com a urgência que lhe vem do pavor da criação de uma mitologia própria.

Este é o mesmo Pepe Mujica que, quando lhe perguntam por que foi preso (esperando ouvir a grande história), responde: "Fui preso porque corri devagar". E, quando lhe perguntei por que a Frente Ampla havia perdido as eleições, disse com uma risada: "Porque votaram mais nos outros", desdramatizando tudo, embora lamente um pouco: "Eles nos venceram por trinta mil votos". Mas a sua reação agora também deixa clara essa mistura de espanto e rejeição que não lhe permite baixar a voz nem as mãos.

— Pare de encher com essas invenções!

Um trabalhador das armas

— Pepe, tenho cerca de três ou quatro temas, mas tem um que está realmente explodindo agora. Talvez você tenha naturalmente, mas sem dúvida muito desenvolvida, a capacidade de se comunicar. Isso foi percebido ao longo do tempo e o transformou em uma pessoa que sempre tem o que falar. Como você vê e como lida com o tema da comunicação e com o grave problema que a esquerda sempre teve?

— Bem, veja, a esquerda se comunica mal e isso é um problema de origem. São dois capítulos. A mídia está sempre no meio porque, na medida em que vive da propaganda comercial, parece bastante lógico que as empresas vão financiá-la, ou melhor, que as empresas devam procurar financiar "os empresários". Mas é também o conteúdo e a forma. Góngora disse: "Fazer poesia é dizer uma coisa por outra, mas não qualquer coisa". Essa é a questão. A poesia nunca é direta, colocam uma imagem, uma coisa. Aí vem a gente de esquerda que dá ênfase às coisas ideológicas, à questão do conteúdo, e não dá atenção à forma: abandona o aspecto das emoções, aposta na racionalidade. É tudo o contrário do que faz a propaganda comercial tradicional. O problema é que você tem que dizer certas coisas, mas dizê-las de uma forma que toque as emoções das pessoas, não apenas a razão. Porque se você reduzir a parte emocional, as pessoas ficam entediadas e se acaba, não dão a mínima. As pessoas são atraídas pelo que podem sentir, depois podem raciocinar.

— Além disso, não há nada mais irracional do que o ser humano, o ser humano é naturalmente irracional. Depois estão os pensamentos e tudo isso, mas, em princípio, estão as sensações. É isso que defendo, que as pessoas precisam receber sensações. Outro dia eu estava lendo algo, não me lembro de quem, mas dizia que as pessoas esquecerão o que você disse, o que você fez por elas, mas nunca esquecerão como você as fez sentir. Mas a esquerda continua a fazer o que você diz, isso de "vamos explicar".

— Mas isso é congênito, é assim. Não se esqueça de que nossos bisavós liam "La Razón" e nossos clássicos são tremendamente racionalistas porque surgiram na luta do pensamento contra o misticismo, contra a escolástica, contra as tradições feudais, contra o reconhecimento do sangue. Então, é difícil encontrar algo mais difícil de suportar do que ler Marx, que não tem nada do ponto de vista da beleza, é um raciocínio com a frieza de um bisturi. Quando ele faz o manifesto, aí é lindo, mas quando faz seu longo raciocínio é insuportável. Deve ser o cara de quem mais se fala e que menos se lê.

— Você vem de uma escola de pensamento que é a de "vamos mudar a relação entre trabalho e capital". Mas em algum momento você encontra outros caminhos. Já vi palestras suas em que havia jovens de dezessete, dezoito, dezenove ou vinte anos que olhavam para você como se estivessem hipnotizados. Onde você encontrou isso?

— Sim, mas quando eu tinha dezoito anos, costumava ir às aulas de composição literária de Don José Bergamín e Paco Espínola. Paco Espínola dava aulas o ano todo com dois autores, Homero e Cervantes, tratando de ensinar composição literária. E Bergamín era uma coisa muito séria, e isso ficou comigo depois.

— Você falava muito bem. Havia criado um conceito, uma frase, para se referir a quando os seres humanos se deparam com "coisas terrivelmente simples". Você faz algumas afirmações que, a partir do pensamento e da sensação, é como se "*Che*, Pepe está dizendo que vamos nos foder". Você menciona o caso de Pequim há trinta anos, o dos cientistas.

— Sim, em Tóquio.

— Em Tóquio. Você está afirmando uma coisa terrível de uma maneira tão simples como dizer: "Nós não escutamos". Mas sua boca parecia ter poesia e essa é uma forma que você encontrou para se comunicar. É isso que eu quero entender, onde você encontra essa forma. Por que um garoto de vinte anos, que não dá a mínima bola para ninguém, segue você, que tem mais de oitenta anos? O que você acha que acontece?

— Não sei. Essa é a primeira parte do meu discurso nas Nações Unidas. Toda essa parte, que sou do sul.

— Sim, é isso mesmo, eu li. É por isso que estou lhe perguntando, quero dizer, você está colocando beleza em algo que é "nós estamos indo para o inferno". Voltamos ao que você estava dizendo antes sobre poesia, que é dizer a mesma coisa, mas não qualquer coisa.

— É preciso dizer muito em pouco tempo, o que não é fácil. Então, quando comecei o discurso, dediquei quatro linhas à história do Uruguai e, bem, isso não vale, porque foi um dos poucos discursos pensados. Não foi um discurso improvisado, eu pensei nele, porque não se vai às Nações Unidas todos os dias, não é mesmo? Ainda assim, não saiu como eu imaginava, eu mudei enquanto o fazia, mas há uma parte conceitual que sim. Porque nunca sai como penso.

— Você pensa sobre isso e depois vai para outro lado quando começa a falar.

— Sim, sim, porque não suporto discursos lidos, eles são insuportáveis. E há outra coisa importante: o controle dos silêncios. Fidel poderia falar por seis horas e você não ficaria entediado, porque ele controlava os silêncios. Por quê? Porque a cabeça não é um moinho de vento que gira sem parar, e quando você fica atordoando com as palavras, já era. Porque há limites biológicos para assimilar. Se você os viola, não consegue. É como uma roda louca, dá voltas, mas não funciona.

— Sim, é preciso dar tempo ao receptor para que ele guarde o que você está dizendo.

— Tivemos um antigo camarada de origem comunista, que mais tarde se tornou nosso companheiro, Belletti. Ele pegava militantes sindicais e dava cursos de oratória, levava para a praia do Cerro, os subia numa pedra e dizia para colocar as mãos assim, olhar assim, ficar assim. Sabe que os caras melhoraram, têm questões técnicas que ajudam, não resolvem tudo, mas ajudam.

— Quem não tem, não tem, isso não se inventa, tem gente que não tem espírito para falar. Mas quem tem, se você der as ferramentas...

— Sim, o que a natureza não dá, Salamanca não empresta. E será assim sempre.

— Há pessoas que não têm espírito para falar, mas se você der ferramentas para aquele que tem espírito de orador, aquele que tem fogo, o cara que atrai, ele serve à causa. No final das contas, a instância fundamental da política é a comunicação.

— Aqui no Uruguai os jornalistas veteranos dizem: "como Pepe, não há ninguém para entrevistar".

— Mas, além disso, não só aqui no Uruguai. Eu vi sua palestra na universidade, na UERJ, no Rio de Janeiro, com um auditório cheio de jovens.

— Tinha de tudo. Aí estava a menina que me fez passar uma baita vergonha. Ela veio até onde eu estava falando e me disse, na frente de todo mundo: "Pepe, case comigo!". Nããão! Ela me matou, eu não sabia onde me esconder.

— Claro, um ato de carinho.

— Isso me ocorreu, eu disse a ela: "Minha filha, na sua idade o amor é vulcânico, na minha é um doce hábito".

— Você disse que a democracia é um amor platônico que promete, mas não cumpre. Você ainda pensa da mesma forma?

— É claro, porque a democracia tende a definir que somos todos iguais perante a lei, mas não somos todos iguais perante a vida. Não é pouca coisa o que ela estabelece, porque é o primeiro sistema em que somos iguais perante a lei. Mas a tragédia dos jacobinos da Revolução Francesa, de que queremos igualdade sob os tetos em que vivemos, permanece aí e ainda está latente. Um pouco exagerada.

— Uma utopia um pouco mais distante do que a Utopia.

— Quando falamos de igualdade, não estamos falando de igualitarismo.

— Claro. Igualdade não é uniformidade.

— Não, porque se você não reconhece a diversidade, você foge da natureza. A natureza faz coisas semelhantes, não iguais. O milho nasce desigual, mas não há tanta diferença, não é que um não tenha o que comer e outros tenham dois bilhões, três bilhões, ou dois trilhões, três trilhões. Não é isso. Portanto, temos que ver o problema da igualdade como a luta por um "direito de partida", mais ou menos semelhante no início da vida. Depois disso, cada um fará o que puder. Porque no fundo os caras querem justificar as diferenças de renda, de dinheiro, com base nisso. Não, os seres humanos somos diferentes. Alguns são mais talentosos porque nasceram ou têm uma predisposição maior para o esforço do que outros. Tudo isso é verdade, tudo isso é válido. Mas não me venha com essa, a diferença não é tão grande assim. Pare um pouco. O elemento que decide a maior parte das diferenças é o lugar onde você nasceu, depois há outros, mas o principal é a loteria de onde você nasce. Se você nasceu em um lar bacana, bem, você comeu melhor, se alimentou melhor, recebeu instrução melhor, te deram melhores meios, você está em condições muito boas para começar. Mas, em geral, acontece o contrário. Pense no contrário: quantos caras geniais, que tinham aptidões naturais, foram enterrados pelas circunstâncias que tiveram que viver? Já encontrei alguns grandes homens, como aquele de quem lhe falei, Don Vitoriano López, cacete! Se esse velho tivesse estudado para ser engenheiro, seria um fenômeno, por causa da habilidade que tinha, e não outra coisa além de um operário com muita experiência. Mas se você tivesse cultivado esse trabalhador, minha nossa! Capaz que se saísse um Kalashnikov. No final das contas, Kalashnikov não era nada mais do que um trabalhador das armas.

É perigoso porque você se apaixona

— Você foi presidente com as impossibilidades de ser presidente, e que descobriu quando era presidente. Como você lida com isso? Como você pensa sobre isso hoje, quando, como disse outro dia, não é mais candidato a nada?

— Sim, sou candidato ao caixão em primeiro lugar. Depois, a um punhado de cinzas, como deve ser.

— Ao lado de sua cadela.

— Sim, porque esse negócio de ocupar terras, mausoléus, construir coisas que precisam de manutenção e tudo mais, me parece uma estupidez muito grande, muito grande. Isso de roubar das gerações futuras, que ainda têm que sair por aí sofrendo nos cemitérios e a puta que pariu. Mas, bem, haverá alguém para dizer que isso favorece uma fonte de trabalho. Sim, mas coloco isso no longo capítulo sobre trabalhos inúteis. Porque há trabalhos que são úteis, produzir alimentos, ajudar a desenvolver os talentos das pessoas, curar doenças, tudo isso é bom para a vida. Uma vez que você está fodido, todos os trabalhos que possam vir são absolutamente inúteis, a começar por isso, flores para decorar os mortos. Bem, é meio herege, mas é o que penso.

— Pepe, estou tomando a liberdade, pois sei a importância que têm as ferramentas para você. O metal, acima de tudo, que é forjado com a temperatura, com todo um processo. Agora, fazendo a analogia com os jovens, com a juventude, vejo que mesmo com as muitas facilidades da vida moderna não forjam o espírito. Você acha que isso também nos enfraquece em relação ao futuro?

— Sim, tem um problema que é crucial. A geração seguinte, estatisticamente falando, é mais culta, mais inteligente, mas mais fraca, porque o mais forte é o homem primitivo. Não tenha dúvida quanto a isso. Qualquer um de nós, diante do homem primitivo, é um menino, não serve para nada. Porque ele possuía uma quantidade de conhecimento da qual não temos nem ideia, nem ideia! Ele foi capaz de sobreviver onde nós estancamos. Então, o homem está perdendo o primitivismo, ele é mais capaz em alguns aspectos, mas é mais fraco, acima de tudo, para resistir a cataclismos, obstáculos, desastres. O homem primitivo estava acostumado a viver no meio do desastre, essa é sua praia. Tudo é difícil, acender o fogo, Deus me livre! Você não podia dormir, alguém tinha que levantar para manter o fogo aceso, porque ter um fogo era uma coisa importante... O *pelotudo* moderno gira uma chave e tem fogo.

— E se não tiver, se desespera.

— E se não tiver, já era. Agora, o outro fazia fogo, construía fogo, com muito trabalho. Tinha que manter aceso porque o trabalho para gerá-lo era muito árduo. E assim por diante... A antropologia é maravilhosa, é uma delícia! Pensar que caras como os esquimós, que não tinham absolutamente nada, inventaram uma casa no gelo, que era a única coisa que tinham. Não há nada mais fantástico do que o iglu, porque é pequeno, você tem que engatinhar para entrar, e tem um "S" na entrada, porque é onde eles colocavam os cachorros, e aqueciam o pouco ar que entrava com o calor dos animais. E depois havia um pequeno fogo que podia ser feito com gordura, com um fiozinho de gordura. O cara conseguiu sobreviver nessas condições. E eles tinham pele de foca e coisas do gênero, e aprenderam a fazer ótimas roupas com pelos dentro e uma espécie de costura feita de vísceras, por onde não entrava água, cacete! Você tem que viver nessas condições.

— Para se protegerem do frio, eles tiveram que criar um sistema numa casa de gelo...

— Sim, e além disso, eles a construíam em meio dia. Quando vinha uma tempestade, eles faziam uma casa como essa. Eles tinham uma casa portátil, porque há gelo por toda parte, é a única coisa que tinham, e faziam uma casa com ela, é genial! E como a vida era muito difícil, quando ficassem velhos, quando soubessem que estavam atrapalhando, iam morrer no frio. Porque eles priorizavam a espécie, não o indivíduo. Para aqueles que falam do indivíduo, é como descobrir qual é o comportamento humano, o que está no fundo do disco rígido. É claro que esses esquimós não existem mais. Agora, para os *boludos* que vão viajar para lá, eles vendem o suvenir *made in China* como se fosse deles. O capitalismo corrompeu tudo. Em vez de construir e vender suas próprias coisas, não, eles compram em grandes quantidades dos chineses, vendem e tchau.

— É uma pergunta estúpida, mas me incomoda o fato de não conseguirmos penetrar nas pessoas como o capitalismo penetrou, devido à falta de transmissão de sensações.

— Não, o capitalismo gerou uma cultura, mas o capitalismo se afirma com base em algo real que também temos dentro de nós: o egoísmo. Biologicamente, viemos programados com um capítulo de egoísmo. Todos os seres vivos têm sua parcela de egoísmo, lutam por suas vidas, procuram se reproduzir, e isso é natural, é coerente com a vida. Agora, a contradição é que nós temos isso, mas também somos animais sociais, precisamos do grupo. E essa característica de sermos sociais é o que nos deu a enorme possibilidade de sermos conquistadores, porque nos movemos em grupo. Então, no fundo, sabemos que somos interdependentes, que precisamos da sociedade como um todo. Mas dentro da sociedade ainda somos indivíduos e somos egoístas. O capitalismo se baseia em enfatizar a individualidade até a morte, não a sociedade, e nós tratamos de enfatizar a sociedade. É aí que está o verdadeiro confronto, porque olha que o Neandertal era capitalista...

— De onde você tirou isso?

— Ele não podia fazer grandes conjuntos, ele não foi programado para fazer grandes conjuntos. Eram unidades familiares, casais, muito poucos, e mesmo sendo mais fortes que os sapiens, sucumbiram. Porque os sapiens, sendo gregários, faziam grupos maiores.

— É uma aula de política prática essa frase.

— Essa pincelada de antropologia vem do seguinte: na solidão da prisão, no quartel de Pasos de los Toros, que era um porão, um dia me fiz a pergunta: queremos mudar a sociedade e lutamos pelo que chamamos de novo homem? Mas o que é o disco rígido do homem, da humanidade? O que a natureza nos deu como disco rígido? E o que a cultura, a história e os eventos nos deram além do disco rígido? Porque não existe apenas o disco rígido, o resultado prático é a existência, as tendências do disco rígido e o que os costumes, a civilização, a época em que vivemos colocaram em nós. Existe uma interatividade. E comecei a pensar. Eu tinha tempo. A única coisa que eu tinha em abundância era tempo. Do resto, me faltava tudo, e então me fiz esta pergunta: o que é o disco rígido? Porque imagino que não estejamos lutando contra o disco rígido, porque se estivermos, adeus, estou fora, certo? Talvez a resposta esteja na antropologia, mas então eu estava pensando nos clássicos, que eram muito racionalistas. Numa coisa de Engels, nada mais, não muito. As ciências do homem ainda não estavam desenvolvidas. E quando saí da cadeia comprei um tratado de antropologia americana, que tenho por aí, e fui ver dois amigos, um velho companheiro, Pi Hugarte, que já faleceu, e o velho Daniel Vidart, que morreu recentemente.

— Daniel Vidart?

— Daniel Vidart, um poliglota, um intelectual importante. Já com noventa e poucos anos, escreveu um poema três ou quatro dias antes de morrer. "Carta a mi sangre", uma joia. Para tentar responder a isso, fiz algum progresso, mas não muito. Isso me ajudou a aprender um pouco mais sobre antropologia, da qual eu sabia pouco, e descobri uma coisa. A jornada do homem é comovente, impressionante porque, é claro, você sente empatia porque é a aventura da sua espécie. O fato de você chegar à conclusão de que as pessoas entraram por ali, a versão clássica de que entraram pelo Estreito de Bering, não discuto, mas devem ter entrado por outros lugares também. E quanto tempo levaram? Nada mais do que trinta mil anos para chegar à Terra do Fogo, mas chegaram e foram criando toda uma bagagem de coisas ao longo do caminho, liquidando espécies animais gigantescas que havia nas Américas. Aqui havia uma espécie de tatu que pesava oitocentos quilos e não sobrou nenhum vestígio dele porque caçavam as maiores, sabe? Começaram a caçar os menores quando não havia mais os maiores, mas foram criando todo esse rosário de civilizações e coisas para um lado e para outro. Além disso, a ciência moderna deixa você assustado com os mistérios que não conhecemos. Hoje chegaram à conclusão de que no Amazonas, na costa, havia mais gente do que a que vive lá hoje. Porque eles também não eram bobos, aproveitavam o rio para se locomover, para comer e tudo mais. A aventura do homem é incrível, emocionante!

— Várias vezes você usa a palavra "aventura". A aventura do homem, a aventura da raça, a aventura da espécie...

— Porque a vida desses povos é uma aventura comovedora, sabe? Para trás e para frente.

— Você sente como se tivesse sido uma luta permanente contra a morte para você estar aqui?

— Sim, a vida é, em última análise, uma luta contra a morte.

— Desde o Neandertal até a ciência.

— E no âmbito dessa luta, ele colocou a coisa mais bonita que existe: o amor. Porque a luta da vida contra a morte é o amor. A morte sempre triunfa em parte, porque o amor continua deixando sementes. O que você acha? Nada mais e nada menos. Não há como não se apaixonar pela jornada do homem na Terra! Menos mal que fui para a política, porque se eu fosse por aí, minha vida ia embora! Porque é uma coisa espetacular, e é perigoso porque você se apaixona.

Passamos por todas essas coisas

— Tenho que lhe dizer uma coisa, mas me incomoda estar nesta posição, devido à minha natureza, mas às vezes me emociono quando você fala. Às vezes, você solta coisas como essa que me fazem pensar em dez coisas ao mesmo tempo, coisas que fiz, coisas que não fiz, possivelmente mais coisas que não fiz, mas é isso que acontece comigo. E me incomoda a posição de "Oh, que lindo o que você diz, Pepe", isso me enche o saco.

— Não, não é isso, não é o fato de eu falar. É que, para mim, é uma beleza que enche os olhos, porque o amor nos leva à reprodução, e o que é reprodução? É a resposta, é o tapa na cara da morte, é a afirmação da vida, nada mais, nada menos. Sim, eu morro, mas alguma coisa se prolonga, e você, velha, ganhou o jogo porque me matou. Sim, mas você terá que matar outro e outro e outro.

— Ela está condenada a viver matando.

— Sim, e no fundo sonhamos: "um dia vamos acabar com você". É uma mentira, mas ajuda. Todo o cenário da natureza é fabuloso e tem dois capítulos essenciais: o mundo mineral, da física, e o pequeno reino da bioquímica. Nós pertencemos ao pequeno reino da bioquímica, que a partir do mineral constrói isso que chamamos de vida, certo? Que, na realidade, está em uma luta impossível.

— No final do caminho, sabemos que perderemos.

— Como é possível não perder? Quando olhamos para a magnitude do universo, dos fenômenos físicos, Deus me livre, são aterrorizantes. Isso é o inferno, aterrorizante, e nós parecemos pequenos piolhos que estão por aí. Mas como a vida é bela, você percebe?

— Um dos personagens de García Márquez, das muitas coisas que ele disse e que gosto muito, foi: "Descobri que até agora a vida é a melhor coisa que já foi inventada".

— Sim, sim, sem dúvida.

— É uma aventura.

— É claro, porque você vem do não ser para o ser e vai para o não ser. Portanto, é por isso que digo que esse estágio da vida é um milagre. A vida humana é um baita milagre porque, ainda assim, de presente, a natureza nos deu consciência. Que se dane! Não a dor, a alegria e satisfação, porque isso existe nos animais. Mas ela nos deu consciência, raciocínio e tudo mais. Não sei se isso nos ajudou ou nos ferrou.

— De qualquer forma, não descobriremos.

— Não, não descobriremos. Se eu acreditasse em Deus ou algo do gênero, chegaria a esta conclusão: ele nos inventou para dar à natureza uma consciência para que se olhe, para que se julgue, para que incida sobre si mesma. Mas como não acredito em Deus, mas na natureza viva... Mas será que a natureza viva pode existir sem a natureza inerte? E quem inventou a natureza inerte? É muito grande para mim.

— Não, é desesperador.

— Claro que é desesperador, o vazio sempre.

— Pensar a partir daí é desesperador, por isso o que você estava dizendo agora, que se tivesse ido para a antropologia, bem, você estaria um pouco mais louco do que é agora, o que já é bastante.

— Sim, é claro, e também encontrei coisas. É de um professor americano e eu tenho a tradução, tive que fazer uma cópia. É um tratado de antropologia, e aí aprendo sobre os caras, os Kung San, cinquenta, setenta anos atrás, eles eram as pessoas mais primitivas que existiam na Terra. São grupos que viviam ao redor do deserto de Kalahari, na África, e perambulavam por lá. Eles são seminômades, permanentes, andam por aí. Os caras saíram em uma expedição e foram estudá-los. Quando chegaram, disseram que eles eram muito pobres. É claro, eram nômades, precisavam ter poucas coisas. Mas, depois de um tempo, começaram a anotar tudo e fazer contas. Os caras viviam um pouco da caça e da coleta de frutas silvestres, dependendo das estações do ano, e se deslocavam de um lugar para outro para isso. Foram anotando e chegaram à conclusão de que trabalhavam duas horas por dia. Aí os caras disseram: "Ah, cacete!. E, depois, o que fazem?" Ficavam se divertindo o resto do dia. Então os se perguntaram: "Eles são pobres ou os pobres somos nós?"

— Aqui temos duas classificações: eles são pobres e nós somos uns *pelotudos*.

— E eles perguntaram: "E vocês não têm um chefe?". Sabe o que eles responderam? "Nós somos os nossos chefes", responderam na linguagem deles. "*Pelotudo*, nós estamos lutando por isso, estamos lutando para sermos os nossos chefes, por uma civilização em que não sejamos chefiados e não precisemos ser chefiados", você se dá conta? Então você olha para trás, que se dane, onde mudou o mundo? Não éramos tão programados como somos agora, a *filhadaputice* veio depois: não é antropológico, é civilizatório, nós mesmos construímos isso no decorrer do processo. Certamente, os caras faziam confusão, brigavam e tudo mais, mas eram comunistas. Porque os caras juntavam comida e isso era para o grupo familiar, eles não separavam o que era meu e o que era seu. E depois, rastreando com a literatura, no discurso dos pastores, Cervantes diz: "Idade feliz, séculos felizes, onde o que era meu e o que era seu não nos separava". Ele fala dos pastores que viviam do pastoreio de cabras e tudo o mais, cacete!

— Eles haviam entendido que trabalhar duas horas por dia era suficiente para o todo e o resto era festa. Então, todo o progresso que veio foi porque vocês transformaram as horas de festa em trabalho, em progresso, em acumulação... e nós nos ferramos! Como se diz na Bolívia: "E para pior, a melhora".

— Sim, sim, é a história do cara que está descansando embaixo de uma árvore e o outro chega e diz: "Por que você não faz isso?" Para quê? Bem, é a mesma coisa. É claro que eles vão dizer que, se o outro não existisse, não haveria progresso, não poderíamos prolongar a vida, não poderia viver tanta gente. Isso também é verdade.

— Isso é complicado, não?

— Me perguntam sobre a China, Mao [Tsé-Tung] e todo o resto, sim, sim, digam o que quiserem, mas foi a maior façanha da humanidade porque, quando eles chegaram ao poder, a expectativa de vida média era de pouco mais de quarenta anos e, quando Mao morreu, a expectativa de vida média estava em setenta. Isso significa que um bilhão de pessoas viveram trinta anos a mais, nada mais e nada menos. E deve ter sido mais de um bilhão, porque durante a vida de Mao e todo o processo, quantos morreram e quantos nasceram? Eu não sei quantos, sabe? Mas, suponha, passar de quarenta anos para sessenta e cinco ou sessenta e oito.

— Isso é um monte de tempo em uma população de um bilhão de pessoas.

— Claro, essa é a questão. Sim, digam o que quiserem, mas eles resolveram nada mais e nada menos do que esse problema. Para mim, foi uma coisa brutal, do ponto de vista daqueles que criticam, o humanismo, sim, foi o maior feito da história da humanidade. Da mesma forma que o desastre soviético, não? O desastre soviético tem duas contribuições para a história da humanidade. Ele deteve os nazistas em seu caminho. E, em segundo lugar, criou as condições que tornaram possível o que na Europa foi chamado de estado de bem-estar social, pela concorrência. Depois disso, todo o resto, ah, sim, sim, todas as cagadas. Stalin, sim, tudo o que você quiser, mas coloque essas duas coisas como crédito. Porque, caso contrário, você verá a história em um único plano. Se a União Soviética não estivesse lá, merda, eu vou te ver com uma eficiência alemã aí, agora todos eles estariam marcando o passo assim.

— Nem me atrevo a imaginar isso.

— Não, tá louco? Não. É terrível o que isso significou para a humanidade quando eles esmagaram aquele exército, quando fizeram a pinça lá e meio milhão de soldados caíram. E então eles fizeram a contraofensiva, oh, merda! Foi ali que a guerra foi definida, sabe? E isso é mérito deles. Stalin isso e Stalin aquilo, sim, sim, tudo o que você quiser.

— Mas isso é conceitual, são fatos o que aconteceu.

— Em Stalingrado, eles lutaram durante meses para segurar a margem do rio, há lugares em que os alemães estavam a cem metros de distância. Nikita Khrushchev estava lá como comissário político, ele atirou em três ou quatro oficiais, ou mais, não sei quantos, que estavam se borrando por causa da ofensiva nazista. Tinham que resistir e resistir, e resistiram e resistiram, por quê? Porque tinham de esperar que o inverno chegasse e que o gelo cobrisse o rio para que pudessem ter pontes para atravessar os tanques. Essa era a força vital da contraofensiva. Os alemães queriam chegar à margem e eles os detiveram lá, a ordem era detê-los, detê-los, detê-los. E eles os seguraram. E quem se cagasse, tchau. Ah, cacete! Olha, são gestos históricos que foram decisivos porque, vai me dizer que as batalhas não definem as coisas? Sim e não. Há batalhas que decidiram a história da humanidade, se perdessem era uma coisa e se ganhassem era outra, não me venha com essa! A guerra é a continuidade da política por outros meios, [Carl von] Clausewitz define, e é assim que é: a guerra é uma forma de política.

De repente, parei de ouvir o velho que mora aqui e faz parte de um país onde os carnavais têm um significado político, social e humano fundamental. Deixei de ouvir aquele Pepe que costumo imaginar entre o sono e a vigília, em frente ao espelho do banheiro, com os cabelos em pé e os olhos um pouco míopes, que depois vai para a cozinha olhar pela janela um amanhecer escuro, como uma tempestade, enquanto prepara a mistura para as galinhas e que, se tem algum gesto incivilizado, sorri para que passe rápido. Não é aquele que pensa e responde com parcimônia, com a habilidade de um ofício aprendido ao longo do tempo, como todos os ofícios.

Este é Facundo, o comandante tupamaro, que vê o teatro de operações e fica agitado, prevendo os movimentos topográficos e esquadrões no mapa. Então eu solto.

— É a batalha final da política.

— Claro, aí se definia, cacete! E foi assim, porque os caras estavam preparando a contraofensiva. Os caras atacaram, eles começaram a recuar, levaram a infraestrutura pesada, tudo o que podiam para a retaguarda, para reunir forças. E ocorreu um fenômeno que na guerra é chamado de "lei da mola": quem estica, alonga sua linha de suprimento; quem encolhe, aperta como uma mola, retrai, entendeu? Quando foram para frente, foram com uma força bárbara. Foi aí que a guerra se definiu, porque essa é uma lei que se desenrola nos grandes cenários. Quando eles recuaram, os caras tiraram as indústrias mais importantes e as levaram de volta para o campo, especialmente as indústrias que têm a ver com a guerra. E os alemães tiveram que esticar suas linhas de suprimentos, então o que aconteceu com eles? Ficaram enfraquecidos. Porque eles tiveram que cuidar das linhas de suprimento e os outros arrebentaram com eles, quebrando suas pontes, estragando suas ferrovias, entende o que quero dizer? Eles criaram dificuldades. Então, foi por essa lei: você tem que deixar um destacamento aqui, um destacamento ali, você tem que alimentá-los e eles ficam mais fracos na frente principal.

— Agora me ocorre que não deve ser fácil explicar, deve ser mais fácil sentir. Como quando você começa a falar sobre isso, como no outro dia no comitê de base, quando você começou a lembrar os companheiros que morreram, as pessoas que morreram, as pessoas que trabalharam nisso. Se chocam, em algum momento, o seu jovem guerrilheiro com esse velho humanista que entende um pouco mais a universalidade das coisas?

— Naturalmente, naturalmente. E não só os companheiros de guerrilha, os velhos militantes de esquerda.

— Mas você...

— Mas os primeiros desaparecidos não foram os nossos. Sim, sei que há trabalhadores gringos que desapareceram nas minas de Coñapirú, ali por 1900, 1900 e pouco, quando construíram minas e trouxeram trabalhadores da Europa, alguns dos quais acabaram desaparecidos porque tinham ideias sindicais. Provavelmente eram anarquistas e, por questões da época, foram desaparecidos. É uma dívida que permanece sem se esclarecer, sumida nas dobras da história. Os semeadores da palavra do progressismo e das ideias sociais não sabem o que eles passaram. Desprezados, incompreendidos nos povoados e em tudo o mais, no interior, isso. Não há monumentos, não há um dia nacional para lembrá-los, não há nada. Mas sem a semeadura daqueles caras que sonhavam que as coisas estavam ali virando a esquina, que era possível... Eram ingênuos.

— "Fazemos isso e vai acontecer, fazemos isso e vai melhorar..."

— Claro, aqueles velhos anarquistas lutaram pelas oito horas e foram todos mortos em Chicago, tem noção? Não lembramos disso, mas existem milhares deles em todos os socavões da América Latina. Existem milhares, nós viemos de lá, se não tivesse havido essa semeadura, teria sido impossível, não teria havido nada. E, claro, meus companheiros... Temos o sindicato aqui no Cerro que hoje está paralisado. Era um sindicato antigo, de inspiração anarquista, mas para dar a importância que tinha para a indústria da carne que se concentrava no Cerro, quando o sindicato parava, fazia a capital tremer, e é claro que devemos a eles. Houve conflitos muito difíceis. Veja, em plena Segunda Guerra Mundial, havia um carregamento de carne para a Rússia.

— Daqui?

— Sim, e a greve foi deflagrada. E os comunistas ordenaram que seu pessoal fosse trabalhar. Ah, Deus me livre, o que se armou! Manteve o sindicato dividido por anos, o quebrou.

— Podiam ter razões ideológicas com a Rússia, mas eram trabalhadores da carne.

— Claro, eles achavam que tinham que defender a pátria socialista e tudo o mais, mas os outros são trabalhadores da carne, puta que pariu! Percebe? Passamos por todas essas coisas...

Essas mesquinharias nascem do medo

Chegamos e Pepe estava no fundo com o novo trator. A imagem se vê quase cortada em uma espécie de névoa no que foi anunciado como o dia mais úmido do ano e do mundo. A terra é um lamaçal, apesar de não ter chovido, mas lá em cima as nuvens se movem mais rápido do que esse trator último modelo no qual ele chega ao galpão acenando para que corramos para que ele possa entrar. A rotina de nos cumprimentarmos e sentarmos é alterada pela primeira vez nos últimos dez dias: Daniel aparece com um prato de queijo e azeitonas e uma garrafa de bom rum da Jamaica que vai descer como veludo, suavizando essa manhã de quinta-feira. Quando tento fazer uma piada sobre o fato de ser cedo para o café da manhã, Daniel diz que nunca é cedo quando a coisa é boa...

— Tão cedo no campo?

— Eu me aposentei, sim, mas não. E como tenho esse ofício de camponês, preciso de tempo para minhas próprias coisas, que não me dão nada. O que estou fazendo é perder dinheiro, mas me divirto, para mim é um prazer. Vão dizer: "esse velho é louco". É a minha liberdade, se eu gosto, que se dane. Você trabalha à toa? Sim, senhor, eu trabalho bem à toa, e daí? Eu posso me dar ao luxo de trabalhar à toa porque gosto.

— Sim, ontem, quando perguntei quem o ajudava e você me disse que ninguém, pensei que era muito trabalho, porque isso é muito trabalho.

— Claro que é trabalho. Eu me levanto muito cedo e trato de trabalhar cedo. Veja, eu vendi um trator velho e grande que eu tinha e era difícil de manobrar. Muito mais forte do que esse. E comprei esse mais fraco, que me custou o dobro do preço, que vai durar um quarto do tempo do outro, tudo menos. Mas é mais manobrável para minha idade e meu tempo e tudo mais. O outro tinha muita potência e tudo mais. Esse aqui parece um carro pequeno, mas é brincadeira, carroceria de plástico, uma merda! Está vendo? Mas a equação é a seguinte: é mais fácil para mim. Claro, entro na estufa com ele, dou a volta. O outro corria o risco de derrubar os postes. Fortíssimo, embora ele tivesse uma cabine e eu a tenha tirado para entrar nas estufas. Mas, ainda assim, era demais.

— É claro que esse é o conversível dos tratores.

— Ele veio com um telhado e eu o tirei, está jogado por aí. Bem, a essa altura da partida, tenho alguns luxos: tomo um bom vinho, tenho um pequeno trator novo, que é uma sucata, uma porcaria ordinária comparada ao que eu tinha antes. Sim, o capitalismo me ferrou! Ele me vende histórias!

— Afinal, ferrado pelo capitalismo.

— Claro, vendi o outro por seis mil dólares. Era muito melhor do que esse como trator, muito mais forte, mais vigoroso, mais potência, mais resistência, mais duro, sabe? Todo de aço, esse aqui é metade de plástico.

— E quanto este lhe custou?

— Treze, tem noção? Não te digo? O capitalismo me ferrou. Mas ele me ferrou conscientemente, eu sei que ele me ferrou, mas porque, o que há de errado? Para minha idade, esse é mais confortável, é claro. É um carro pequeno, você dá a volta fácil. O outro você tinha que preparar e armar tudo e tudo mais, mas como um trator, era ótimo, era o dobro. Esse aqui você enfia um pouco o gancho e ele se peida um pouco, começa a derrapar, mas bem, me dá mais um pouco desse rum. Esse rum é muito bom. Eu prefiro o rum. Como o Espinillar. Bom rum.

— Saúde!

— Saúde, *tobarich*!

É claro que as risadas se juntaram ao barulho dos copos do Pepe, do Daniel, do Oso e do meu. O tempo, que estava se encolhendo, de repente se alargou e se tornou amplo e macio. Estamos nas despedidas. Mais uma vez. Olho para a cena e a umidade perdeu sua importância. É a minha vez:

— Um brinde a você, Pepe. Gostei muito desses dias.

— Eu também. Fazemos o que podemos. Agora, nesta semana, tenho uma série de entrevistas, do tipo que me cansa, mas bem...

Estava na hora de ir embora. Mas as azeitonas, o queijo e o longo trago de rum nos deram tempo e ar...

— Entre o nacionalismo e o fascismo existe um passo muito curto, mas não se esqueça do seguinte: o nacionalismo de lugares pequenos pode ser uma ferramenta de defesa; o nacionalismo de países grandes é um perigo. Porque ele começa com "eu primeiro" e acaba esmagando os vizinhos. O nacionalismo dos países pequenos é uma defesa, porque ninguém vai pensar no imperialismo uruguaio, sabe? Até onde chega o imperialismo? Até a Ilha Martín García, até o Banco Inglês, você percebe que não, não acontece nada. Mas é uma ferramenta quando você vive ao lado do Brasil, um país gigantesco. Agora, o que não conseguimos fazer as pessoas entenderem é que o Brasil, a Argentina e a Colômbia não têm que se sentir anões diante do mundo que está à nossa frente. Essa é a tragédia que nós temos, nós não existimos. O único cara que nos deu uma sensação de prestígio foi o Lula, que saiu pelo mundo com um Brasil como potência. Na América Latina, precisamos de alguém que nos represente no cenário mundial: "Estamos aqui, também existimos. Não somos apenas produtores de matérias-primas". É uma pena que a Argentina esteja tão fodida depois do Macri... Ele afundou tudo.

— E o que vai custar para que ela volte a se reerguer.

— Porque a Argentina, além dos recursos que tinha para colocar, que não são desprezíveis, são imensos, tinha sua cota de talento. A Argentina tem um capital intelectual, técnico e científico muito importante nesta América, porque eles são voluntariosos, são bárbaros, mas também não vamos a lugar nenhum. A Argentina tem essa cota para colocar aí, e isso não se cria de um ano para o outro. É uma herança histórica.

— Os argentinos levam isso como piada porque desrespeitam sua própria história, mas temos cinco prêmios Nobel. Alguma coisa deve valer.

— Claro, cara, eles têm muito! E essa acumulação não pode ser improvisada. Olha que eu acompanho a agricultura e a pecuária de toda a América, viu, e você tem que tirar o chapéu para a agricultura e a pecuária argentinas. Eu sei que "os agros" são filhos da puta, reacionários, o que você quiser, mas eles têm um nível de tecnologia do caralho! Eles são os únicos na América que estão próximos dos Estados Unidos. Você tá louco, a Argentina é importantíssima e, para mim, há uma cota de talento lá que é desperdiçada. Eu pensava que com os recursos do Brasil, mais o talento da Argentina, mais os recursos da Argentina, que também não é um deserto, eles poderiam fazer muito. Aquilo que Perón dizia, de que "o próximo século nos encontrará unidos ou derrotados", é categórico. Perón era um milico, mas tinha visão geopolítica.

— Parte de um nacionalismo forte. Basta pensar que, até o primeiro governo de Perón, a Argentina não produzia sequer alfinetes.

— Tá louco, tá louco. Aquela loucura do automobilismo que ele fez não era besteira, ele percebeu a importância daquilo, sabe? Eles inventaram aquela corrida Buenos Aires - Caracas, você se lembra? A família Gálvez foi embora.

— Claro, a Argentina sempre teve uma visão internacional, sempre projetando para fora.

— Teve isso especialmente com Perón, que tinha isso bem definido. Perón obviamente tinha uma visão geopolítica. É claro que ele aprendeu muito estando na Europa e veio com essa visão. Há uma conferência em que [Winston] Churchill disse: "Não deixe a Argentina ser uma potência", tem noção? Outro velho filho da puta, mas brilhante no dele, porque ele viu onde isso terminaria. A Argentina de Perón começou a construir aviões, o Pucará, alguns deles ainda estão funcionando aqui, bem. Quando o Brasil resolveu desenvolver a indústria aeronáutica, eles vieram falar em fazer uma parceria, porque a Argentina tinha mais desenvolvimento, e os que estavam governando a Argentina disseram "não" e perderam o bonde.

— E a Embraer[2] é um monstro.

— É um monstro, mas ela veio abrir a porta para a Argentina e dizer: "Vamos lá, vamos juntos". Essas coisas históricas são erros garrafais.

— Sim, porque a Embraer hoje consegue um nível de tecnologia aeronáutica que é de cair para trás.

— É isso que nós não fizemos, políticas integradas para fazer as coisas. Mas bem, essas mesquinharias nascem do medo.

---

2. Empresa Brasileira de Aeronaves. [N. dos E.]

O novo ciclo das veias abertas

— Por que você acha que a oligarquia latino-americana sempre foi tão entreguista em vez de, como você diz, se tornar forte em conjunto?

— Porque pensam no curto prazo. No prazo imediato, é mais lucrativo para eles serem entreguistas. Temos a UPM Rio Negro, 10% pertence a um capitalista uruguaio, o grupo Otegui. Mas os uruguaios poderiam ter construído duas, três, cinco papeleiras, porque não é um problema de capital, é um problema de gestão e de coragem para sair e lutar no mundo. Não era um problema de capital, mentira, porque os uruguaios têm mais de vinte bilhões de dólares no exterior, que saíram, e têm dinheiro uruguaio no petróleo da Colômbia. Somos exportadores de capital, assim como a Argentina, que está asfixiada e precisa de capital. E acontece que ela é uma péssima exportadora de capital e você diz: "Puta que pariu!". Porque a economia tem o problema do capital, mas junto tem o problema da gestão, e a gestão é a capacidade de liderar e de assumir riscos, de apostar. O nosso capitalismo tem medo do avanço transnacional, por isso se refugia no rentismo e busca segurança. Ganha pouco, mas com segurança: compra um pedaço de terra e aluga, constrói apartamentos e aluga. Mas não monta uma fábrica e sai pelo mundo para lutar. Isso é muito complicado, difícil, e sabe-se lá o que acontece. É aí que nos ferramos, porque o que te dá grande lucratividade tem risco, é alto o investimento em que você aposta em novos fenômenos. Veja, nós temos as árvores, temos a matéria-prima e o capital, mas têm que vir os finlandeses e montar uma fábrica para trabalhar com nossa matéria-prima, em nosso ambiente, com a nossa água. E ainda temos que ficar alegres ao darmos incentivos a eles, porque nossos capitalistas são incapazes de montar uma fábrica para produzir celulose e sair para vender para a China, para o mundo e tudo mais. Não, é demais. E na Argentina, numa escala maior, porque é mais vasta, maior, mais complexa, está acontecendo a mesma coisa. Temos um capitalismo que se agarra ao rentismo, compra títulos, manda para o exterior, coloca aqui e ali, mas não investe em coisas para o desenvolvimento. E como precisamos criar empregos, temos de abrir as portas para o investimento estrangeiro direto, como dizem agora. Mas os investimentos estrangeiros diretos não virão para cá para complicar a vida a fim de ter a mesma taxa de lucro que têm lá, porque quando eles vêm para cá sabem que têm mais riscos. Então, eles têm que lucrar mais, o que produz outra circunstância: acabamos dando mais benefícios aos que vêm de fora do que aos que estão aqui. Isso é perverso. E tem uma consequência ainda mais perversa, porque o que faz uma economia de mercado progredir no longo prazo é o fato de o capitalista que ganha aqui voltar a investir aqui para ganhar mais. Não porque ele é mais generoso, mas porque ele quer mais. Mas o nosso capitalista não investe aqui e, quando investe, investe em uma questão passiva, no setor imobiliário, mas não num fenômeno complexo porque o vê como um grande problema. Eles não podem competir com as empresas transnacionais. É um novo ciclo das veias abertas.

Vamos perdendo de goleada

— Bem, saúde também porque o capitalismo te ferrou!

— Sim, mas isso desde os ingleses! Como fizeram com a escravidão, porque os ingleses foram os que industrializaram a escravidão, pegaram os escravos e leiloavam em Liverpool, e depois iam para as sete colônias, mas quando elas se libertaram e estavam se virando, astutamente os ingleses perceberam que a potência emergente estava se beneficiando dos escravos que tinham mão de obra barata. Então mudaram ideologicamente, tornaram-se antiescravagistas e passaram a torpedear os navios negreiros, e o negócio da escravidão acabou porque eles afundavam os navios, simples assim. E naquela época não tinha conversa, nos mares a frota inglesa os destruía, não pense que foi uma questão de princípios, não, não, foi uma questão de economia, caso contrário, eles ainda estariam trazendo escravos até hoje.

— Claro, ferrava o negócio deles, o negócio país.

— Claro, as perdas começaram a ser enormes, não era uma questão de perda de vidas humanas, era de caixa registradora.

—Mas também, sim, é isso mesmo, estamos enviando mão de obra barata e eles estão crescendo.

— Claro, tá louco! Eles ficaram com a bandeira ardendo porque as sete colônias se libertaram e tinham mão de obra barata, então o negócio começou a ser muito arriscado, e o valor do escravo subiu, como tudo, o que é mais escasso é mais caro, deixou de ser um negócio. Tornou-se mais lucrativo ter trabalhadores livres: livres para morrer de fome. Não foi pelos direitos humanos, foi por razões econômicas.

— Que merda a história do ser humano, não é mesmo?

— Sim, que bicho filho da puta... Não, nós temos dentro uma coisa desprezível, presa de um egoísmo brutal, e se não estamos atentos, se não gerarmos freios culturais, somos um desastre. Não tem que poetizar o homem, não, não, devemos saber com o que estamos lidando: com o maior predador que existe porque é inteligente, não que seja forte, é inteligente, e usa a inteligência para foder. Os outros pobres animais usam a força para viver, mas são inocentes, o leão é um inocente, o tigre é um inocente, o crocodilo é um inocente com a velocidade aparente que tem, nem morde o homem, nem morde. Porque o homem é tudo isso, mas com um plus de inteligência.

— Bem, se não for assim, como você explicaria a escalada da indústria de armas? Tem gente que está pensando em quantas pessoas mais podem ser mortas com menos gasto e menos esforço.

— A produtividade é a quantidade de mortos alcançada, o menor investimento humano substituído por tecnologia e capital para alcançar o maior efeito destrutivo. É um grau de *filhadaputice* bem elaborado, é isso que é.

— E nós somos isso, não? Afinal, digo somos porque temos que assumir isso como raça.

— É uma qualidade da espécie, no final das contas, minha mãe estava certa ao me dizer: "Não, filho, o socialismo não é possível porque o homem é muito egoísta". A conclusão de uma mulher idosa que viveu.

— Que difícil. Difícil porque você tem que fazer a conexão.

— Não, resta saber se é possível, com influência cultural, que o homem se segure a isso e o transforme em outra coisa, entende?

— Mas vamos perdendo.

— Sim, vamos perdendo de goleada.

Isso fica para depois

Oso serve a última rodada de rum. Nem chega a levantar a garrafa e todos nós estendemos os copos. Lucía aparece e, encostada no portão, olha para nós, olha para a garrafa, sorri e diz que o almoço está pronto. Sorri novamente e sai. E é claro que brindamos novamente e, enquanto escapo de qualquer despedida, lanço a última pergunta a um homem que quase sempre responde sem a solenidade que o tira do sério, que conscientemente ignora tudo o que possa lhe tirar felicidade.

Sei que ele esconde suas tristezas e derrotas de si mesmo e dos outros. Sem dúvida, esse mesmo recurso alegremente brutal lhe permitiu seguir em frente. Tendo a acreditar que ele fala sobre isso em alguma tarde ou noite, sozinho com Lucía, olhando nos olhos um do outro em silêncio e nada mais. A mesma Lucía da sua vida. Aquela que sabe discutir sem trégua e sorrir com os olhos. Assim que lá vai a minha última tentativa de síntese.

— De todas as fases da sua vida, que foram várias, primeiro pela intensidade e depois pelo tempo, qual delas você viveria novamente?

— Eu sei lá.

— Qual delas você mais idealiza hoje?

— A juventude, quando os órgãos funcionam! "Juventude, divino tesouro, foste embora para não voltar... Quando quero chorar, não choro. E às vezes choro sem saber por quê...".[3]

---

3. "*Juventud, divino tesoro, / ya te vas para no volver! / Cuando quiero llorar, no lloro... / y a veces lloro sin querer...*" Trecho original do poema *Canción de Otoño*, de Ruben Darío.

— Ah, que merda! Já ouvi isso tantas vezes e nunca tinha...

— Sim, porque é o amor à vida, e você percebe que vai apagando, vai ficando com rugas, cabelos brancos, os ossos... É uma forma nostálgica de ir embora. Quando você é jovem, nem sequer pensa na morte.

— Claro, ela está longe.

— Está longe, mas a morte está logo ali na esquina. Eu sei lá. E a juventude é a idade do amor, das paixões vulcânicas. É linda.

— Que coisa com a qual não se pode, não é? Quase nunca. Aquela famosa frase: "Quando você for velho, perceberá o que te digo" e o jovem diz "Eh!".

— É que ninguém aprende com a experiência dos outros. Você aprende pelo que vive. Tudo o que é importante precisa ter um fundamento místico ou filosófico. As grandes religiões cumpriram um papel. Os fundadores da democracia, bem, eles acreditavam em Apolo, construíram um monumento a Palas Athena, inventaram a democracia. Depois, quando veio a época de questionar as religiões e tudo mais, surgiu a teoria da Ordem Natural do Universo, não foi? E nós nos baseamos nessa ordem. Mas depois veio a ciência avançando no mesmo, e a Ordem Natural foi destruída. A alma, o espírito... Então inventamos as Constituições, que nada mais são do que convenções humanas, que as pessoas constroem com vontade. Na realidade, a Constituição é um programa de coisas. Cumprimos algumas e outras coisas permanecem como boas intenções.

— Boas intenções. Como se diz na Bolívia: "Como cumprimento à bandeira".

— Claro, são convenções humanas. Por que te digo isso? Para o meu fogo interior, a vida é uma coisa muito importante... Mas não a vida humana: a vida. Que deve ser a defesa da vida e a luta para sustentá-la deve estar no centro de todas as questões. Por quê? Porque pertencemos ao mundo das coisas vivas que são diferentes das coisas inertes. Somos diferentes da pedra, da sílica, do ferro, dos minerais, do hidrogênio. Somos uma combinação de tudo isso que se chama vida, mas que é mágico ou é como se fosse mágico... Uma plantinha que está conectada, tirando proveito das coisas, guarda um conjunto de combinações aí. Parece-me que defender isso deveria ser fixado como um norte, para nos guiar, porque somos uma expressão consciente disso, desse mundo. A grama provavelmente não tem consciência, nem o galho das árvores. Eles são maravilhosos e sem eles não podemos viver, dependemos deles, mas nós temos consciência. Para pensar, estudar, entender. Portanto, deveríamos ter o compromisso de defendê-la. Porque um dia tudo isso pode desaparecer. Mas isso vai demorar um pouco, não é? Isso fica para depois...

FIM

Agradecimentos

No dia em que a fundação estava finalmente pronta para incentivar a cultura, as artes e a autogestão, decidimos que seria uma boa ideia fazer um livro. Pepe foi claro desde o início: "está bem, mas eu não quero mais contar a minha história. Há muito por dizer, vamos deixar isso para depois". E é claro que eu concordei.

A ideia era conversar por uns dez dias, sobre tudo, o tempo todo. E assim fizemos.

O golpe de Estado na Bolívia e a pandemia na sequência atrasaram a ideia em dois anos, portanto, meu primeiro agradecimento vai para o amigo generoso e companheiro querido Pepe Mujica.

Desde aquele primeiro momento, Gonzalo, "o Urso" (el Oso), Pardo e Nadia Lihuel foram companheiros inseparáveis. Primeiro nas ansiedades e na produção de tudo e, depois, suportando e contribuindo com as minhas dúvidas e consultas.

Meu agradecimento especial a Rubén Lopez, que acreditou no projeto, contribuindo para ele de forma efetiva e preocupada.

Em algumas noites e amanheceres, contei com o apoio carinhoso de Ari Lijalad e Carlos Girotti, pacientes e queridos amigos pré-leitores de pedaços de textos que iam saindo e precisavam da aceitação de quem sabe ler, e foram capazes de fazê-lo a partir do afeto que não perdoa erros.

Daniel Placeres e Heber, companheiros costureiros de paciência e outros assuntos pelos quais sou sempre grato.

Alina, que, em meio ao turbilhão que é sua vida, corrigiu alguns textos e depois me levou até seus amigos, as muito rosarinas Kimey e Vicky, quando precisei acelerar os blocos de texto e elas assumiram a tarefa de ajudar com a transcrição.

O encontro que deu origem a este livro resultou em dez dias de áudios, e transcrever dia após dia foi algo que previ ser impossível, dada a quantidade de horas. A esta tarefa se somaram, além de Alina, Kimey e Vicky, Laura e Maite, dando o melhor de si e, quando tudo estava escrito, a cor desenhada, o ritmo e o tom de tudo, Nadia Lihuel e Paula Puebla pouparam minha vida fazendo as correções finais, enquanto o Oso recuperava minhas sensações ao me libertar do naufrágio da minha cabeça enquanto pescávamos nas margens do rio Paraná, em Rosário.

Agradeço, pelo apoio de longe, a Rossana e Aurélio Rocha, que, desde Rio de Janeiro, empurraram algumas madrugadas, e a Rogério Tomaz, que enfrentou o paciente trabalho de formiga que foi traduzir este texto para o português.

E, finalmente (porque logicamente apareceu no final), uma palavra de agradecimento a Thomás Vieira, novo e respeitado amigo que assumiu a tarefa de editar este livro, num importante esforço para fazer circular no Brasil ideias e palavras de todo o continente.

A tropa que apoiou e acompanhou meus estados nesses dias é tão grande e querida que sei que entenderão se eu não fizer uma lista eterna de nomes. Meu carinho e gratidão a todos eles.

Fabián.

Sumário

Umas palavras antes do livro	9
Tudo é imparável	11
E no meio, este planeta	14
O conto da carochinha	17
Eu o tive na mira, me olhou e não consegui atirar	22
Estamos cercados de mistérios	25
O racismo é anticientífico	31
Tens que privilegiar a saúde das crianças	34
Melhor sairmos para caminhar	38
Cada um sabe onde o calo aperta	49
É a sorte da minha vida	55
O caralho que vão ter o poder!	60
Não	70
Por favor, senhora, mais uma volta	72
É um cara genial! São boa gente, são companheiros	81
Tenta achar isso!	83

Eram ideologicamente inimigos, mas estavam ali perto 88

Qualquer dissidente é um herege 95

Esse é um inimigo difícil 101

Nunca esquecerei Dom Vitoriano 110

O cara pediu Coca-Cola! 113

Para ser feliz é preciso ser ignorante 126

Você está louco, lhe digo! 131

Estão a quilômetros, nunca sabem o que
está acontecendo 135

Que cagada é essa democracia 144

Um ressentido custa muito caro 149

É um ar venenoso 155

Ainda que fracassem, nada mais
é igual 162

Se a cabeça não mudar, nada muda 165

Eu também não 177

Deixa pra lá… não me responda 179

Também erramos 180

Bem, a vida é assim 183

Cuidado para não mijar no sapato 188

A conveniente "fidelidade dos humildes" 193

São pequenas as misérias dos
grandes homens 196

Te convencem e te levam ao fracasso 200

E te fazem uma greve! 209

São coisas do senso comum 210

Te vendem isso 216

São paixões 231

Você não entende porra nenhuma! 233

A terra é mágica 239

Pare de encher com essas invenções! 241

Um trabalhador das armas 242

É perigoso porque você se apaixona 248

Passamos por todas essas coisas 254

Essas mesquinharias nascem
do medo 262

O novo ciclo das veias abertas 267

Vamos perdendo de goleada 269

Isso fica para depois 271

Agradecimentos 274

Este livro foi composto com fonte tipográfica Cardo 11pt e impresso sob papel pólen natural $80g/m^2$ pela gráfica Pallotti, na cidade de Porto Alegre reerguida, para a Coragem no outono de 2024.